あなた様の魔術《トリック》はすでに解けております

――裁定魔術師レポフスキー卿とその侍女の事件簿

白金透
Toru Shirogane

イラスト●天野英
Hana Amano

リネット　レポフスキー家に仕えるメイド。
マンフレッド・E・レポフスキー　裁定魔術師。当代のレポフスキー家当主。
ダニエラ・ベニントン　裁定魔術師補佐の家系の長女。

ハリー・ポルテス　死霊魔術師。ネイメス家の一番弟子。
ガイ・レフェンス　死霊魔術師。ハリーの兄弟子。
クラーク・スペンス　『百獣』の異名を持つ召喚師。
モーガン　召喚師。クラークの一番弟子。
カイル　召喚師。クラークの弟子。
ラモーナ・ファルコナー　ホムンクルスの研究者。
クライド・ランドール　ラモーナの共同研究者。
『セカンド』　クライドのホムンクルス。
フレデリック・レポフスキー　先代の裁定魔術師。
エマニュエル・レポフスキー　フレデリックの父。
チャーリー・レポフスキー　フレデリックの兄。
ジェンナ　エマニュエルの一番弟子。
フランキー・ハリス　レポフスキー家の分家の当主。
バーナビー　フレデリックの亡くなった兄。
パティ　『魔力なし』の少女。

開幕　そして二人だけが残った

――屋敷《やしき》が炎に包まれていた。

幼い頃から仕えていた家が今、終焉《しゅうえん》を迎えている。火を消さねば、という使命感が脳裏をよぎったがすぐに無駄だと気づいた。火勢は強く、女一人で消せるものではない。助けを呼ぼうにも、この屋敷《やしき》に生きている者はもはや……。

「ようやく静かになったな」

ほっとした様子のつぶやきが聞こえた。初老の男のような声だ。もう十年も側《そば》にいたのに、こんな声だとは知らなかった。

彼は二階の手すりの上にいた。見た目は昨日までと何も変わらない。その姿で、レポフスキー家の新たな当主と名乗った。僭称《せんしょう》ではない。彼の間近で輝いている、黄金色の天秤《てんびん》が何よりの証拠だろう。あれを使いこなせるのは、レポフスキー家の当主だけだ。

あの天秤《てんびん》の力で、反対する者たちは、次々と処刑された。

悪夢のような光景だったが、紛れもない現実であった。己の周囲には無残な死体が転がっている。先程まで暴君のように、女帝のように、邪神のように、高慢かつ尊大に振る舞っていた者たちはほんのわずかの間に、皆殺しにされた。ろくな抵抗もできずに首を刎《は》ねられ、心臓を貫かれ、紙屑《かみくず》のように全身をねじ切られた。ほかの者たちも落ちて来たシャンデリアや瓦礫《がれき》に圧《お》し潰《つぶ》された。

己もそうされてもおかしくはなかった。むしろ望んで死を受け入れたであろう。己の罪は万死に値する。

体中が痛む。傷だらけではあったが、床についた手や膝を濡《ぬ》らすのは彼女の血ではなかった。肉塊と化した死体の山から流れ出た血だまりだった。

炎が一際《ひときわ》大きく舞い上がり、伸びた影が揺らめきながら彼女を覆った。

舐《な》め尽《つ》くすように柱から壁に燃え広がっている。栄華を誇った一族の死体も炎にまかれ、煙を噴き上げながら黒い炭に変わりつつある。己もとうに煙と炎に包まれているはずなのに、窒息どころか熱気一つ感じない。それも目の前にいる彼の力なのだろうか。

「貴様には二つの道がある」

彼は裁判官のように告げる。

「一つはこのまま屋敷《やしき》を出て、遠くで静かに暮らす。もう一つは、小生《しょうせい》を新たな主人と認め、手足となって仕えることだ」

そこで彼は自嘲するように笑い、二階から飛び降りた。火の粉が舞い散る中、黒い影は音もなく、倒れた柱の上に降り立つ。彼女を見下ろす格好のまま続ける。

「この体だ。人の世では何かと不便だろう。小娘程度であろうと役には立つ。小生《しょうせい》だけより捜し物が見つかる可能性も高くなる。ただ」

そこで彼は言葉を句切り、物言わぬ骸《むくろ》の山を見つめる。

「望みが叶《かな》う保証はない。我らの相手は邪知暴虐な魔術師どもだ。あらゆる詭《き》計《けい》や奸策《かんさく》を弄して罪を逃れようとするだろう。あるいは、死出の旅になるやもしれぬ」

先程までの惨劇が脳裏をよぎり、自然と喉が鳴る。

「どうする？」

催促するように問いかけてくる。

甘美な誘いだった。

彼は強大な力を手にした。レポフスキー一族とその弟子たちを……名だたる魔術師をほぼ一方的に蹂躙《じゅうりん》した。芋虫でも啄《ついば》むかのように。

それに引き換え、己は無力だ。たとえ、あの男と対峙《たいじ》したとしてもなす術《すべ》もなく、屈辱と絶望に塗《まみ》れて殺されるだけだろう。けれど、彼が一緒であれば、話は変わる。

それにレポフスキー家の当主に……『裁定魔術師《アービトレーター》』になったのならば、必ずやあの男を捜し出すだろう。それが彼の使命だ。小娘一人が当てもなく捜し回るよりもはるかに可能性が高い。

ならば、審判の道具にされようと文句はなかった。

返事をする前に痛む体を引きずるようにして這《は》い、彼の黒い影の中に入る。

「……たった一つだけ、お願いがございます」

願いを告げると、黒い影が揺れる。

「本当にそれでいいのか？」

「叶《かな》わぬのであれば、この場にて屋敷《やしき》の方々と冥界へご一緒したく」

「……やむを得まい」

長い逡巡《しゅんじゅん》の後、彼は不服そうにうなずいた。

「ありがとうございます」

血で汚れた服でひざまずき、頭《こうべ》を垂れる。

そして、契約の言葉を告げた。

「この命、ただ今より旦那様とともに」

第一幕　死霊魔術師《ネクロマンサー》のダイイングメッセージ

山間《やまあい》に見え隠れする灰色《はいいろ》の塔を見ると自然と袖を引き上げる癖がついていた。それは口や鼻の奥に容赦なく入り込もうとする死臭や薬品の臭いが記憶に染《し》みついているからだ、とガイ・レフェンスは袖の下で舌打ちした。

山から吹きすさぶ風が臭いを掻《か》き消《け》してくれるのが幸いだった。そうでなければ、鼻をつみながら街道を進まねばならぬところだった。

忌々《いまいま》しさをこらえながら手綱を引き、速度を落とす。塔までの道は山林を切り開くように続いており、道沿いに山道を上っていけばほぼ一本道だ。

目的の塔は、切り立った崖の上にある。山を包む鬱蒼《うっそう》とした森林も塔の周りには生えるのを拒絶するかのようにぽっかりと半円を描いている。塔の後ろ半分は垂直に近い断崖で、山鹿でも降りられそうにない。

ゆっくりと馬から下りる。足首まで伸びたローブの裾がわずかに翻《ひるがえ》った。裾に付いた埃《ほこり》を手で払いながら、またも不快感がこみ上げる。

濃緑色《のうりよくしよく》のローブは半人前……いや、独り立ち寸前の見習いの証《あかし》である。偉大なる魔術師アンゼル・ネイメスと師弟の契《ちぎ》りを交わして、はや二十年。未《いま》だこのローブは黒く染まってはくれない。杖《つえ》もトネリコの木を削ったものだ。神狼樹《しんろうじゆ》とは言わないが、せめて黒羊樹《こくようじゆ》か黄蛇木《おうじやぼく》でなければ、自身に相応《ふさわ》しくない。

塔の横にある厩舎《きゆうしや》に馬を繋《つな》ぎ、長い黒髪を掻《か》き上《あ》げながら塔を見上げる。

頑丈に組まれた石造りの塔は、かつて戦があった頃の名残である。

愚かな『魔力《マギ》なし《レス》』の貴族から我が師にと進呈されたものだ。

それが今ではあいつが己の研究室に使用している。

無性に腹立たしい。

まあいい、それも今日で終わりだ。

長い袖の中に手を入れ、短剣を指先で撫《な》でる。ひやりとするような冷たさと硬さが秘めた殺意の証《あかし》のように思えた。

落ち着いたところで、扉の横に付いた小さな鐘を叩《たた》いた。

「ハリー、私だ。君の兄弟子のガイ・レフェンスだ」

わずかな間の後、軋《きし》みを上げて両開きの扉が開いた。

塔の内側から暴力的な悪臭が溢《あふ》れ出《だ》す。扉の内側から白く細い指が現れる。続けて顔を覗《のぞ》かせたのは、二体の真っ白な骸骨だった。

ハリーは死霊魔術師《ネクロマンサー》である。

元々は食い詰めた農民の子であった。それがガイの師匠アンゼルに才能を見出《みいだ》され、死霊魔術《ネクロマンシー》の名門ネイメス家に弟子入りすることになった。それまでは魔術など縁のなかった少年は、ネイメス家の研究の粋を集めた記録を吸収し、一躍弟子の中で頭角を現した。今では一番弟子だったガイの地位を奪うほどに。

骸骨は内側から張り付くようにして扉を開けると、ガイを手招きした。入ってこい、という合図なのだろう。

生前の肉は全てそげ落ち、陶器のような表面を日の光に反射させている。眼窩《がんか》からは頭蓋骨の奥が、覗《のぞ》き窓のように見え隠れしている。

ガイは顔をしかめながらまたも袖で口元を覆い、塔の中に入った。

異変に気づいたのは螺旋《らせん》階段を上り始めてからだ。いつもならば、研究材料や実験台の死体が、古戦場のように階段のそこかしこに倒れている。なのに、今は一体も倒れていない。

いつもは固く閉ざされた明かり取りの窓も開け放たれ、外の景色を絵画のように切り取っている。顔を背けて窓を閉めながらガイは訝《いぶか》しむ。

ハリーはがさつな男である。住み込みの弟子時代から書類も何もかも散らかし放題だ。ガイが気づかなければ、危うく師匠から譲り受けた古文書を古紙と一緒に暖炉に投げ捨てるところだった。

この塔も例に漏れず、スラムのような有様《ありさま》であった。それが今では階段も整然として、死体どころか紙切れ一枚落ちていない。

何が起こっている？　と揺らぎそうな気持ちを奮い立たせながら壁に手をつけ螺旋《らせん》階段を上っていく。階段の突き当たり、最上階には巨大な扉が見えた。

深呼吸をして、杖《つえ》の先端でノックする。

「開いているよ」

呑気《のんき》な声が返ってきた。ガイは扉を開けた。

「やあ、珍しいね。君がここまで来るなんて」

背の高い、金髪の男が巻物の束を抱えていた。『魔力なし《マギレス》』で言えば三十歳くらいだろう。首元まで伸びた後ろ髪をなびかせながら部屋の隅の木箱に巻物を突っ込んだ。ろくに外にも出ていないせいで、不健康そうな色白の肌には幾筋も汗が零《こぼ》れる。ガイと同じく足首まで届く黒いローブを手で払いながら愛想笑《あいそわら》いを浮かべた。

「歓迎するよ、『兄弟子』殿」

「ふん」

胸の奥から湧き上がる不快感をこらえながらガイは部屋の中を見渡す。

塔の最上階は石造りの四角い部屋になっている。奥の壁には書物の敷き詰められた書棚が置いてある。向かって右側には大きな窓が開いていて、冷たい風を吹き込んでいる。窓とは反対側の壁には小さな扉があり、台所や用足しの場所になっている。

「貴様が掃除とは珍しいな」

「事情があってね」

服の袖で額の汗を拭き取りながらハリーは答えた。

「事情とはなんだ」

「今にわかるよ」

「勿体《もったい》ぶるな」

「まあまあ、そう慌てないで」

何度尋ねてもハリーは掃除の手を止めず、のらりくらりとかわして明確な返事をよこさなかった。

「掃除くらい、侍女でも雇えばいいだろう」

「生きているものはどうにも性が合わなくってね」

と、ハリーはガイが入ってきた扉の横を見つめる。壁には二体の屍《しかばね》が直立不動で立っている。

男と女の死体だ。年の頃は二十代のはじめから半ば、というところだろう。紫色の肌は防腐処理のために薬品につけ込んだ証拠だ。男の方は白い貫頭衣にズボン、女の方も飾り気のない白いワンピースだ。生前の服とは思えないので、死後に着せたのだろう。

「新作か？」

先日来た時には見かけなかった。肌の張りや色艶からして死後まだ数日といったところだろう。

「麓の村でちょっとね」

本棚に魔導書を押し込めながらハリーが答えた。

「『遠見』で近くを見ていたらちょうど結婚式を挙げている最中だったんだよ。前から夫婦のゾンビが欲しかったんで、協力してもらったわけさ。そこの窓からひょひょい、とね」

と、窓を指さす。ハリーは死体を操る以外にも『飛行《フライ》』や『浮遊《レビテーション》』を得意としている。

ここから麓まで空を飛べば百も数えないうちに着くだろう。

つまり、花嫁と花婿は結婚式の最中にハリーに踏み込まれ、殺された上に死体を弄ばれているというわけだ。

ガイは渋い顔をした。

新婚の犠牲者夫婦を哀れんでいるわけではない。いかに魔術師であっても、無闇に『魔力なし《マギレス》』を手に掛ければ処罰される。つまり、近い将来、誰かがこの塔を訪れる可能性が高くなった。ガイにとっては不都合な要素だ。

死体には両名とも額に黒子《ほくろ》のような痕がある。針のような穴を開け、それを別の箇所から持ってきた肉で埋めたのだろう。新鮮な死体を調達するときは、なるべく傷つけないよう、額を狙う。

「いいだろ、これ。知っているよね。死んでも少しの間なら爪や髪の毛も伸びるんだ。新鮮な死体をどうしようか、今からわくわくしているところさ」

ハリーは死体愛好家であった。一方で生者を嫌悪《けんお》していた。そのせいで、友人と呼べるのは『魔力なし《マギレス》』はもちろん、魔術師の中にも滅多にいない。まともにコミュニケーションが取れるのはガイの知る限り、己と師匠くらいだ。

「後でどうなっても知らぬぞ」

「平気だよ。証拠なんて残ってやしないさ」

いっそ告げ口でもしてやろうかと思ったが、その程度の失態ではさしたる瑕疵《かし》にはならないだろう。師匠もまた『魔力なし《マギレス》』の命など屁《へ》とも思っていない。

「まあ、ゆっくりしていってよ」

いつの間にか、ハリーがティーカップとティーポットを持ってきた。

「君が来てくれたのは、幸運だった。もうしばらくいてくれるだけでいいんだ」

はたとガイは気づいた。

「もしかして来客か？」

「ご名答」

ぽんと手を打つ。人間嫌いのハリーはガイに来客の相手をさせるつもりらしい。

「ふざけるな」

ガイは反射的に喚《わめ》いた。

「俺は貴様の執事ではないぞ」

「頼むよ、兄弟子殿」

甘ったれた声にますます苛立《いらだ》ちが募る。

「僕はもう決めたからね」

再度断ろうとする前に、ハリーがむくれた表情で指を鳴らした。

しばらくして、塔の下で馬のいななきが聞こえた。苦しげな声の合間に馬蹄《ばてい》を叩《たた》きつける音や何かにぶつける音も聞こえてきたが、不意に静まりかえった。

「貴様……」

ガイはわずかばかりに憎しみを解放してハリーをにらみつけた。

何が起こったのかは問いただすまでもなかった。

階下にいた骸骨を操り、ガイの乗ってきた馬を殺したのだ。

「そう怒らないでよ。僕だって悪気はないんだ」

「ふざけるな」

名前こそ付けなかったが、小柄で頑丈なのが取り柄の馬を密《ひそ》かに気に入っていた。それを殺されて笑っていられるか。何よりハリーの言いなりになるなど不愉快きわまりない。

「ちゃんと、新しい馬も用意するからさ。頼むよ」

「いらん」

ハリーの用意する馬など、どうせ骸骨の馬に決まっている。あるいは、たった今外で死んだばかりの馬のゾンビか。

「……だが、まあいい。この貸しは高いぞ」

長い山道を麓まで徒歩で下るなど想像したくもない。下手をすれば野宿だ。

「そう言ってくれると思っていたよ。さすがは兄弟子殿だ」

「ならばまずは茶の代わりを煎れろ」

「はいはい」と席を立った。

台所へと去って行くその背中を見つめながらガイは決意が揺らぐのを感じた。

このままでは来客と鉢合わせだ。どこの物好きかは知らないが、おそらく別の派閥の『死霊魔術師《ネクロマンサー》』だろう。顔を見られたら計画は破綻する。やるならば来る前に成し遂げ、素早く塔を去らねばならない。しかも徒歩で。

ただでさえガイには動機がある。犯行時刻に現場にいたとなれば、間違いなく最重要容疑者だ。来客が何者かも分からない以上、口封じに出るのは危険すぎる。用件も帰る時間も分からない以上、待つリスクも高い。日を改めようとも考えたが、それでは間に合わない。

病に倒れ、余命幾ばくもない師匠は、ハリーを正式に後継者に指名し、アンゼル・ネイメスの名を継がせようとしている。明日か明後日《あさって》にもハリー本人に伝えられ、襲名の儀式が行われるだろう。

その後で殺害したのでは遅いのだ。魔術師の名跡は原則、師匠から弟子へと受け継がれる。ハリーに弟子はいない。直弟子でもない半人前にアンゼル・ネイメスの名はまず回ってこない。ほかのネイメス一門が許すまい。当分は保留となり、宙に浮いてしまう。一番弟子である今だからこそ、名を継ぐのも夢ではないのだ。


であればこそ、だ。

ここで仕留めるしかない。

猶予はなかった。


ガイは深呼吸して心のたがを締め直すと、袖口から短剣を取り出した。音を立てぬよう静かに鞘《さや》を抜く。

薄曇りの鈍い空が刃《やいば》に水鏡のように映し出される。しゃがみ込み、鞘《さや》を床に置くと、猫科の獣のように忍び足で一歩一歩と、ハリーのいる台所へと迫る。汗が額からしたたり落ちる。心臓が耳障《みみざわ》りなほどに高鳴る。

「次は何のお茶がいいかな？」

台所の声にガイは一気に床を蹴った。短剣を腰だめに構え、雄叫《おたけ》びを上げながら体ごとハリーの背中にぶつかっていった。

手のひらに硬く、肉をうがつ感触が伝わる。

くぐもったうめき声がハリーから漏れる。肉厚の刃《やいば》は骨を切り裂き、背中から心臓を貫いていた。傷口から赤黒い血が雫《しずく》となって滑り落ち、ガイの手を濡《ぬ》らした。

「なに、を……」

信じられない、というハリーの絶望に満ちた声を聞いて、ガイは勝利の愉悦を感じた。とどめを刺そうと、短剣の柄《つか》に手のひらを当て、もう一度全体重を込めて押していく。ハリーの体が一瞬けいれんすると、がくりと力が抜けて、腕がだらりと下がる。

抵抗しなくなったのを確認してからガイは力を込めて突き飛ばした。うつぶせに倒れ込んだ背中には、墓標のように短剣が突き立てられている。

やった、やったぞ！

わき出る笑いをこらえきれず、呵々大笑《かかたいしょう》する。


ハリーは死んだ。

これで後継者の座は……偉大なるアンゼル・ネイメスの名は俺のものだ。


全く、手間をかけさせてくれる。

呼吸を整えて心臓を落ち着かせながら短剣と手に付いた血をぬぐう。

こいつが魔術師でなければ、自ら刃《やいば》を振るわずとも良《い》いものを。

弟子入りした魔術師は、まず自身の身を守る術《すべ》を覚えさせられる。魔術であれば、極端な話世界の果てからでも暗殺が可能だからだ。

加えて魔術対策の護符を身に着け、呪術や使い魔の攻撃から身を守る。ここ数十年で、対魔術の備えは飛躍的に進歩している。よほどの実力差がない限り、魔術はほぼ無力化されてしまう。反面、物理的な攻撃に対する防御は限られている。『魔力の盾』のような物質を防ぐ魔術を四六時中張っていては、動くどころか水も飲めない。護符や魔術によって衣服そのものの強度は上げられるが、限度がある。かといって鋼鉄の鎧《よろい》など常日頃から着てはいられまい。

おまけに、この塔には何重にも防御魔術や結界が張られている。塔に籠もっている限り、遠隔からの魔術ではハリーはまず殺せなかった。

魔術師を殺すには、至近距離からの物理攻撃が一番なのだ。その上、ガイの短剣はこの日のために用意した特別製だ。護符の編み込まれた衣服も易々《やすやす》と貫く。何より短剣の刃《やいば》には【『死霊魔術《ネクロマンシー》』封じ】が仕込んである。死者との会話をさせないのもまた、『死霊魔術《ネクロマンシー》』である。この短剣で殺された者は、魂と肉体との繋《つな》がりを完全に切り離される。魔術で魂を呼び寄せようとしても徒労に終わる。

研究室ならば魔術による遠視対策も万全である。研究を盗み見されないための手段だが、皮肉にもガイの犯行もくらませてくれる。この場を殺害現場に選んだ理由の一つだ。短剣にも同様の魔術を掛けてあるので、そこからガイの犯行が露見する不安もない。ティーポットを片付け、中の茶を捨てる。己のいた痕跡は消し去らなくてはならない。

とにかく一度塔を出よう。馬を殺されたのは完全に想定外だった。一度森の中に入って来客をやり過ごす。

台所を出ようとした時、ハリーの側《そば》に白い紙が落ちているのが見えた。手紙のようだ。封は切られている。筆無精のハリーが書くわけもない。来客からだろう。変人のハリーに会おうなど、どこの物好きな魔術師だろうか。

ガイは手紙を拾い上げた。来客の素性次第では、口封じの方が確実だ。運が良ければ、馬か何か移動手段を奪う手もある。

差出人の名前は、マンフレッド・E・レポフスキーと書いてあった。

その瞬間、ガイは己の心臓を黒い手に握られた気がした。

「まさか、レポフスキー卿《きょう》……『裁定魔術師《アービトレーター》』か？」

『魔術』と『魔術師』の始まりは約五百年前、一人の天才まで遡る。

その者は己の魔力を媒介にして世界の理《ことわり》を操る『魔術』を生み出し、自らを『魔術師』と名乗った。『魔術師』は次々と新たな魔術を編み出し、世界を変えていった。魔術に魅せられた多くの者たちが教えを請《こ》い、弟子となった。弟子はまた次の弟子を取り、魔術師の数は飛躍的に増えていった。最初の魔術師は、尊敬と畏怖をこめて『始祖』と呼ばれるようになった。

『始祖』は魔術を心正しく使うように『制約』を定め、弟子たちに教え守らせた。

だが弟子の一部は異能の力に驕《おご》って暴走した。魔術を使えない人間たちを『魔力なし《マギレス》』と貶《おとし》め、破壊と殺戮《さつりく》の限りを尽くした。

『始祖』は嘆き、怒り、悔やんだ。愚かな弟子たちに処罰を下すと、二度と同じ悲劇を繰り返さないために、信頼できる弟子たちを選び抜き、罪を犯した魔術師の監視と逮捕と処罰を命じた。それが『裁定魔術師《アービトレーター》』である。

彼らの活躍により、愚かな魔術師たちは冥界へと移住を余儀なくされた。

世界は人の時代に戻り、程なくして『始祖』もまた冥界へと不帰の旅に出た。

残った弟子たちは今度こそ『始祖』の教えを守るため、相互監視と『制約』の遵守に当たる組織を作り上げた。後の『魔術師同盟』……通称『同盟』である。

時代が移り変わっても『裁定魔術師《アービトレーター》』は代替わりを繰り返しながら『制約』を破った魔術師たちを見つけては罪を見定め、罰を与えている。

レポフスキーは『裁定魔術師《アービトレーター》』の中でも最強とうたわれている一族だ。歴代当主はいずれも『裁定魔術師《アービトレーター》』を兼任し、血縁ではなく徹底した実力主義により当主が決められるという。尊敬と畏怖と敬意を込めて、レポフスキー家の当主には『卿《きょう》』を付けるのが、魔術師社会の習わしになっている。

「貴様、なにをやらかした？」

悔恨と怒りを込めて血だまりに倒れたままの弟弟子に呼びかける。ハリーが処罰されるような罪を犯したのなら、後継者の話も流れていたはずだ。己の判断が早まっていなければと願いつつガイは手紙を開いた。

時候の挨拶から始まり、ハリーの研究に興味があるため、この塔を訪れる旨《むね》が書いてあった。しかも予定日は今日の午前だ。もうすぐではないか。不精者のハリーが慌てて部屋を片付けていた理由を理解した。

まずいことになった、とガイは頭を抱えた。『制約』の違反者には、罪に応じて相応の罰が下される。最も重い罪の一つが『魔術師による魔術師殺し』である。

ハリー殺害を計画してから『裁定魔術師《アービトレーター》』についても調べてある。過去の文献から噂《うわさ》程度のものまで様々な情報を精査した。『裁定魔術師《アービトレーター》』は決して、万能の存在ではない。無敵の力を発揮できるのは、あくまで罪を犯した魔術師のみ。正確に言えば『罪を犯したと確定した魔術師』だけなのだ。

魔術師の罪と逮捕・拘束は『裁定魔術師《アービトレーター》』の判断にゆだねられる。言い換えれば、誤魔化すことさえできれば、逃れるのも不可能ではない。同一の罪による審判は一度きり。一度無罪と確定されれば、後日新たな証拠が出たとしても裁かれることはない。この塔の中では魔術を使ってても証拠は出てこない。いかに優れた魔術師であろうと、恐れる必要はないのだ。『読心』や『強制』など精神に関する魔術は使用が著しく制限されている。『時間遡行《そこう》』でも持ち出されたらお手上げだが、あれは理論上のみ可能とされている魔術だ。現実になしえた魔術師は『始祖』以来、ただの一人もいない。

「早く外に」

そろそろレポフスキー卿《きょう》が塔を訪れ、死体を発見する。すぐに調査を始めるはずだ。真っ先に疑われるのは動機を持つガイだ。野宿でも構わない。一刻も早くこの場を離れなくては。

扉の取っ手に手をかけた時、背後で何かが動く気配がした。薬品と死臭の暴力的な臭いがガイの鼻腔《びこう》をなぶっていった。

振り返ると、男の死体が動き出していた。

ガイは反射的に飛び退《との》いた。

死体は入れ違いに、ガイの横を駆け抜けていき、窓の方へと一直線に突っ込んでいく。そのまま窓を飛び出し、鈍色《にびいろ》の空へと消えていった。

塔の下から生々しい落下音が聞こえた。

ガイは慌てて台所へと向かった。うつぶせに倒れたハリーの右腕がわずかに上がっているのが見えた。小刻みに震わせながら人差し指を立て、空に文字を書くように動かしている。まだ生きている。とどめを刺すべく駆け寄ったが、ガイがたどり着く前にハリーの右腕はぱたりと床に伏せ、それっきり動かなくなった。

念のため心臓や瞳孔も確認したが、やはり死んでいた。

ガイは乱れた呼吸を整えながら汗をぬぐった。

「驚かせてくれる」

どうやら最後の断末魔代わりの魔術だったようだ。最後の力を振り絞って死体を動かしたのだろう。こんなことならば、きちんと死亡を確認しておくのだった。詰めが甘い。念のため腰の短剣を引き抜き、もう一度背中から心臓を刺しておく。完全に死んだのを確認し、出口へと向かう。

時間がない。早く塔を出なければ。

階段を下りかけたその時、階下で鐘が鳴った。

心臓が跳ね上がった。しまった、遅かったか。一瞬、居留守を使ってやり過ごそうかと思ったが、異変を察して扉を強引にぶち破られれば、言い逃れはできない。扉には『施錠《ロック》』に『硬化《ハーデニング》』が掛けられているはずだが、『裁定魔術師《アービトレーター》』相手には紙同然であろう。こうなっては避けられない。

ガイは覚悟を決めて塔の階段を下っていく。

一階まで下りてもまだ鐘は鳴っていた。どうあっても帰らないつもりらしい。いっそ『解錠《アンロック》』でも掛けてくれれば、無礼を理由に追い返せるのに。いや、ダメだ。事が露見した際に真っ先に疑われる。

慌てふためいた姿は見せたくなかった。なるべく落ち着きのある、威厳に満ちた声音を作って扉の外へ呼びかける。

「今開ける。しばし待たれよ」

その途端、鐘の音はぴたりと止《や》んだ。

緊張を胃の奥に呑《の》み込み、細い覗《のぞ》き窓から訪問者を見た。

そこにいたのはまだ若い、少女といっていい年頃の娘だった。

アッシュグレイの髪を後ろで結び、紺青色《こんじょういろ》の瞳と白い肌は人形のように艶《あで》やかだ。つばの広い黒帽子に、黒の両手袋、黒いブラウスとスカートはまるで喪に服した侍女のような出で立《いた》ちである。足元には旅行用らしき黒革の鞄《かばん》を置いている。

「お取り込み中のところ失礼いたします」

視線に気づいたのか、娘はスカートをつまみながら淑女《しゅくじょ》の礼を取る。

「お初にお目にかかります。わたくし、レポフスキー家の侍女を務めます、リネットと申します」

娘らしい、華やかな声とは裏腹に落ち着いた口調で言った。

「侍女？」

「はい」

　リネットと名乗った娘は、形の良《い》いおとがいを縦に揺らした。

「本日は、当家主人マンフレッド・E・レポフスキーの願いをお聞き届けくださり、大変感謝いたします」

　そこでリネットは困ったように眉をひそめる。

「大変恐縮ですが、主人はこちらに来ておりますでしょうか？」

「どういうことかな」

「ここに来る途中、主人とはぐれてしまいまして。先にこちらに来ておりませんでしょうか。場所は承知しておりますので、先行されているのではないかと」

　要するに主人とはぐれてしまい、とりあえず目的地であるハリーの塔にやって来たというわけか。間抜けな女だ。

「いや、まだ来られてはいない。どこかで行き違ったのではないかな」

　とはいえ、露骨に無礼な態度を取って後で主人に告げ口をされてはたまらない。つとめて丁重に、しかし威厳を崩さない態度で接する。

「そうですか」

　リネットは顔色を変えずにうなずいた。

「でしたら、大変恐縮ではございますが、しばらくこちらで待たせていただけませんでしょうか？　主人もすぐこちらに参ると思いますので」

厚かましい女だ。侍女というからには、どうせ『魔力なし《マギレス》』の平民だろう。自分の足で探しに行けばいいのだ。

「いや、それは」

上に来られれば、否《いや》が応《おう》でもハリーの死体を見られてしまう。

ためらうガイに向かい、リネットはうやうやしく頭を下げる。

「お願いいたします、ハ、リ、ー・ポ、ル、テス様」

空の色が白黒反転する。雷光が閃《ひらめ》いたと悟った時には耳をつんざくような轟音《ごうおん》が鳴り響いた。かなり近くに落ちたようだ。ぱらぱらと雨が降り始めた。雨は次第に大粒になり、瞬《また》く間《ま》に地面を濡《ぬ》らしていく。

稲光が視界を埋め尽くす中、ガイははたと気づいた。

この娘は俺をハリーだと思っている。当然だろう。ハリーは『死霊魔術師《ネクロマンサー》』の死体愛好家。生者を寄せ付けない男だ。その男の住んでいる塔の中から出迎えたのだから。

これはチャンスだ。上手《うま》くすれば、『裁定魔術師《アービトレーター》』の目も欺ける。

「しばし待たれよ」

ガイは覗《のぞ》き窓を閉めると急いで階段を駆け上がった。部屋に入ると、ハリーのクローゼットを開ける。自身のローブを脱ぎ捨てると、代わりにハリーのローブを着込む。少々窮屈ではあるが、着ることはできた。代わりに自身のローブをクローゼットに押し込む。

それからハリーの死体からローブを脱がせる。すでに血は止まっていた。血だまりを拭く余裕はない。その上から赤い絨毯《じゆうたん》を敷き詰める。血の臭いは消せそうにないが、薬品と死臭が誤魔化してくれるだろう。いざとなれば、実験台のものと言い張ればいい。

半裸になったハリーの死体に向かって、呪文を唱えた。

「骸《むくろ》よ、動け」

ガイの『力ある言葉』に応じて、ハリーの死体が動き出す。成功だ。霊魂は消え去っても残《ざん》滓《し》がまだ肉体に残っている。体を動かすだけなら可能だ。まだ死後硬直は始まっていないので、なめらかに動かせる。

半裸のハリーを女の死体の側《そば》に立たせる。

「そこで待機だ。私が命じるまで絶対に動くな、いいな」

全てをやり遂げると、また階段を駆け下りる。

窓の外でまた雷が鳴った。一瞬の稲光が塔の壁に黒い影を生み出す。階段を下りる途中のガイに被《かぶ》さるように、見知らぬ影が伸びていた。足を止めて振り返ると、窓の外に黒い鴉《からす》が留まっていた。羽を震わせ、飛沫《ひまつ》を上げている。鴉《からす》はガイを一目見るなりけたたましい啼《な》き声を上げて、雨空へと飛び去っていった。鴉《からす》は不吉の象徴、とは『魔力《マギ》なし《レス》』の迷信だが、魔術師のガイですら気味の悪さを感じさせる声だった。

まるでお前のやることは全て失敗する、とでも告げられたかのような。

バカバカしい。

そんなものは気の迷いだ。かぶりを振ると、再び階段を下りていく。

汗をぬぐいながら扉の前で杖《つえ》を振り、『解錠《アンロック》』の魔術を唱えた。両開きの扉が一瞬青白く輝くと、ゆっくりと開き出す。さび付いた蝶番《ちょうつがい》が軋《きし》みを上げる。

塔に入る扉の上にはひさしがあるとはいえ、強い雨である。

リネットも肩までぐっしょり濡《ぬ》れている。にもかかわらず入ろうとはしない。

「どうした、早く入るといい」

「こちらの方はよろしいのですか？」

リネットが申し訳なさそうに扉の横を見た。

「こちら？」

反射的にガイは外を覗《のぞ》き込んだ。

上半身だけの男が、扉にもたれかかるようにして倒れていた。

先程、塔の窓から飛び降りた死体であった。目を凝らせば、這《は》いずった跡が濡《ぬ》れた地面に刻まれている。

扉より数歩離れたところには、下半身が落ちている。その数歩奥には、ちぎれた足が転がっていた。

落下した衝撃で胴体がちぎれ、もろくなっていた上半身と下半身が分かれたのだろう。

何故《なぜ》こんなところに？　と考えるヒマはなかった。もの言いたげなリネットの視線に気づいたからだ。

「わたくしが到着した時にはすでにこちらに。お知り合いの方でしょうか」

「いや、これは……」

死体に知り合いもクソもあるものか。

心の中で怒鳴りつけながら急いで言い訳を考える。『死霊魔術師《ネクロマンサー》』の塔の前に、無関係の死体が落ちているなど、まずあり得ない。

「恥ずかしながら先程、術に失敗したのだ」

「失敗、ですか」

「左様」ガイはなるべく気恥ずかしそうにしてうなずいた。

「死霊魔術《ネクロマンシー》の実験をしていたのだが、術の構成を誤ったらしく、言うことを聞かなんだ。部屋の中を暴れ回ったあげく、窓の下へと落ちてしまった、とまあ、そういうわけだ」

「そうですか」

気の抜けた返事だった。理解できないのか、興味がないのか。いずれにせよ無礼な小娘だ。

「こちらの方はいかがいたしましょうか？」

リネットはまだ死体を気にしているようだ。

「放っておいて結構。雨も降っている。後で片付けておこう。ささ、早く中へ」

「ではお言葉に甘えて。失礼いたします」

リネットが入ってきた。塔の石畳を水滴が濡《ぬ》らす。手鏡を見ながら濡《ぬ》れた髪を手ぐしで整えている。

雑巾か何か持ってくれれば良かった。

リネットは丁寧に一礼してから歩き出した途端、不意に体勢を崩した。倒れ込むリネットの体をガイは反射的に腕を伸ばして抱える。

自然と、胸の中に抱き寄せる格好になった。甘い娘の匂いが鼻腔《びこう》をくすぐる。忘れていた俗世の執着が一瞬、鎌首をもたげるのを感じた。

あり得ない、とガイは急いでリネットを自身の体から引き剝がした。

「その格好では風邪を引いてもいけない。上がって休んではどうかな」

「ご丁寧に痛み入ります」

リネットを中に入れ、塔の階段を先導する。最上階への石段を踏みしめながらガイは額から流れ落ちる汗を手の甲で拭き取る。短時間に上り下りを繰り返して、息も切れてきた。体力のある己だからこそ今の状況をしのぎ切れているのだ。貧弱なハリーならば、途中でぶっ倒れているだろう。歪《ゆが》んだ優越感がこみ上げてきたところで、己の冷静な部分に冷や水を浴びせられる。ハリーならばそもそも今のような状況にはなるまい。

「お一人でお住まいなのですか？」

背後からリネットが問いかけてきた。

「人付き合いは煩わしくてな」

ハリーならば死体の方が大好きだから、と嬉々《きき》として語るだろう。だが、ガイには死体愛好家のような振る舞いなどできそうもない。下手な芝居は己の首を絞めるだけだ。何よりハリーのモノマネなど御免被《こうむ》る。

「お一人では何かとご不便ではありませんか？」

「慣れればどうということもない」

返事をしながら、ガイは密《ひそ》かに決意した。もしアンゼル・ネイメスの名前とこの塔を継いだら絶対に使用人を雇おう、と。どんな使用人がいいか、と想像を巡らせたところで背後の娘が脳裏に浮かび、すぐに打ち消した。

とりあえず、リネットを最上階にある研究室に上げる。死臭や薬品の臭いはリネットにも襲いかかっているはずだが、顔をしかめる様子もなく淡々と案内された椅子に座った。レポフスキー家の教育の賜物《たまもの》なのだろう。

今のところこの娘は、ガイをハリーだと信じ込んでいるようだ。そのうちレポフスキー卿《きょう》も到着するだろう。卿《きょう》もハリーの顔は知らないはずだ。やり過ごすことができれば、後でハリーは事故死したと、師匠に報告すればいい。『裁定魔術師《アービトレーター》』もヒマではなかろう。師匠が納得しているのなら、わざわざ蒸し返すようなマネはするまい。ここをしのぎきれば、二度と出くわすこともないだろう。

　だが、それは全てガイの予測、言い換えれば願望である。『裁定魔術師《アービトレーター》』の力がガイの想像を上回っていたとしたら破滅は免《まぬが》れない。レポフスキー卿《きょう》の魔術については未知数な部分が多すぎる。ならば侍女というこの娘から少しでも情報を引き出してやろう。

　本来ならば『魔力なし《マギレス》』などと口も利《き》きたくないのだが、これも生き延びるためだ。嫌悪感《けんおかん》をこらえながらリネットの正面に座り、愛想笑《あいそわら》いを浮かべる。

「そこもとはリネット、といったかな」

「はい」

「レポフスキー卿《きょう》というのはどういうお方なのかな」

「品位・風格・魔術の技量、どれをとってもレポフスキー家当主に相応《ふさわ》しいお方です」

　無難な答えが返ってきた。さすがに初対面の相手に愚痴をこぼすような、底の浅い娘ではないようだ。

「レポフスキー家では才能によって次期当主を決めるという話だが」

「はい」リネットは誇らしげに首肯する。

「マンフレッド様は、幼い頃に先代のフレデリック様に拾われました。魔術の才を見込まれ、養子としての手続きとともに正式な当主となられました」

「失礼だが、マンフレッド殿はお幾つかな?」

「半年ほど前に十歳の誕生日を迎えられました」

ガイは絶句した。魔術師の世界には、異端や天才がそこかしこに現れる。それでも、十歳そこその小僧が魔術師一門の当主になるなど、まずあり得ない。

神童、というわけか。魔術の力量はともかく、経験や駆け引きなら己に分がありそうだ。もしかしたら、出し抜けるかもしれない。心の中で有利な要素を指折り数えながらさぞ興味深そうに問いを続ける。

「なれど、反対する者もいたのではないか？」

仰《おっしゃ》るとおりです、と首肯する。

「新たな当主になられた、と宣言された時も一部の一族の方々が反対されました。そして愚かにもマンフレッド様のお命を縮めようとなされたのです」

「それで？」

リネットはあっさりと言った。

「皆様を丁重に冥界へと見送られました」

ガイは身震いした。要するに皆殺しにしたのだ。

『制約』では魔術師の師弟関係についても定められており、師匠の権限が著しく強い。弟子に裏切られた『始祖』が取り決めたからだといわれており、弟子の処分については、厳しい処罰が認められている。時として『魔術師殺し』の禁忌すら許されるほどに。まして一門の当主となれば皇帝のように絶対的な権力を握る。しかも話を信じるならば、当主への反逆である。殺したところで罪にはならない。正当防衛だ。

しかもリネットは侍女にもかかわらずその事実を平然と口にした。レポフスキー家にとっては醜聞ですらないのだろう。

「いやはや、凄《すさ》まじい話だな」

ガイは内心の動揺を抑えながらとぼけたように頭を掻《か》く。

「わたくしは魔術には詳しくありませんが、ご親族の方々によればマンフレッド様の魔術の才は、歴代当主でも五指、いえ三指に入るほどだと」

それほどか、とガイは泣きたくなった。話半分としても、魔術の才は半人前のガイでは遠く及ぶまい。あわよくば名前だけの無能であってくれれば、と期待したのだが、やはり甘い考えだったようだ。

「一体どのような魔術を使われるのかな」

「一通りは」リネットは指折り数え出す。

「白魔術・黒魔術・幻影魔術・呪術・獣魔《じゅうま》術《じゅつ》・召喚術・変身魔術・紋章魔術・錬金術……わたくしが申し上げられるのはこれくらいですが、レポフスキー家に伝わる魔術の精髄を全て身に付けておられます」

「死霊魔術《ネクロマンシー》もか？」

「はい」

ガイは質問したことを半ば後悔していた。間違いなく化け物だ。敵に回せば命はない。

咳払《せきばら》いで内心の動揺を誤魔化すと、改めてリネットに目を向ける。

「そこもとも魔術に一家言を持っているようだな」

「滅相もないことでございます」

リネットは静かに首を振る。

「先々代の頃に拾われ、レポフスキー家に使用人としてお仕えしてきました。ですが、魔術の才など塵芥《ちりあくた》ほどにもございません」

「本当に？」

「はい」

確かに魔力のある者が使用人になるなど考えづらい。だが、レポフスキー家が、役立たずの『魔力なし《マギレス》』を側《そば》に付けるだろうか。確かにリネットからは魔力を全くといっていいほど感じられない。魔術師であれば魔力の有無は察知できる。魔術師自体が暖炉のようなものだ。炎そのものは見えなくても熱や空気の揺らめきは肌で感じ取れる。

だが、腕の立つ魔術師であれば他人に魔力を感じさせない芸当も可能だという。ガイにはムリだが『魔力なし《マギレス》』の振りをして、相手の油断を誘う手口を師匠から聞かされたことがある。油断はできない。

「わたくしからも質問してよろしいでしょうか？」

唐突にリネットが聞いてきた。

「何かな」

返事をしながらガイは気を引き締める。

「そちらの亡骸《なきがら》はどちらから？」

そう言いながら振り向いた視線の先にはハリーの死体があった。

ガイは声にならない声を漏らしながら考える。適当にそこらの墓場から掘り返した、と言おうと思ったが、この付近にあるのはいずれも農家である。ハリーの死体は上半身裸のままだ。背中の傷は壁に隠れているので気づかれる心配はないが、色白でやせっぽちの体は、おおよそ農民には見えない。

「何故《なぜ》、そんなことを？」

答えに窮したガイは質問を返した。理由の半分は、見当外れの答えで感づかれるのはまずい、という臆病な気持ちだった。もう半分は時間稼ぎだ。

「『死霊魔術師《ネクロマンサー》』の方々が何より重要視するのは死体の入手、と聞き及んでおります」

確かに、『死霊魔術師《ネクロマンサー》』にとって死体は様々な意味を持つ。武器であり研究材料であり、部下であり兵隊である。大昔であれば、村の一つ二つを亡骸《なきがら》の山に変えたそうだが、『同盟』の指導もあり自粛している。今は墓場から掘り返すのがポピュラーな方法である。戦争でもあれば敵味方問わず回収するところなのだが。

「主人も常日頃から新鮮な亡骸《なきがら》はないかとこぼしておいでですので、あれほど新鮮な死体をどこから手に入れたのか気になりまして」

淡々と答えるリネットの表情には感情が見えなかった。ガイは迷った。言葉通りに受け取ってよいものだろうか。この女何を考えている？　もしやこの娘、俺が本物のハリーでないと疑っているのか。

疑惑、恐怖、戸惑い、脳裏に様々な感情が渦巻いて混沌《こんとん》を生み出している。

そもそもリネットは本当にレポフスキー家の侍女なのだろうか。今日ここに来た以上、関係者であることは間違いないだろう。偶然、レポフスキー家を騙《かた》る詐欺師が来るなどまずあり得ない。しかし、侍女であると断言する証拠もない。

もしや、とガイの背中に冷たい雷が走った気がした。


目の前の女こそが本物のマンフレッドではないだろうか。


もし本物のレポフスキー卿《きょう》であれば、女に変身するなど造作もあるまい。

異変を察知したためか、あるいは当初からの予定だったか、侍女と偽って反応を窺《うかが》っているのではないだろうか？　リネットがここに来てもう小半刻《三十分》近くも経《た》つが、未《いま》だにマンフレッドが来る気配はない。はぐれた、と言っていたがリネットには身を案じる様子もなければ、勝手に主人の側《そば》を離れてしまったと不始末を不安がる気配もない。出された茶にも手を付けず、礼儀正しく座っている。

もちろん申告通りただの侍女、という可能性も残っている。ただ、一度気づいてしまった疑いは蜘蛛《くも》の巣のように音もなくガイの脳裏に糸を張り、広げていく。

「どうかなさいましたか？　少々顔色が優れないご様子ですが」

リネットが覗《のぞ》き込んでくる。

誰のせいだと、と叫びたくなるのをこらえながらガイは視線をさまよわせる。

「気遣いは無用だ。ああ、そうそう。死体の件だな」

汗をハンカチでぬぐいながらも頭の中でしきりに思案を巡らせる。

「あれは……買ったのだ」

「買った」

ガイの返事が予想外だったのだろう。初めて人間らしい感情のこもった声で、繰り返す。ざまあみろ、と心の中で会心の笑みを浮かべながらガイは続ける。

「墓守に金を握らせて、な。新鮮な死体が出たら知らせるようにと。何、この辺りは貧乏な村も多い」

「なるほど」

リネットは何度もうなずいた。

「大変参考になりました。不躾《ぶしつけ》ではございますが、少し拝見してもよろしいでしょうか」

「構わぬ」

「失礼いたします」

リネットは立ち上がると、ハリーの死体に近づいた。真正面に立つと一礼してからハリーをためつすがめつ見る。まるで服の品定めでもしているかのようだが、目の前にいるのは上半身裸の死体である。ハリーの方がリネットより頭半分ほど高い。顔や頭を見ようとすれば自然とつま先立ちになっているようだ。

「ああ、触らぬように」

とっさに注意を呼びかける。下手に触られて背後の傷を見つけられたら面倒だ。

「かしこまりました」

リネットはこちらを振り返って返事をした。そしてまたハリーの死体に向き直ると唇に手を当て、考え込むような仕草をする。次の瞬間、リネットはつま先立ちになり、艶を失いつつある顔に鼻先を近づけた。ほんの一瞬ではあったが、頬に口づけしたようにも見えた。

あまりに予想外の行動に、ガイは咎《とが》め立《だ》てるべき言葉も失った。まさかこの女はハリーと同じ死体愛好家?

「失礼いたしました」

困惑するガイをよそに、リネットは死体に一礼してから今度は窓際に立っていた。窓枠に手を掛けて身を乗り出し、雨の降り続く塔の下を覗《のぞ》き込む。

ガイは刹那、無防備な背中を突き飛ばしてしまいたい衝動に駆られる。そうすればハリーやリネット、未《いま》だ姿を見せぬ『裁定魔術師《アービトレーター》』のことも全て解決するような気がした。軽く突き飛ばしただけでリネットはバランスを崩して地面に真っ逆さまだ。そう考えるだけで哀れな女の悲鳴まで聞こえるような気がした。

だが所詮は妄想だ。『魔力なし《マギレス》』の侍女とはいえ、レポフスキー家の者に手を出したとあれば、プライドの問題だろう。『裁定魔術師《アービトレーター》』の使命とは関係なしにガイを始末しかねない。

そんな葛藤も知らず、リネットは塔の下をまだ熱心に覗《のぞ》き込んでいる。何が珍しいのだろうか。窓の下には入ってきた扉しかないはずだ。あとはさっき落ちた死体くらいだろう。

「お待たせいたしました」

リネットは一礼するとまた元の椅子に座った。

「何か変わったことでも？」

「色々と」そこでガイに意味ありげな視線を送る。

「一つ確認させていただきたいのですが」

「何かな？」

「何故《なぜ》、あなた様はハリー・ポルテス様を殺害されたのですか？」

息が詰まった。肺が握りつぶされたかのような息苦しさに咳《せ》き込む。

口元をぬぐいながらリネットを見るが、彼女の表情は崩れていなかった。冗談を言っているのではなかった。ガイの期待はもろくも崩れる。

「何の話かな」

それでも一縷《いちる》の望みをかけてとぼけてみる。口に出した以上、疑っているのは確かだろう。けれど、今までのやりとりで証拠を握られたという確証も感じなかった。かまを掛けている可能性もある。三文芝居のように「見破られたか」と自ら正体を現すのは間抜けに過ぎる。

「あなた様は本物のハリー・ポルテス様ではございません。おそらく本物はそちらの方かと」

リネットが顔を向けた先には紛れもなくハリーの死体があった。

「何故《なぜ》、そう思う？」

「臭いです」

リネットは言った。

「そちらの亡骸《なきがら》、亡《な》くなったばかりというのにすでに死臭と薬品の臭いがしました。おそらくは生前から体中にこびりついているものでしょう。旦那様によれば、死体保存の薬品は死霊魔術《ネクロマンシー》の秘術に属し、魔術師によってわずかずつ異なるものとか。ですが、その方の臭いは隣の女性の亡骸《なきがら》と全く同じでした。その方が『死霊魔術師《ネクロマンサー》』……つまり、この塔の主《あるじ》であるハリー・ポルテス様である証拠です」

頬に口づけしていたかのように見えたのは、臭いを嗅いでいたためか。

「ハリー様の亡骸《なきがら》を傀儡《かいらい》のように飾り、なおかつハリー様の名を騙《かた》られている。だとすれば、殺害したのはまず間違いなくあなた様でしょう。ついでに申し上げると、先程嗅がせていただいたあなた様の臭いと、この部屋の臭いは違いました」

塔の入り口で助け起こした時にガイはリネットの体臭を感じた。つまりリネットもまたガイの臭いを嗅ぎ取っていたのだ。

恥辱を感じて怒りが膨らむ。

「どのような理由かは存じませんが、あなた様はわたくしどもが来る前にハリー様を殺害されました。死因はおそらく背中の傷でしょう」

何故《なぜ》それを！　うかつにも叫びそうになるのを懸命にこらえる。ここで叫ぶのはもちろん、慌てふためいては自白したのも同然である。

リネットは涼しい顔で手のひらに収まる程度の手鏡を取り出す。死角から鏡を使って背中を覗《のぞ》いていたのだ。小賢《こざか》しいマネを、とガイは唇を噛《か》んだ。

「本来でしたらすぐにでも塔を離れるところでしょう。その前にわたくしが塔に来たばかりにやむなくハリー様に扮《ふん》してこの場をやり過ごすことにした。そんなところでしょうか」

流れるように自身の推理を披瀝《ひれき》する。

「拝見いたしましたところ、あなた様も死霊魔術《ネクロマンシー》をたしなまれるご様子。おそらく同門の方とお見受けいたしますがいかがでしょうか？」

「貴様、何者だ？」

たかが『魔力なし《マギレス》』の侍女にしては勘が鋭い。それに手鏡を使った調べ方といい、手際《てぎわ》が良すぎる。やはり、この女が本物のレポフスキー卿《きょう》か？

「わたくしは、レポフスキー家の侍女です。それ以上でも以下でもございません」

得意げになるでもなく、淡々と語るリネットにガイはますます焦《あせ》りを募らせていく。

どうする？　この女が主人に告げ口をすれば、間違いなく身の破滅だ。何とかして口をふさがねばならない。いや、それこそ命を縮める行為だ。考えろ、考えろ！　と必死に己を叱咤《しった》する。頭を使いすぎたせいか額から汗が噴き出す。頭が熱くなってきた。風が欲しい、とふと窓を見た時ガイの脳裏に天恵のような閃《ひらめ》きが浮かんだ。

「ハハハハハハハハ……」

ガイは高笑いを上げる。リネットの表情は変わらない。

「いやはや、よく考えついたものだ。空想にしてはなかなか面白かったな。だが、肝心なことを忘れてはいないか？」

「肝心なこと、とはなんでしょうか？」

小首をかしげるリネットに向けて両腕を上げ、誇らしげに宣言する。

「私が『魔術師』だということだ」

ガイは我が身の魔力を練り上げ、呪文を唱える。この程度の魔術であれば、見習いのガイでも使える。

「『浮遊《レビテーション》』」

その途端、ガイの両足は床を離れ、ゆっくりと浮き上がる。ガイだけではない。椅子もテーブルも本も、黒革の鞄《かばん》も、ハリーやほかの死体も、そして椅子に座っているリネットさえも、音もなく浮かび上がる。

壁に据え付けられた本棚やクローゼットを除き、部屋の中の様々なものがまるで水中のように部屋の中を漂う。

「どうだ、見たかね。この力を！」

空を飛べるのなら窓から逃げればいい。リネットが訪問したからといって、わざわざ他人になりすます必要もない。それに、臭いなどこの部屋に長い間いればこびりつくものだし、己の臭いなど洗濯や風呂《ふろ》でいくらでも消える。何の証拠にもならない。『死霊魔術師《ネクロマンサー》』の知識ならばそれこそハリー本人だという根拠にもなり得る。偽者《にせもの》扱いするには、根拠が薄弱だ。

「そこもとの推理は最初から破綻《はたん》しているのだよ」

「なるほど」

「認めるのだな。己の間違いを」

ガイはにやりと笑った。この小生意気な娘をどうしてくれよう。いかにレポフスキー家の侍女とはいえ、魔術師に無礼を働いたのだ。正式に抗議しなくてはならない。賠償として、この娘を譲り受けて生きたまま解剖してやろうか。魔物と交合させてやろうか。いや、それよりもこの件を盾に『裁定魔術師《アービトレーター》』に貸しも作れる。

「滅相もないことでございます」

リネットは首を横に振ると、宙に浮かぶ本や家具、ハリーの死体へと視線を移していく。

「あなた様の魔術《トリック》はすでに解けております」

リネットは宙に浮いたまま顔の前を横切る椅子を手で押しのける。

「これより審判を始めます」

黒衣の侍女はうやうやしく、しかし威厳をもって宣言した。

「あなた様が犯人だと最初に疑ったのは、ハリー様の亡骸《なきがら》を見るより前。この塔の前に来た時です」

「バカな」

ハッタリにも程がある。

「覚えておいでですか？　塔の下に倒れていた亡骸《なきがら》を」

「それがどうした？」

「あれを動かしたのは本物のハリー様です」

ガイは一笑に付した。

「あれはミスだと……」

「いえ、あの亡骸《なきがら》はここから誤って落ちたのではございません。ハリー様の意志で塔の下に『飛び降りる』よう命じられたのです」

飛び降りる？　何故《なぜ》そんなマネを？

「その証拠に窓枠には足跡が付いていました。もし勢い余って落ちたのなら下半身……太股《ふともも》辺りにぶつかり、前のめりになって落ちるはずです。ですが、そんな痕跡はございませんでした。あの亡骸《なきがら》は自らの足で窓枠を蹴り、飛び降りたのです」

「そんなものが何の証拠になる」

「問題は何故《なぜ》、塔の下へ亡骸《なきがら》を向かわせたのか、です」

あの時ハリーは背中を刺され、虫の息だった。命は風前の灯火《ともしび》。そのような状況で何ができるというのか？

そこでリネットは宣誓のように右手を上げた。

「ハリー様はわたくしどもが、もうすぐこの塔を訪れるのをご存じでした。そこで一矢《いっし》報いるために、犯人を告発なさったのです」

「妄想だ」

あの死体が告発などとあり得ない。あのハリーが……死ぬ間際《まぎわ》の人間がそのようなことを思いつくはずがない。だが、何か反論しなくては、事実と認めたことになる。思いつく限りの理由を並べ立てる。

「あれは、塔に侵入した敵を始末するために……」

「だとしたらまず目の前の敵に向かわせるのが当然の心理でしょう。目の前にいた方が、亡骸《なきがら》は操りやすいはずです」

リネットが右手の親指を折る。

「そうそう、苦戦した故に助けに向かわせたのだ」

「ハリー様は極度の人嫌いと聞き及んでおります。そのような方がいらっしゃったとは考えにくいかと。何より塔の下に第三者がいたような痕跡はございませんでした」

今度は人差し指を折る。まるでカウントダウンのようだ。

「苦戦したが故に、重要な物を持って逃がしたので」

「だとしたら亡骸《なきがら》はもっと塔より離れた場所になくてはなりません。亡骸《なきがら》は地面に落ちた後、まっすぐ塔に戻って来ていました」

中指を折る。

「ようやく追い払ったので、逃げた敵の追跡を命じて」

「下の扉が内側から施錠《せじよう》されていた以上、敵は窓から逃げたことになります。ですが、今しがた申し上げた通り、亡骸《なきがら》はまっすぐ塔に戻っています」

薬指を折る。

「ただ今仰《おつしや》っていただいた動機はわたくしも思いつきましたが、申し上げた理由のため却下いたしました。残ったのが、ハリー様を殺害した犯人の『告発《こくはつ》』です」

残った小指を見せつけるようにかざす。

「亡骸《なきがら》は塔の扉の前に倒れかかるようにして力尽きていました。最初は塔に戻ろうとしていたのかと思いましたが、塔の門をひっかくなど開けようとした痕跡はございませんでした。つまり、あの亡骸《なきがら》は目的を果たしていたのです」

「目的？」

「犯人を逃がさないため、です」

死体は塔の扉をふさいでいた。もし、内側から出ようとすれば、死体をずらさないといけない。しかし、リネットが来たときはまだ死体は門の前にあった。

「つまり、亡骸《なきがら》が出口をふさいでいる時に中から出てきた人物こそが犯人。そうハリー様は訴えたかったのです。そしてわたくしの前に塔の中からあなた様が現れました」

「愚かな！」

ガイは喚《わめ》いた。物言わぬ死体こそが、ハリーの『告発《ダイイングメッセージ》』などと馬鹿げている。

「そんなものはいくらでもこじつけられる！　証拠になどなるものか。第一、今目の前で証明しているだろう。私は、『魔術師』だと！」

部屋の中では今も椅子やテーブルや書物や死体や、そしてリネット自身が宙に浮いている。

「ですから、あなた様こそ犯人なのです」

そこでリネットは冷ややかに告げた。

「あなた様は高い場所が苦手なのですね」

その途端、部屋の中のものが全て床に落ちた。派手な音を立てながらテーブルは横倒しに転がり、本は開いたまま床に伏せられ、ハリーの死体は不自然な体勢で倒れている。リネットは着地の際にずれた椅子を傾け、ガイの正面に来るように座り直した。

「な、何故《なぜ》それを……」

冷や汗が頬を伝ってあごの下まで流れ落ちる。師匠とハリー以外は誰にも知られていないはずの秘密だというのに。

「ここに来てからあなた様の行動を観察しておりましたが、頑として窓の方には近づこうとなさいませんでした。塔の下に飛び降りた亡骸《なきがら》にしても、ここからでしたら見えるはずなのに、あなた様はたいそう驚いておいでした。それで確信したのです。この方は高い場所が苦手なので、確認ができなかったのだと」

「……」

「あなた様の言う通り、いくら門をふさごうと、魔術師の方々なら空を飛べても不思議ではありません。ですが、あなた様は空から逃げられない。ハリー様はそれをご存じだったのでしょう。だからこそ、門をふさぐことであなた様を逃がさないようにした」

「……」

「『浮遊《レビテーション》』を使われた時、あなた様の位置は椅子の高さより上には動きませんでした。おそらくは、それがあなた様の限界なのでは？」

お前の限界だ。師匠の声が聞こえた。

お前には才能がない。お前は所詮、『濃緑色《のうりよくしよく》』止まりだ。己の恐怖心すら克服できないお前に何ができる。諦めろ。いくら努力しようとハリーには敵《かな》うまい。私の名跡はハリーに継がせる。

「違う！」

　ガイの叫びは事実への拒絶だった。

「私に限界など、ない！」

　ハリーは窓際《まどぎわ》に駆け寄り、窓枠に足を掛ける。

「見ていろ。今から空を鳥のように舞い上がってみせる。そこもとの言葉は全て偽りだと、証明してやろうではないか」

　熱に浮かされたように窓枠に手を掛け、頭を塔の外へと出したところで冷たい風が吹いた。体が止まる。落ちれば、死ぬ。精神力ではどうにもならない、根源的な恐怖が蘇《よみがえ》った。

　早く飛ばないのですか？　と急《せ》かすような声が聞こえた。それはリネットの声でもあるし、師匠の声でもあり、ハリーでもあり、もう一人のガイのような気がした。

　飛べ、飛べ、飛べ、飛べ、と頭の中で声が反響する。背中を押されるようにもう一度窓枠に手を掛ける。

　やってやる、やってやるぞ、とつぶやきながら顔を窓の外へ出し、身を乗り出そうとした瞬間、目に飛び込んできたのは、はるか下方に広がる地面だった。吸い込まれるような感覚に、興奮は一瞬で消え失《う》せ、代わりに黒い芋虫のような恐怖が背筋を這《は》い上《あ》がってきた。全身が震え、脂汗が頬をしたたり落ちる。体は自然と塔の内側へと仰《の》け反《ぞ》っていた。

泣き声にも似たうめき声がガイの口から漏れていた。自然と体は後ずさり、膝をついた。

振り返ると、リネットが綺麗《きれい》な姿勢で座りながら無慈悲に告げた。


「裁定は下されました」


それは、勝利宣言だった。結局は己自身でリネットの正しさを証明してしまった。助かったという安堵《あんど》は消え去り、たかが小娘に敗北したという屈辱に全身を焼かれていた。

「すぐに旦那様も参ります。罪状と刑罰はその際に」

肩が震える。レポフスキー卿《きょう》が来てしまえば、ガイの命は終わる。

「一つ、お伺いしたい儀がございます」

会話の内容は何も耳に入ってこなかった。先程までとは変わらない口調なのに、勝利の愉悦に浸り、ガイを侮蔑し嘲っているかのように聞こえた。『魔力なし《マギレス》』にも劣る下等魔術師。生きる価値もない、腰抜けの臆病者。

「あなた様は……」

「黙れ！」

感情のままに放った声は『力ある言葉』へと変換される。衝撃波が部屋を揺らした。本や椅子は窓の外へと飛び出す。

リネットの体も紙切れのように壁に叩《たた》きつけられた。苦悶《くもん》の声を上げ、ずるずると床に沈んでいく。

拍子抜けするほど簡単に吹き飛んだ娘に、一瞬呆気《あっけ》にとられる。それでも未《いま》だ起き上がる気配のないリネットの姿に腹の底から笑いがこみ上げてくるのを感じた。

間違いない。この女は正真正銘の『魔力《マギ》なし《レス》』だ。

もし魔術師であればたとえ不意打ちであろうと、魔術の攻撃を受ければ魔力の壁を反射的に作り出すものだ。壁の厚さや強さは魔力の量によって差はあるが、今の衝撃波には何の抵抗も感じなかった。

驚かせてくれる。まさか、本当にただの小娘だったとは。

愉悦に顔を緩ませながらガイが呪文を紡《つむ》ぎ、部屋の死体を動かす。ハリーの死体を先頭にリネットを取り囲み、拘束する。両腕をつかませ、ムリヤリ立ち上がらせると、名もなき女の両腕がリネットの喉に食い込む。

もはや猶予はなかった。レポフスキー卿《きょう》が来る前に始末しなくては。言い訳は後で考えればいい。むごたらしく殺せないのが心残りではあるが、口をふさぐのが先決だ。

リネットの口から苦しげなうめき声が漏れる。ただの人間だ。天使でも悪魔でもない。恐れる必要などどこにもないのだ。

「安心するといい」

ガイはにやりと唇を歪《ゆが》める。

「貴様の死体は操られることもない。塵《ちり》一つ残さず消し去ってくれる」

あともう少し力を込めれば、リネットの呼吸は止まり、首の骨は折れる。

その時だった。

「それは困るな」

低い、男の声がした。

風が吹いた。次の瞬間、リネットを取り囲んでいた死体が力なく崩れ落ちていく。まるで操り人形の糸が切れたかのように。ガイはもう一度死体を操ろうと呪文を唱えたが、死体は何の反応も見せなかった。リネットはその場に崩れ落ち、喉を押さえながら咳《せ》き込んでいる。

振り返っても人影はなかった。気配すらない。にもかかわらず声は続いた。

「無知で無力で無能な、何の取り柄もない娘ではあるが、いないよりはマシなのでな」

まさか。ガイは総毛立つのを感じた。

レポフスキー卿《きよう》が……『裁定魔術師《アービトレーター》』が来たのか？

「何より小生《しようせい》の家来に断りもなく手を上げようというのは、少々不遜に過ぎるのではないかな」

　ガイはもう一度手に魔力を込め、『力ある言葉』を唱える。取り繕う余裕はなかった。殺さねば殺される。生存本能から発した魔術だった。詠唱も集中もいつも通り完璧だったにもかかわらず、発動することはなかった。

　呆然《ぼうぜん》と己の手を見つめる。一体何が起こっている？　まさか、これが『裁定魔術師《アービトレーター》』……魔術師殺しの魔術師の力なのか？

　困惑するガイをよそにリネットが体を起こす。体をふらつかせながらも、壁に手をつき立ち上がる。その途端、黒い影が部屋の中に飛び込んできた。黒い影は翼を羽ばたかせながら倒れたテーブルの端に留まると高らかに啼《な》いた。

　一羽《わ》の鴉《からす》だ。黒い翼に鋭い嘴《くちばし》、紅玉のような赤い瞳。先程、階段の途中で見かけた鴉《からす》だ。

　リネットは優雅な足取りで鴉《からす》の前に来ると、かしこまって一礼する。

「お恥ずかしいところをお見せしました。旦那様」

「任せてくれ、と言うから信じてみればこのザマか。つくづく使えない」

「申し訳ございません。平にご容赦を」

　尊大な口調の鴉《からす》に対し、リネットは片膝をついて頭を下げる。

「まあいい。貴様の処罰は後だ。……さて、魔術師殿」

　黒い鴉《からす》がガイに向き直る。

「先程は名乗りもせず失礼した。小生《しょうせい》はマンフレッド。レポフスキー家当主として『始祖』より『裁定魔術師《アービトレーター》』の任を与えられている。参上つかまつったのは、個人的な事情であったが、今より我が使命へと相成った」

何のてらいもない自己紹介が、ガイにはすでに判決文に聞こえていた。リネットへの攻撃自体が、罪を認めたのと同義だ。見られていた以上、釈明の余地はない。

「……なるほど、そういうことか」

わき上がる恐怖を打ち消すようにガイは何度もうなずいた。

「鳥に化けるのがレポフスキーの流儀か。姑息《こそく》な」

『魔力なし《マギレス》』の娘を囮《おとり》に使い、自身は鴉《からす》に化けて、密《ひそ》かに監視していたというわけか。卑怯《ひきょう》者《もの》め。それでも魔術師か。

「どうやら勘違いをしているようだ」

マンフレッドを名乗った鴉《からす》は首をかしげる。

「魔術や魔道具の類いなど一切使ってはいない。小生《しょうせい》は、生まれてよりずっとこの姿だ」

ガイは一瞬、言葉の意味を測りかねた。

「小生《しょうせい》は元々、先代に拾われた鴉《からす》の子だ。だが、生まれつき膨大な魔力を持っていた。故に使い魔として飼われていたのだが、先代の当主が小生《しょうせい》を養子にして跡を継がせたのだ」

「バカな」

気がつけば罵倒が口から出ていた。魔術の名門レポフスキー家がよりにもよって鴉《からす》を養子にしただと。そして一族の反対派を皆殺しにして当主に納まったというのか。

「先代の当主とやらは血迷ったのか？」

「小生《しょうせい》も同意見だ」

マンフレッドは愉快そうに笑った。

「おかげで殺さずともよい相手を殺さなくてはならなかった。あの時のことは思い出すだけで心苦しい。いやはや、まったく。因果なものよ」

冗談めかした口調には、罪悪感めいたものは毛筋ほどにもなかった。

「さて、長話も過ぎたようだ。そろそろ使命を果たさねばな」

ガイは顔から血の気が引くのを感じた。自然と足が後ずさる。

「貴殿は本物のハリー・ポルテスを殺害し、彼になりすました。あげくに小生《しょうせい》の侍女を許しもなく傷つけ、証拠の隠滅を図った。その罪は重い」

ひっ、と悲鳴が漏れる。

「ま、待ってくれ。俺は、いや、私は……」

「弁論は無用だ。そなたの罪は今から決まる」

マンフレッドが視線を送ると、先刻承知とばかりにリネットが、黒革の鞄《かばん》を床に置き、封を開けた。両手で取り出したのは、黄金の天秤《てんびん》である。

その瞬間、ガイは半ば本能的に身をすくませた。

「それは、まさか……」

「そうだ」マンフレッドが重々しい口調で断言する。

「『ユースティティアの天秤《てんびん》』だ」

初代レポフスキー家当主が『始祖』より与えられた魔道具だ。魔術師が『天秤《てんびん》』といえば、通常はこれをさす。レポフスキー家の代名詞であり、紋章にも使われている。『天秤《てんびん》』の前で魔術師の罪を明らかにすると、その罪に相応《ふさわ》しい罪状が決められるという。判決文であり、拷問具であり、処刑道具でもあるという。

リネットは『天秤《てんびん》』を差し出すようにしてガイに向ける。その瞬間、左右の秤《はかり》が自動的に上下を始めた。ガイの罪を測っているのだ。あの天秤《てんびん》が止まった時、命運は尽きる。

「クソッ！」

ガイは杖《つえ》を振るった。後先考えている余裕はなかった。殺さなければ殺される。並の魔術など、通用するはずがない。最後に頼れるのは、長年修行した『死霊魔術《ネクロマンシー》』だけだ。

「愚かな」

がっかりした、と言いたげに顔を背け、一声啼《な》いた。

その瞬間、リネットの側《そば》に倒れていたはずの死体が動き出し、ガイへと向かってきた。魔術で蹴散らす前に壁際《かべぎわ》に追い詰められ、顔面を殴られた。生者であれば出せぬ怪力で殴られ、頬骨が折れたようだ。その代償に死者の拳も砕け、指があらぬ方向に曲がっている。それでも死者であれば文字通り痛くもかゆくもあるまい。

顔を押さえ、床を転げ回る。その背中から再び金属音が聞こえた。

左の秤《はかり》が、傾いたまま止まっていた。

「あ、ああ……」

「決まったな」

マンフレッドが言った。

「『ユースティティアの天秤《てんびん》』は汝《なんじ》の罪に傾いた」

ガイの脳裏にとある文献の記述が蘇《よみがえ》る。傾いた『天秤《てんびん》』は平衡を取り戻すため、反対側に同じ重さのものを載せる。すなわち犯した罪を贖《あがな》うだけの、罰だ。どんな罰かは不明だが、罪次第では死刑以上もあり得るという。

「やめろ、やめてくれ。俺が悪かった。だから……」

平伏《ひれふ》して許しを請《こ》う、恥も外聞もない。『天秤《てんびん》』が平衡に戻れば。刑が執行される。『ユースティティアの天秤《てんびん》』を操れるのはマンフレッドだけだ。それが十歳の鴉《からす》であろうとなかろうと、泣いてすがるまでだ。

「……一つお伺いしたいことがございます」

リネットが壁に手をつき、立ち上がりながら言った。

「な、なんだ？」

そういえば、先程も何か質問しようとしていた。会話する間は殺されずに済む。腹立たしくも小賢《こざか》しい『魔力なし《マギレス》』ではあるが、溺れる子供のようにすがるしかなかった。

「『首のない人形を持つ男』をご存じありませんか？」

一瞬、頭の中が真っ白になる。

「ご存じありませんか？」

再度問われて我に返る。ガイは焦《あせ》った。意味は不明だが、返答次第では命がない。それだけは十分に理解できた。デタラメでも何でも気を引くような言葉を言わねばならぬ。

「いや、全く知らない。たった今初めて聞いた。思い当たることなど何一つない」

なのに、気がつけば口が勝手に言葉を紡《つむ》いでいた。

「何故《なぜ》？」

慌てて己の口を押さえる。マンフレッドの魔術か？　それとも『天秤《てんびん》』の力か？

マンフレッドは露骨に失望した様子で首を横に振った。

「やはり、紛《まが》い物《もの》の方では何も知らぬか」

ふわりと、飛び上がりハリーの骸《むくろ》の上に降りる。

「ご丁寧に魂まで砕いてくれたか。これでは『死者の声』も使えぬ」

死人の魂を呼び寄せて話を聞く『死霊魔術《ネクロマンシー》』の一つである。

マンフレッドは一声啼《な》くと黒い羽根をまき散らしながら飛び上がる。不吉な羽ばたきを聞かせながらガイの肩に留まるとささやくように言った。

「判決を下す」


その瞬間、金属音とともに『ユースティティアの天秤《てんびん》』が平衡を取り戻した。

金属音が次第に大きくなっていく。世界が急速に回転していく。眩暈《めまい》か。回転する中で世界が色を失い。灰色《はいいろ》に染まる。気がつけば、先程と変わらぬ塔の中にレポフスキーもリネットの姿もなく、ガイはただ一人、立ち尽くしていた。

「何だ、何が起こった?」

慌てふためくガイの背後で動く気配がした。振り返ると、ハリーの死体がガイの意志に関係なく動き出していた。

「『死霊魔術《ネクロマンシー》』か」

死体が動き出したことで逆に冷静さを取り戻した。マンフレッドの仕業だろう。ハリーの死体に自分を殺させるつもりのようだ。魔術師らしい、皮肉なやり方だ。そうはいかない。腕を伸ばし『力ある言葉』を唱える。

「『亡者《もうじゃ》よ、あるべき姿に戻れ』」

『死霊魔術《ネクロマンシー》』ならばこちらの方が上手だ。魔力の多寡は関係ない。呪文そのものが死体を元に戻すキーワードなのだ。マンフレッドとリネットがどこに行ったかは分からないが、いなくなったのなら好都合だ。師匠の名跡ももはやどうでもいい。夢にまで見るほど恋焦がれた名跡であったが、命には代えられなかった。地の果てまでも逃げ延びてやる。

にもかかわらず、ハリーの死体は依然、ガイに迫ってきていた。

「何故《なぜ》だ、何故《なぜ》止まらない？」

焦《あせ》りながら何度も『力ある言葉』を唱える。効果はなかった。ハリーはうつろな表情のまま両腕を伸ばし、ゆっくりと近づいてくる。ガイは手探りで手近な物をたぐり寄せる。椅子を、書物を、高価な瓶を、手当たり次第に投げつけるがハリーの足は止まらなかった。

「く、来るな！」

下へ降りる扉へと逃げる。扉は開かない。鍵は掛かっていない。内側からしか掛からないはずなのに。扉は開かない。拳を叩《たた》きつけ、体当たりでこじ開けようとしたが、木製の扉は鉄塊のようにびくともしなかった。

背後から迫り来るハリーの気配に急いで扉を離れる。部屋の中を野ネズミのように走り回り、気がつけば、ガイは窓際《まどぎわ》へと追い詰められていた。

背後から吹き付ける冷たい風に息が詰まった。腕をつかまれる。ハリーの瞬《まばた》かない目がガイのおののく姿を映し出していた。そのまま凄《すさ》まじい力でつかまれる。噛《か》みつかれるかと思ったが、ハリーの腕はガイの膝の裏へと回すと一気に持ち上げた。

物語のお姫様のようにガイはハリーの腕の中に抱えられる。

「な、何をする気だ？」

返事はなかった。表情も変わらなかったが、何をされるのかはすぐにわかった。

ハリーは窓の縁に足を掛けると、腕を伸ばし、窓の外へ放り投げた。宙に投げ出される寸前、とっさにハリーの腕をつかんだ。ハリーは抵抗しなかった。ぐらりと前のめりに倒れていき、ガイもろとも塔の下へと落ちていった。

風を切る音、重力に従い、冷たく硬い地面に引き寄せられていく。目を閉じ、絶叫で喉を震わせながら、ガイの脳裏を恐怖とその言葉が占めていく。『力ある言葉』すら頭から吹き飛んでいた。落ちる。落ちてしまう。陰嚢《いんのう》が縮み上がる。恐怖心に全身を縛られながらも何とか受け身を取らねば、と頭を両手で抱えて身構える。さして高い塔ではない。下は柔らかい土の上に、雨も降っていた。頭さえ無事なら助かる可能性はある。一縷《いちる》の望みをかけてガイは墜落し続ける。そこで違和感に気づいた。

おかしい。とっくに地面に激突している頃だ。なのに、ハリーともどもいつまでも落ち続ける。落ちれば落ちるほど地面が遠ざかっていく気がした。いつまで墜落し続けるのだ。

気力を振り絞ってガイは薄目を開ける。

ガイたちは雲の上にいた。雲の切れ間からは広大な地面が広がっていた。塔はすでに肉眼では見えない。色でかろうじて森か荒野か区別がつくくらいだ。

周囲は暗くなっていた。下降しているはずなのに周囲の風景は高く、より高く上昇していた。このままでは星の世界まで到達するだろう。魔術も使えず、身動きも取れない。

いっそ失神すれば楽に死ねるだろう。何故《なぜ》かそれも叶《かな》わない。もはや地面すら消え失《う》せていた。恐怖と錯乱の中、無限に落ち続けるガイの目には見えるのは、透き通るような青空と白い雲、そして仮面のようなハリーの笑顔だった。

リネットは塔の前にいた。

雨は止《や》み、東の空には青空が見えつつある。

聞き慣れた羽ばたきが聞こえたので、リネットは立ち上がり自身の二の腕に主《あるじ》を留まらせる。

「貴様という奴《やつ》は無能の上に主人までこき使うとは、よく生きていられるものだ」

「旦那様のお手を煩わせてしまい、大変申し訳ございません」

リネットは頭を下げた。マンフレッドは不機嫌そうに顔を背けた。

扉の向こうから人影が下りてくるのが見えた。女の亡骸《なきがら》である。マンフレッドの魔術で動かされた亡者《もうじや》は自身の足で階段を下り、塔の外へ出てきた。

薄曇りの空の下、ふらつきながらもリネットの横を通り過ぎ、裏手にある大きな穴の前に来た。穴は一つだけではなく、長方形に幾つも掘られていた。

傍《かたわ》らには土の山が盛り上がっており、土の臭いが香った。穴の周りには、マンフレッドの死霊魔術《ネクロマンシー》で操られた亡者《もうじゃ》たちが整然と並んでいた。いずれもハリーが掻《か》き集《あつ》めた亡骸《なきがら》だ。厩《きゅう》舎《しゃ》には馬の死体もあった。

穴の中には先客がいた。上半身と下半身の分かれた、男の死体である。女の亡骸《なきがら》は穴の縁に立つとそのまま倒れ込んだ。飛び込むように男の亡骸《なきがら》に被《かぶ》さった。

すると亡者《もうじゃ》たちは待ちかねたように男と女の亡骸《なきがら》に土を掛けていった。

二体の亡骸《なきがら》が埋まって見えなくなると、亡者《もうじゃ》たちは自分で土をかけ、自身を埋めていく。

その横を首から血を流した馬が横切る。首や胴体の肉は削《そ》がれているが、足には異常はないため、動かすのは問題なかった。死んだ馬は最後に一番大きな穴の中に飛び込む。うつぶせの状態で穴の横っ腹を蹴り上げた。その途端。土が崩れ、馬の亡骸《なきがら》は土に埋もれて見えなくなった。全ての死体が土の中に埋まると、リネットは手を組んで祈りを捧《ささ》げた。

「これで満足か？」

マンフレッドは皮肉をこめて聞いた。

「大変鮮やかな手際《てぎわ》かと。わたくし、感服いたしました」

「貴様ごときが魔術を語るな。愚か者」

「申し訳ございません」

「老婆の泣き言に小生《しょうせい》まで付き合わされたのだ。覚悟はしておくがいい」

　塔に来る途中、麓の村で泣き喚《な》く老婆《わめ》に出会った。昨日、一人娘の結婚式の途中で、塔に住む魔術師が現れた、何の理由もなく娘夫婦は殺され、亡骸《なきがら》まで持ち去られた。

　老婆は涙ながらに訴えた。誰か魔術師から娘たちの亡骸《なきがら》を取り返してほしい。それがムリならせめて亡骸《なきがら》を辱《はずかし》められぬように弔ってほしい、と。

「承知しております」

　リネットは返事をしながら男女の埋まった土の上に二つの指輪を載せた。研究室のゴミ箱から見つけたものだ。どちらも真新しく、寸法は男女の薬指に合致していた。娘はともかく、夫の方は麓の村まで歩けそうにない。体が上下に分割している上に、落下の衝撃で肉体そのものが傷んでいる。下手に動かせば崩れ落ちる。夫婦ともどもここで弔ってやるのが親切だろう。

「翼の手入れは念入りに、屋敷《やしき》には青ネズミの塩茹《しおゆ》でと、虹色蛇のシチューを。デザートはブドウをご用意いたします」

「ブドウの皮は剝《む》いてあるだろうな」

「万事抜かりなく」

「ならばいい」

　マンフレッドはそっぽを向いた。

「言っておくが所詮は感傷だ。共に葬《ほうむ》ろうとも冥界の旅路は別々よ」

「存じ上げております」

相変わらずか、とマンフレッドはつまらなそうに一声啼《な》くと行くぞ、と言った。かしこまりました、とリネットは主《あるじ》を帽子の上に乗せ、麓への道を下る。

不意に背後でまばゆい光が走った。轟音《ごうおん》が鳴り響き、大気を震わせる。振り返ると、『死霊魔術師《ネクロマンサー》』の塔は炎に包まれていた。石造りの塔の中は炎に包まれ、灰色《はいいろ》の煙を窓から噴き上げていた。窓の向こう側で一瞬、黒い腕が上がったように見えた。リネットはすぐに向き直り、黒革の鞄《かばん》を手に麓への道を下る。

「そういえば」

リネットが困り顔であごに指を当てる。

「あの方の本当の名前をお聞きするのをすっかり忘れておりました」

「だから貴様は阿呆《あほう》だというのだ」

マンフレッドが頭の上から得意げに言った。

「死人の名前など『名無しの死体《ジョン・ドウ》』に決まっているではないか」

―――幕間《まくあい》・一

雨上がりのぬかるんだ道をマンフレッドはリネットとともに下っていく。旅の時には帽子の上に留まるようにしている。鴉《からす》の体は、長距離飛行に不向きだ。その上、リネットの歩みに合わせていては、かえって疲れる。問題は留まる場所だが、小娘の肩幅は狭いので、顔半分を常に羽とこすり合わせる羽目になる。くすぐったいし、自慢の羽が人間の皮脂や化粧で汚れるのは嫌だった。自然と帽子の上になった。

己の侍女を見下ろしながらため息交じりにつぶやく。

「あいと繋《つな》がりのある魔術師をようやく見つけたと思ったらこのザマか」

「不可抗力でした」

口封じかとも思ったが、よもや全くの別件で殺されていたとは。完全に予想外だった。つかんだと思った手がかりも水泡に帰した。

「何か見つけたか？」

証拠隠滅などさせぬために、リネットを先行させたのだ。名無しの魔術師を処罰した後は、本物のハリーの日記や記録の類いを回収させている。

「一通り拝見しましたが、今のところ手がかりになるような物は何も見つかっておりません」

リネットは淡々と報告する。

「骨折り損か」

「致し方ございません」

「取り繕うのは止《や》めろ」

むかっ腹が立ったので、帽子の上から不出来な侍女をつつく。

「お止《や》めください。帽子に傷が付いてしまいます」

たまりかねたように右手で帽子を庇《かば》う。マンフレッドはその手の甲に飛び乗り、帽子の端をつついてやる。手袋を付けているので、爪で傷つける心配もない。すると今度は生意気にも主人を払い落とそうとしたので再び帽子の上に飛び移る。

同じ動作を何度か繰り返すと、業を煮やしたのか、リネットは帽子を脱いだ。胸の内に抱え込むと、帽子のてっぺんに乗ったままのマンフレッドと目が合う。姿勢は地面とほぼ平行になっている。並の鴉《からす》であれば振り落とされるか飛び去っているところだが、魔術師でもあるマンフレッドであれば容易《たやす》い芸当だ。つい笑ってしまう。

リネットが鞄《かばん》を地面に置いた。目を細め、腰に手を当て、のしかかるようにふくれっ面《つら》を近づけてきた。

「いい加減にしなさい、マンフレッド！」

そこでリネットは失言に気づいたらしい。また仮面のように表情を取り繕うと、申し訳ございません、と深々と頭を下げた。

侍女の謝罪にマンフレッドは鼻を鳴らして笑った。

「致し方ない、と思っているのなら貴様はここにはいないはずだ」

「……」

「悔しいのなら悔しいと言えばいいのだ」

リネットは反論しなかった。代わりに、瞳の奥では様々な感情が獣となって咆哮《ほうこう》を上げているのが見えた。だが、感情の揺らぎはほんの短時間で終わった。またいつものすまし顔に戻ると、マンフレッドごと帽子を被《かぶ》り直し、鞄《かばん》を持つ。

「わたくしは、旦那様の召使いです」

賢《さか》しらな返事が気に入らなかったので、もう一度帽子の上から嘴《くちばし》でつついてやった。硬い物が当たった。

「言い忘れておりましたが、帽子の下に針金を仕込んでおります」

目線を動かさずに広いつばを撫《な》でる。

「小賢《こざか》しいマネを」

「三個目ですので」

穴を開けてやったのがよほど気に入らなかったと見える。

「ん？」

上空に気配を感じた。主従はほぼ同時に空を見上げた。

一羽《わ》の鴉《からす》が飛んでくるのが見えた。鴉《からす》はマンフレッドたちのはるか頭上で一声啼《な》くと、白い手紙を落とした。『招集状』である。

魔術師には区域の『裁定魔術師《アービトレーター》』への通報の義務がある。方法は通報者に一任されている。直接魔術で訴えかける場合もあれば、空に文字を書く場合もある。多いのは、使いに手紙を持たせる方法だ。鳥や獣のような使い魔に持たせる者もいれば、郵便・配達を生業《なりわい》とする専門の魔術師に依頼する場合もある。やって来たのは、魔術師の通信用に育てられた鴉《からす》のようだ。

リネットは封を開けて手紙を広げる。いちいち確認を取る必要もない。

「……次の使命のようです」

「忙《せわ》しない話だ」

屋敷《やしき》に戻ってネズミでも喰《く》らいたかったものを。完成して一年と経《た》たぬというのにどこからでも入り込んでくる。

「魔術の実験中の事故、だそうですが、念のためにと通報されたご様子」

通報先の名前を見て、マンフレッドはうめきながら同時に記憶を引っ張り出す。

「確かその一門は、まだのはずだな」

「左様です」

リネットが首をひねりながら応じる。

「あちらのご当主様が拒否されていたので」

「ならばついでだ。そちらも調査と参ろうではないか」

「承知しました」

使い魔の鴉《からす》は手紙を届けた後もマンフレッドたちの上空を旋回している。事件現場へと案内するつもりのようだ。

ため息をつくマンフレッドの目の前に透明な筋が落ちてきた。

リネットの頭から見下ろせば、小さなガラス玉が道端に転がっている。

上空の使い魔がけたたましい声で啼《な》く。マンフレッドは身震いした。

「鴉《からす》の求愛行動ですね。普通はオスの方から誘うようですが」

リネットが辞書でも読み上げるかのように淡々と説明する。

「あのお方はどうやら旦那様に思いを寄せておられるようです」

いちいち説明されるまでもない。あの色気づいた声を聞けば明らかだ。

「いかがでしょうか？　お世継ぎのためにも一度正式な場を設けられては？」

「止《や》めろ」

「無論、優れた養子をお迎えになるのも一考かと存じますが、レポフスキー家の当主となられた以上、選択肢は多い方がよろしいかと」

「差し出がましい口を叩《たた》くな」

マンフレッドは癇癪《かんしゃく》をこらえながら言った。侍女の分際で当主の婚姻に口出しするとは。不敬にも程がある。

「第一、あのような頭の軽い小娘は小生《しょうせい》の好みではない」

「でしたら適齢期のご婦人でも……」

「余計な口を叩《たた》くな！」

表情は変えないくせに戯《ざ》れ言《ごと》ばかり口にする。つくづく使えない。

「さっさと追い払え！」

「その前にわたくしから配達をお願いしたく」

と、リネットが鞄《かばん》から紙とペンを取り出し、簡潔に用件を記す。手紙を四角い封筒に入れると宛名と住所をしたためる。宛名に心当たりはないが、住所には見当がついた。本物のハリー・ポルテスに殺された、新婚夫婦の村だ。マンフレッドの知らぬ間に聞き回っていたのだろう。

リネットが手紙を宙へ放り投げる。回転しながら頭上高く舞い上がる。上昇が止まり、一瞬静止したところで横から黒い影が掻《か》っ攫《さら》っていった。

小娘の鴉《からす》が尾を引くような声で啼《な》いた。承諾の合図だ。依頼人が魔術師であれば、配達先は問わない。鴉《からす》はもう一度マンフレッドたちの上空で旋回すると、麓の方に向かって飛んでいく。

いつの間にか雲は薄くなり、山の向こうには青い空が広がっていた。

「戻る時間もございませんので」

リネットは言い訳のようにつぶやいた。余計なお節介をと思ったが口には出さなかった。あの老婆とて、娘夫婦の眠っている場所くらい、知る権利はあるはずだ。

「時間も惜しい。さっさとつかまれ」

「承知しました」

返事をすると、リネットはその場に黒革の鞄《かばん》を置き、腰掛ける。

「行くぞ」

啼《な》いた瞬間、リネットの足が浮き上がった。マンフレッドが魔術で鞄《かばん》を浮き上がらせたのだ。

リネット本人を浮かせるより、物体を動かす方がやりやすい。リネットは足を心もとなげに揺らしながら、上昇していく。

「場所は、東の山を越えた森の中だそうです」

リネットが手紙を読みながら指示を出す。すでに木々の上を飛んでいる。

「腹が空《す》いた」

塔で休息をとるはずが、予定が崩れてしまった。

「このようなものしかございませんが」

リネットがクッキーを差し出す。

「肉はないのか？」

「干し肉でしたら」

「あれはまずいし塩辛い。牛でも豚でも鶏でもいい。生肉を出せ」

「大変申し訳ございません。今しばらしのご辛抱を」

やむを得ず、差し出されたクッキーを嘴《くちばし》でくわえ、何度も噛《か》み砕《くだ》く。こんなものでも腹の足しにはなる。思い切り粉々にして、帽子の上にまき散らしてやろう。

「さっさと済ませるぞ。今夜は生肉にする」

夕食の宣言をしてマンフレッドはクッキーを腹の中に押し込んだ。

――第二幕　召喚師《サモナー》の不在証明

そろそろか、とモーガンはわずかに扉を開けて外の様子を覗《のぞ》き見る。石畳の地下通路に窓はなく、壁に等間隔で据え付けられた蠟燭《ろうそく》の明かりだけが頼りだった。

薄暗い廊下の奥から黒いローブを着た男が、焦《あせ》った様子で廊下を駆けて来る。髪も瞳も黒いが、肌は不健康なまでに生白い。ローブも何かの液体で染《し》みがついている。弟弟子のカイルだ。身だしなみに気を遣え、と忠告したくなるがモーガンとて似たようなものだ。髪と瞳の色を茶色と青にして、背をもう少し高くすれば傍目《はため》に区別はつくまい。

素通りされる前にモーガンは扉を開け、素知らぬ顔で話しかける。

「どうした、何をそんなに慌てている」

「モーガンか」

カイルは足を止めてこちらを見た。忙しいのに、という苛立《いらだ》ちが表情に出ている。感情の制御も魔術師の資質だ。修行が足りないな、とモーガンは己を棚に上げて微笑する。

「話なら後にしてくれ。見ての通り急いでいる」

兄弟子への敬意などろくに感じられないが、咎《とが》めるつもりはない。

スペンス一門は弟子同士の上下関係が比較的緩い。魔術師一門の中には、入門の長さや時期の差で、絶対的な権力者のように振る舞う者もいるという。モーガンはそんな息苦しいのは御免だと思っている。暴君はただ一人でたくさんだ。

「トマスがやらかしてくれた。部屋中、雪と氷だらけだ。もうすぐ師匠が来るというのに」

そこでカイルが盛大にくしゃみをした。モーガンはとっさに顔を袖で覆う。

召喚術は危険の連続である。一歩間違えれば制御不能な魔物を呼び出してしまう。己が喰《く》い殺される程度なら軽いものだ。異界の魔王など呼び寄せた日には、世界中が危機に瀕《ひん》する。

それを防ぐために、『召喚師《サモナー》』は実験と称して召喚術の実践に勤《いそ》しむ。日々あらゆる魔物を召喚して、新たな召喚術を開発する一方で、若手に経験を積ませている。モーガンの所属するスペンス一門も例外ではない。

「呼び出すのは、『炎の巨人《イフリート》』ではなかったのか？」

「それをどう間違えたら『霜の妖精《ジャックフロスト》』になるんだろうな。しかも大群だ。あれは天才だな」

カイルがすらすらと皮肉を口にする。その場にいない人間の悪口は、誰しも饒舌《じょうぜつ》になる。

「指導はどうなっているんだ？　兄弟子殿」

「ならば早く片付けた方がいいな」

怒りの矛先がモーガンにも向かいそうだったので気をそらす。

スペンス家には、召喚室と呼ばれる部屋がある。その名の通り、召喚術を行うために作られた部屋だ。殺風景な壁には何十もの防護魔術を施し、魔物の暴走を防ぐ。万が一の際には、強制的に送還できるよう、壁の内側に魔法陣を仕込んである。

召喚室は全部で三つ。魔物の大きさや種類で部屋を変えている。カイルが向かっているのは一番大きな『第一召喚室』だ。

焦《あせ》っているのだろう。さっさと開放してくれ、とカイルの表情が雄弁に物語っている。

「足を止めて悪かったな。未熟者たちには後でたっぷりと説教してやれ」

「そのつもりだ」

「師匠はまた機嫌が悪い。礼儀にも気をつけろ」

弟弟子の一人が、師匠の前であくびをしたばかりに、魔物をけしかけられた。つい先週の話だ。命こそ助かったものの片足を失い、門下を去った。

承知の上だ、と、カイルは顔を引きつらせて廊下を再び走り出した。

その背中を見つめながらモーガンは安堵《あんど》の息をつく。

計画は順調だ。これで、カイルが居場所を証言してくれるだろう。問題はこれからカイルも危険な目に遭うわけだが、死にはしないと踏んでいる。小心者なので、師匠のために命まで懸けるマネはするまい。

さて、とモーガンは気を引き締めて反対の通路を見る。

時間通りであれば、そろそろ本命が来るはずだ。

高い足音が近づいてくる。来た。呼吸が乱れるのを感じた。

黒いマントをなびかせ、不機嫌そうに石畳の廊下を歩いてくる。威風堂々とした姿にモーガンは心臓が高鳴る。

皺《しわ》も増え、髪も薄くなり、髭《ひげ》も白いものが交じるようになったが、伸びた背筋や盛り上がった胸筋はモーガンと比べても遜色ない。

クラーク・スペンス。正式には、その前に四代目を付ける。魔術師スペンス一門の現当主であり、若かりし日に先代からクラークの名を引き継いだ。

スペンス一門は魔術師の中でも召喚魔法を得意としている。魔術により様々な魔物を呼び寄せ、従わせる。召使いとして、戦いの道具として、寵愛《ちょうあい》の道具として。召喚魔法を得意とする魔術師は、『召喚師《サモナー》』と呼ばれる。四代目クラーク・スペンスは、かつて『百獣』と渾名《あだな》された『召喚師《サモナー》』である。巨大な獣を同時に何頭も操り、山のような『一つ目巨人《サイクロプス》』を屠《ほふ》った。

モーガンがまだ歯も生え変わらぬ頃だ。

本当に己があれを殺せるのかと、心の中で幼い頃のモーガンが怖気《おじけ》づく。老いたとはいえ『召喚師《サモナー》』としての腕は健在である。何より師匠への反逆は大罪だ。

魔術師社会は厳格な徒弟制度で成り立っている。かつての魔術師たちは『始祖』を裏切り、暴走した。故に師への反乱は倫理にもとる行為とされている。まして師匠殺しとなれば、死刑以上の刑が下されるのは確実だ。

　許されざる罪とは承知している。けれど、今も胸の内では怒りや憎悪《ぞうお》が炎の魔神のように猛《たけ》り、燃え盛っていた。これ以上、制御しようとすればモーガン自身を焼き尽くす。

　クラークは優秀な召喚師《サモナー》である。あまたの魔物を使役し、戦わせる才能は随一だ。反面、師匠としては三流以下のゴミクズだった。

　プライドが高く、ほんのわずかな失態でも弟子を叱責し、罵倒する。返事の代わりに手近なものを投げつける。カイルも弟子入り早々に石の文鎮を頭に食らった。礼儀作法にうるさい反面、己の無作法には無頓着で、話しかけても機嫌次第で返事もせず、苛立《いらだ》つと唾を吐きかけられる。癇癪《かんしやく》持ちで、くしゃみが止まらぬからとその場にいただけの弟子が殴られ、歯を折られた。女子供にも遠慮がないために、侍女も寄り付かず、相場の数倍の給金で雇ってもすぐに辞めてしまう。自然、身の回りの世話も弟子の役目になった。入門して間もない頃に、厠《かわや》で尻まで拭かされた時は自害したくなった。その後も何度も殴られ、罵倒され、時には召喚獣に追いかけ回され、どうにか生き延びてきた。

　弟子も含め、周囲の人間を召喚獣の一種と捉えている節がある。

　逃げ出した弟子も一人二人ではない。クラークは追い打ちをかけるように『魔術師同盟』へ回状を回し、よその魔術師への入門を禁止した。逃げ出した弟子たちはどの門下にも入れず、細々と占い師や薬師《くすし》の真似事《まねごと》をして生計を立てているという。『魔術師同盟』に訴えた者もいたが、クラークは『同盟』の幹部と親しく、訴えは叱責とともに却下されるのが常だった。法の執行人である『裁定魔術師《アービトレーター》』は原則、師弟間のトラブルには介入しない。クラークもまた弟子を半死半生にはしても、殺しはしなかった。介入を防ぐための小賢《こざか》しい知恵だ。

クラークのような愚者でも師匠であればやりたい放題だ。掟《おきて》を作った『始祖』が恨めしくなる。『始祖』もまた、クラークのような人物だったのではないか、と勘ぐってしまう。

モーガンもまた弟子入りして十五年、未《いま》だに一人前とは認められず、年齢ばかり重ねている。よその召喚師《サモナー》門下では、十年も修行すれば一人前と認められ、独立する。実力次第では、新たな一門を立てることも許されるというのに。

己が不出来だから、ならまだ納得がいく。だが、クラークは優秀な弟子こそ己の側《そば》に囲い込み、召喚獣のようにこき使う。放逐されるのは、役に立たなくなったか、もっと都合のいい弟子を見つけたときだ。

モーガンに代わる弟子が育つまであと数年はかかるだろう。忍耐は限界だった。これ以上は耐えられそうにない。

殺すだけならば可能だろう。弟子の己であれば不意打ちの機会はいくらでも見つかる。問題はその後だ。誰が犯人か、となれば疑惑の目はまず周囲の人間に向けられる。当然、弟子のモーガンにも及ぶ。

何より魔術師が死ねば間違いなく『裁定魔術師《アービトレーター》』が現れる。恐ろしき『魔術師殺し』だ。一度容疑を向けられたら、苛烈な取り調べに耐え切れず口を割ってしまうだろう。モーガンは己の忍耐力を過信していない。限界だからこそ、殺害に及ぶのだから。

「よろしいでしょうか？」

「何用だ？」

クラークが煩わしそうに眉をひそめる。いつも理由もなく、何かに苛立《いらだ》っている。肝が小さいのでは、と疑っているが口に出せば殺されるだろう。

「実は、ご子息の件で」

クラークの顔色が変わった。

「余人に聞かれてはまずいのでこちらへ」

人目を避けて、モーガンは部屋の中に案内する。クラークは一瞬ためらったようだが、やがて無言で部屋の中に入る。モーガンは腹の中で上手《うま》くいったと喜びながら『第三召喚室』の扉を閉めた。扉も壁も厚い分、外へ音も漏れない。ここなら誰かが前を通りかかっても聞かれる心配はない。ここで待ち伏せていたのは、そのためだ。

師匠が部屋の中に入ったのを確かめてから、後ろ手に扉を閉める。ひそかに『施錠《ロック》』の魔術を掛ける。簡単な魔術であるし、クラークであれば簡単に解いてしまうだろう。わずかな時間さえ稼げたらそれでいい。

『第三召喚室』は前後に区切られている。手前が控室で、奥には実際に魔物を呼び出す魔法陣がある。召喚獣の暴走に備えて区切りの一部は半透明になっており、控室から召喚の様子が覗《のぞ》けるようになっている。当然、壁や半透明の部分にも防護魔術が施されている。控室には書棚と、書物を閲覧するために簡素な椅子とテーブルもある。テーブルの脇には、細いコートハンガーが立っている。

「お預かりいたします」

モーガンが促すと、クラークは憮然《ぶぜん》とした表情でマントを手渡した。うやうやしく受け取りながら内心でほっとする。これがないと今後の計画に支障をきたす。死体から引き剝がすのは面倒だし、失禁や流血でもされると手間がかかる。クラークは二人掛けの椅子に急《せ》いた様子で腰掛けると、肘をテーブルにつけながら言った。

「それで、ピートがどうしたと？」

ピートはクラークの息子だ。二年前にいなくなった。当時二十四歳。クラークはあらゆる魔術を使って捜し出そうとしたが、生死すら分からない、と嘆いていた。モーガンにとっても兄のような存在であった。

もはや生きてはいないだろう、というのが弟子の間での共通認識だ。

「実は先日、書庫の中でこれを見つけました」

モーガンは布包みを取り出し、差し出す。薄汚れた手紙である。封は切られていない。

「ノートの間に挟まっていました。差出人はピートです」

そして、と手紙を裏返す。宛名は、モーガンである。

「……まさか、何かの間違いでは」

「筆跡は似ていますし、封蠟《ふうろう》もピートが使っていたものです」

しれっとした顔で言ってのける。手紙はモーガンが似せて書いた偽物《にせもの》だ。用紙や封蠟《ふうろう》もピートの部屋から拝借した。わざと汚して経年を演出している。

「挟まっていたノートを最後に読んだのは、二年ほど前。ピートがいなくなった頃です」

当時の研究成果をつづったノートだ。

「読んだのか？」

封を切っていない手紙を見つめながら心細そうに問いかけてくる。

「その前に、師匠にお知らせすべきかと思いまして」

腹の底で笑いながら、孝行弟子の表情を取り繕う。

「もしや、いなくなった理由が何か書かれているかもしれません」

「あ、うむ。そうだな」

威厳に満ちた顔が目に見えて周章狼狽《しゅうしょうろうばい》している。

それは焦《あせ》るよな、とモーガンは冷ややかな目で師匠を見下ろす。

己の犯行を告発する手紙かもしれないのだから。

魔術師には魔術の力量以外にも、研究者としての一面もある。スペンス家当主ともなれば、両方が求められる。クラークは魔術の力量も腕前も超一流だが、研究者としては三流だった。事実、彼が当主になってから新しく召喚に成功した魔物はいない。当主としての資質を疑問視する声もあった。だからこそその犯行なのだろう。

クラークは己の息子の研究を自らのものと偽り、魔術師の集会で発表した。

勝手に研究を盗まれ、ピートは哀れなほど憔悴《しょうすい》していた。

姿を消したのは、その直後である。クラークは、魔術の失敗で異界へと吹き飛ばされたか、肉体も魂も消滅した可能性を周囲に漏らしていた。バカバカしい限りだ。仮に失敗したとしても痕跡くらいは残るはずだ。行方不明になる前日、クラークとピートが口論していたという証言もある。

それからずっと行方知れずだ。もはや生きてはいないだろう。父親に裏切られたと知り、世を儚《はかな》んで自害したのか。あるいはクラーク自身が手にかけたという可能性もある。どちらにせよ、我が子の研究を盗んだ事実に変わりはない。そして、クラークにとっては絶対に知られたくない秘密のはずだ。モーガンの稚拙な誘い出しに引っかかったのもそのためだろう。

召喚室ならば多少暴れても外には音が漏れない。邪魔も入らない。問題は殺害した後、いかに罪を逃れるかだ。手筈《てはず》は整えてある。その実験を今から始める。

クラークが手紙の封を震える手で開ける。その間に気配を殺しながら背後に回る。書棚の隙間に隠しておいた首輪を後ろ手に引っ張り出す。

仇《かたき》は己の師匠であり、名うての魔術師である。不意打ちに失敗すればそこで終わりだ。だからそれ相応の道具も用意しておいた。

魔術封じの首輪だ。クラークならば十も数え終わらない間に解除するだろう。その時間が命取りだ。首輪にはロープを結び付けてある。首輪を手に、背後から恐る恐る忍び寄る。

クラークは椅子に座ったまま手紙に目を通している。不意に手が止まる。

「おい、これは……」

クラークが振り返った瞬間、モーガンは獣のように飛びかかった。手にした首輪を師匠の首に通す。輪が完全に通ったのを確認すると、クラークの背中に足をかけ、背筋を反らすようにしてロープを思い切り引っ張る。

クラークの顔がみるみる赤くなっていく。背後から絞め付けられている上に背中を足の裏で押されているため、倒れることも許されず、海老《えび》反《ぞ》りの体勢でうめき声を上げるばかりだ。

魔術さえ使えなければ、ただの老人だ。歯を食いしばり、手首にロープを巻き取るとさらに体重をかけて首を絞め付ける。

くぐもった声が聞こえる。表情は見えないが、もがくように両手で虚空《こくう》を掻《か》きむしっている。背後から急襲したのは正解だった。反撃されて万が一顔に傷でも付けられると厄介だ。モーガンは回復魔法が使えない。

どれほどの時間が経《た》っただろう。気がつけば、クラークは何の反応も見せていなかった。

恐る恐る足を外し、手を緩めると、クラークは仰向けに倒れた。

顔は紫色に染まり、目は見開いたまま充血している。呼吸も心臓も止まっている。

額から流れ落ちる汗を手の甲でぬぐいながら息を吐く。

クラークは死んだ。師匠は己がこの手で殺したのだ。

あれほど恐れ敬い、嫌悪《けんお》した師匠も魂は冥界へと旅立ち、肉の塊に変わった。床にはくしゃくしゃになった手紙が落ちている。これも隠滅しなければ、とモーガンは拾い上げてからふと文面を見る。『今こそ復讐《ふくしゅう》の時だ。地獄に落ちろ』。少し仰々しかったかな、と苦笑しながらポケットに手紙を突っ込む。

ほっとした途端、疲労感が重くのしかかる。壁の本棚に背を預けながら今後の対策に思いを巡らせる。

魔術師は、殺しただけでは終わらない。『死霊魔術《ネクロマンシー》』には死体を動かすだけではなく、魂を冥界から呼び出す術もある。死者から告発されるなど、笑い話だ。

防ぐ方法は色々あるが、この方法であれば死者からの声も聞こえなくなる。

モーガンは分厚い扉を開けると、控室からモーガンの死体を引きずる。老人とはいえ体格がいいので、重い。魔術を使えば簡単だが、これから大規模な魔術を使わねばならない。無駄な魔力は消費したくない。

四隅に荷物が固められ、中央には巨大な布が敷かれている。布には巨大な魔法陣が描かれている。『第三召喚室』の魔法陣を使えば楽なのだが、魔力の痕跡を調べられると足が付く。そのため事前に準備していたものだ。

部屋には誰も入った痕跡はない。部屋の鍵はモーガンが持っていたし、念のために『施錠《ロック》』の魔術も掛けていた。

魔法陣の上にクラークの死体を載せる。死体を消し去っただけでは、モーガンへの容疑をそらすには不完全だ。完璧に払拭《ふっしょく》するためにも、師匠にはもう一度死んでもらわねばならない。

全ての手筈《てはず》を済ませると、師匠の私室から持ち出しておいた服に着替え、靴を履く。服はともかく靴は少々ぶかぶかだったが、つま先に丸めた布を詰めれば寸法も背丈も誤魔化せる。数歩部屋の中を歩いて、感触を確かめてから最後に拝借したマントを着て、背中のフードを目深《まぶか》に被《かぶ》る。クラークはこれから召喚実験の予定だ。向かう先は『第一召喚室』である。

途中、すれ違った弟子たちが、モーガンを見るなり背筋を伸ばし、深々と一礼しながら挨拶をする。良かった。ばれていないようだ。ほっとしながらも足音を高らかに鳴らし、威厳を演出する。本物のクラーク・スペンスのように。

『第一召喚室』の前に来た。扉をノックする。いつもとは違い、尊大な感じで。

すぐに扉が音を立てて開いた。中から冷たい風が吹いてきた。

「お待ちしておりました。その、実は」

カイルがつらつらと言い訳をしながら謝罪する。やはり気づいた様子はない。平身低頭、という様子で恐縮しきっている。ほかの弟子たちも左右に並び、王宮騎士団のようにうやうやしく礼をして出迎えている。いずれも皴《しわ》一つない濃緑色《のうりょくしょく》のローブを頭まで着込み、杖《つえ》を握る手も微動だにしない。

モーガンは無言でうなずくと、マントの襟を両手で引き寄せながら中に入る。構造自体は『第二』も『第三』も変化はない。手前と奥で控室と実験室に分かれており、奥の実験室の床には魔法陣が刻まれている。違いは奥の規模だ。巨大な魔物も呼び出せるように天井が高い。天井にもやはり防護魔法が何重にも敷かれている。

クラークは弟子への教育も兼ねて定期的に召喚術を実演している。今日呼び出すのは、異界の悪魔である。悪魔召喚はリスクが高い。強大で万能な反面、ふとしたことで機嫌を損ねればあっさりと殺されてしまう。

クラークに扮《ふん》したモーガンが魔法陣の中に入ると、弟子たちが結界を張る。召喚した魔物が暴走した際に外部への被害を防ぐためだ。

準備が整ったのを見計らい、モーガンが小声で術を唱える。念のためクラークの声に似せてはいるが、最近では歳《とし》のせいで聞き取りづらくなっていた。カイルたちが声で正体に気づく可能性は低い。

魔法陣が輝きだした。黒い粒が立ち上る。やがて黒い渦となって中から巨大な腕が扉をこじ開けるようにして少しずつ、姿を現していく。

「おお……」

感嘆の声が弟子たちの喉の奥から漏れた。

目の前にいるのは、巨大な悪魔である。

背丈はモーガンの五倍以上もある。体格を考慮して一番大きな『第一召喚室』を選んだはずだが、頭がつかえて前屈《まえかが》みになっている。獅子《しし》の頭に鷲《わし》の足、背中には四枚の翼もつかえている。サソリのような尻尾が壁を引《ひ》っ掻《か》いている。

異界の悪魔・パズズだ。

パズズの召喚自体は何度も行われている。研究論文も何本も書かれている。それによれば、個体名ではなく種族の名前であること、この世界の言葉は話さないが知能は高く、凶悪である。それだけに扱いが難しく、記録に残っているだけでも『召喚師《サモナー》』を何十人と殺害している。

巨大な存在が目の前に立っている。

それだけで威圧感が凄《すさ》まじい。何度やってもなかなか慣れない。いつかの『一つ目巨人《サイクロプス》』と、それに立ち向かう師匠の姿が脳裏をよぎり、現実に引き戻される。

「パズズよ、召喚に応じたのなら我が命に従え！」

杖《つえ》を掲げ、魔力をこめながら命じる。無論、外のカイルたちに気づかれぬよう、極力師匠の声に似せることも忘れない。

パズズは一瞬不快そうな顔をしたが、一歩モーガンに歩み寄る。

そうだ、来い。

心の中で呼びかける。タイミングを誤れば、モーガン自身が死ぬ。

失敗しないために、何度も練習を重ねた。

パズズは大声で吠《ほ》えた。大音声《だいおんじょう》に鼓膜が一瞬、麻痺《まひ》したかのようだった。巨大な両腕でクラークに扮《ふん》したモーガンを抱え込む。何度やっても慣れない。モーガンは息を止め、目を閉じた。

パズズはすするようにその体を丸呑《まるの》みにした。

生ぬるい感触が全身を包む。体を縮め、胎児のような格好のまま目を開ける。真っ暗な口内には腐臭が立ち込めていた。これまでに喰《く》い散らかしてきた獣の臭いだろう。その中には、人間も含まれている。事実、今しがた腹の中に詰め込んだばかりだ。

クラーク・スペンスの死体を。

召喚獣は大きく分けて二種類いる。召喚師《サモナー》がその都度契約を結び、召喚する『臨召獣《りんしょうじゅう》』と、特定の個体と主従の契約を結ぶ『契約獣』である。

仮にドラゴンを召喚するとする。『臨召獣《りんしょうじゅう》』の場合は、ドラゴンという種族属性が最優先されるため、個体差が大きい。生まれたばかりの赤子や、老衰で死にかけた老いぼれが呼び出された事例もある。契約は一度きりなので、次に同じ個体が出て来る可能性は著しく低い。

一方『契約獣』であれば、特定の個体を常に呼び出せる。安定した強さが期待できる上に、術者との意思疎通も図りやすい。反面、その個体が死ねば呼び出せなくなり、一から別の個体と契約し直さねばならない。人間で言えば臨時雇いと終身雇用の違いだろう。どちらにもメリットとデメリットがあるため、術そのものに優劣はない。

このパズズは以前からモーガンと主従契約を結んだ『契約獣』だ。

モーガンは第三実験室にパズズを呼び出すと、クラークの死体をバラバラにして喰《く》わせた。クラークに相応《ふさわ》しい最期《さいご》を飾るためでもあり、パズズの腹を満たすためでもある。万が一、パズズが食欲に負けては、元も子もない。部屋が狭く、身動きが取れないため、苦労したが。

これでクラーク・スペンスは公的にも死んだ。自ら呼び出した召喚獣に喰《く》われるというお粗末な最期《さいご》を迎えて。あとはパズズともども『第一召喚室』から抜け出すだけだ。その算段もついている。

「止《や》めろ！」

外からカイルの声がした。結界を超えて乗り込んできたようだ。

暗闇の中でわずかに揺れる。

何かの魔術が当たったようだが、パズズには効いていない。『召喚師《サモナー》』の修行は魔物の操作や意思疎通の方法、あるいは魔物の研究などに費やされる。いかに魔力が高くても自身が使う魔術など、そこらの魔術師と同等かそれ以下だ。何よりパズズは異界の悪魔だけあって、魔力抵抗も強い。並の魔術など屁《へ》でもあるまい。

問題は召喚獣の方だが、それも対策済みだ。実験に立ち会っている弟弟子たちに扱える召喚獣は把握している。下級の魔物ばかりで、パズズを倒すどころか傷一つ付けられまい。

もう一度パズズの体が揺れる。今度は足を狙ったようだ。バランスを崩すためだろう。狙いどころは悪くない。翼はあっても狭い部屋の中では飛べない。ただ、如何《いかん》せん魔力不足だ。バランスを崩すには至らない。無駄なあがきを、とパズズの口の中でせせら笑う。

すると、轟音《ごうおん》とともに暗闇の中で何度も揺れる。先程より振動が強い。異変の理由はすぐに気づいた。パズズがくしゃみをしたのだ。わずかに口の中が開き、外から光が差し込む。

歯をつかみながらこらえていると、喉の奥から黒く小さなものがぽん、と飛び上がって舌の上を転がる。息が詰まった。

クラークの首である。消化が始まっているのか、わずかに皮膚が溶けかけている。うつろな目と目が合ってしまい、胃から熱い粘液がせり上がる。吐き気をこらえながら対策を練る。先程のくしゃみで腹の中から出てきてしまったのだろう。早く胃の中に戻さねば、と何とか口の中に放り込もうと手を伸ばした瞬間、パズズの体がわずかに前屈《まえかが》みになる。外の弟弟子たちが足ではなく、床を攻撃したらしい。そのせいでわずかにバランスを崩したのだろう。クラークの首が舌の上を転がり落ちていく。懸命に伸ばしたモーガンの手をすり抜け、口から外へと飛び出していった。

一瞬遅れて外から悲鳴が聞こえた。口の中から師匠の頭が転がり落ちたのだ。驚きもするか、と他人事《ひとごと》のように思いながら次の命令を唱える。あの首を調べられたら、クラークがすでに死んでいたと気づかれる。早く処分しないとまずい。

「あの首を燃やせ！」

口の中からパズズに命令を下す。

わずかに開いた口から巨大な炎の柱が立ち上がるのが見えた。絶望的な絶叫と悲鳴が聞こえる。誰かが巻き添えになったのかもしれない。可哀想《かわいそう》だが仕方がない。クラークは召喚術の失敗でパズズに喰《く》い殺された。それがモーガンの筋書きである。万が一、があっては困る。

パズズの魔術であれば、人間の頭一つ黒焦げにするくらいわけもあるまい。ついでに踏み砕いてしまえば、痕跡は何も残るまい。

そろそろか。

カイルたちが手に負えないと判断し、魔法陣を使う頃だろう。召喚した魔物を強制送還するための術も施されている。師匠も死んで、仇《かたき》も討てないとなれば、さらなる被害を防ぐためにはやむを得ない措置だ。送還された魔物は、元居た場所へと送り返される。

パズズの姿が光に包まれる。強い光にモーガンは一瞬目がくらむ。次に目を開ければ、再び真っ暗闇の世界にいた。口を開けるように命じて、パズズの中から這《は》い出《で》る。

先程の『第三召喚室』の中だ。無事に戻れたらしい。召喚同様、送還にも魔力が必要だ。口の中からパズズを送還しようとすれば、魔力の流れで気づかれる可能性もある。カイルたちが送還してくれるのだから魔力を使わずに済む。

「己の世界へ戻れ」

命じると、魔法陣に黒い渦が発生し、パズズは闇に消えていった。

静寂に包まれてモーガンはほっと息を吐く。

これでクラーク・スペンスは悪魔召喚実験の失敗で死んだことになる。大勢の弟子たちが目撃しているのだ。間違えようもない。その間、モーガンは別の部屋にいたことになっている。疑惑すら起こるまい。

歓喜の叫びを上げたくなったが、ここでほっとするのは早い。まだ後片付けが残っている。悪魔の粘液だらけの服を脱ぎ、呪文を唱える。

「『浄化』」

魔術で体の汚れを払い落とす。本来であれば、魔術で物理的な接触を防ぎたかったが、パズズの口の中ではそうはいかない。髪の毛を触り、粘液が消えたことを確かめてから、元の服に着替える。身だしなみに変化がないのを確認してから自身の手の甲を嗅いでみる。鼻が悪臭に慣れてしまっているせいで嗅ぎ取りにくいが、どうも臭っている気がする。

「……やはり、か」

粘液は魔術で落とせても臭いが残ってしまう。計画時から予想はしていたが、鼻を焼くような悪臭は予想以上だった。水と石鹸《せっけん》でもなかなか落ちない。服の残り香でばれてはどうしようもない。用意しておいた香水で誤魔化すことにした。強い香りなので犬でもない限り、気づかれまい。

最後に師匠のマントや粘液塗《まみ》れの服、魔術封じの首輪など、犯行に使った道具を魔法陣の刻まれた布で包み、まとめて燃やす。召喚室の中であれば魔術も使える。しばらく経《た》つと黒い炭の固まりが残った。白い煙の出るそれを、ゴミ処理用の穴の中に放り込む。穴の奥では掃除屋と呼ばれるスライムを飼っている。知性も何もない、弱い魔物であるが、たいていのものは食べてしまう。地上までゴミを運ぶ必要がない。これで後始末は終わった。

何食わぬ顔で部屋の外の様子を窺《うかが》う。随分と騒がしい。『第一召喚室』の事故が、外の弟子たちにも知れ渡ったようだ。己も駆けつけなければならない。

『第一召喚室』に入ると異臭が鼻を突いた。死体の焦げた臭いだ。

やはりパズズの炎で焼かれた人間が出たらしい。なるべく犠牲者は出さないようにと考えていたが、致し方ない。喰《く》わせたはずの首が口から飛び出してくるなど、モーガンにとっても予想外だった。

「モーガンか」

奥の部屋からカイルが傷ついた姿でやって来た。骨折したのか、左腕を抱えている。

「何があった？」

つとめて途方に暮れた様子でそれだけを尋ねる。あまり感情的になると、空々しくなって芝居だとばれる。

「パズズの召喚に失敗した」

「師匠は？」

「……喰《く》い殺された」

そこでカイルは血だまりの中を見つめる。実験室の中央で、布包みを取り囲むようにして同輩たちが号泣している。どうやら中身は、クラークの頭部らしい。

「その上、炎に巻かれて黒焦げの上に踏みつぶされた。粉々だよ」

「そんな、まさか……」

信じられない、と首を左右に振り、悲しそうに目を伏せる。俯《うつむ》きながら腹の中でモーガンは歓喜していた。上手《うま》くいった。あそこにあるのはただの骨片であり、肉塊だ。喰われてしまえば、蘇生《そせい》どころか死者との交信も不可能だ。告発も叶《かな》うまい。

「俺だって信じられない。師匠があの程度の召喚に失敗するなんて……」

「ここのところ調子が悪そうだったからな」

今日の実験も本来であれば、モーガンがする予定だった。それをやいのやいのと理由を付けて偽り、クラークを引っ張り出したのだ。『若い者たちに師匠のお力を見せていただけませんと。よからぬことを勘ぐる輩《やから》が出て来るやもしれませぬ』と。暗に、お前の成果はピートから盗んだものだろうと、あてこすったつもりだったが、効果はてきめんだった。

「やはり俺が代わりにやるべきだった……」

喉を詰まらせたかのように顔を手で覆い、顔を背ける。極力目を合わせないようにしないと。笑っているのを見られるとまずい。

「悲しんでいるところ悪いが、頼みがある」

カイルが肩に手を置く。

「もうすぐ『裁定魔術師《アービトレーター》』が来る。俺はケガ人の面倒を見る。応対を頼む」

その名前を聞いた瞬間、こらえていた笑いが止まった。誰かが通報したのだろう。来るのは想定していたが、予想以上に早い。

魔術師の『始祖』より権限を与えられた法の番人。魔術師の犯罪を裁く判事にして裁判官にして処刑人。その力は絶大で、並の魔術師では太刀打ちできないと聞く。

「この辺りだと、レポフスキー卿《きょう》だな」

『裁定魔術師《アービトレーター》』は原則、担当地域が定められている。

各担当地域の魔術師犯罪を捜査し、犯人を割り出し、断罪する。とりわけマーキュリー地方を担当するレポフスキーは、全ての『裁定魔術師《アービトレーター》』の中で最強とうたわれている。魔術師に俗世の称号など無用の長物でしかないが、その力と実績をたたえ、特別に『卿《きょう》』の称号を付けられている。

「分かった」

直接対応するのは想定外だがピートもいない今、二番弟子である己が対応するのは、自然な流れだ。モーガンは腹に力をこめる。これから勝負が始まるのだ。ある意味師匠よりも厄介な相手だ。油断していてはすぐに見抜かれる。

「お話し中すみません」

そこへ外から弟弟子の一人がやって来た。

「レポフスキー卿《きょう》が参られました」

「そうか」

モーガンがうなずいたのは、己に任せろという決意表明だった。

「ご案内しろ」

「それが……」

弟弟子が言いにくそうな顔をする。

「どうした？　まさか迷子でもあるまい」

「いえ、今回は無事に到着しました」

女の声に反射的に振り返った。そこに若い娘が立っていた。アッシュグレイの髪に紺青色《こんじょういろ》の瞳、美人だと思うが、モーガンは人間の女に興味がない。ただ魔力は感じないので、『魔力《マギ》なし《レス》』だという見当はついた。帽子の上には鴉《からす》が乗っている。黒い翼を広げると、奇声を上げて飛び上がった。女は気にした様子もなく帽子を脱ぎ、手で払うと小さな粒が零《こぼ》れ落《お》ちた。

「お初にお目にかかります。本日、お役目により参上つかまつりました」

軽やかな声で、優雅に淑女の礼をした。

想定外の事態にモーガンは面食らった。女の魔術師は珍しくもないが、目の前にいるのはどこにでもいる『魔力《マギ》なし《レス》』である。

「貴殿が、レポフスキー卿《きょう》なのか？」

「左様」

頭上から低い男の声がした。

「小生《しょうせい》が『裁定魔術師《アービトレーター》』。マンフレッド・E・レポフスキーである。こやつはただの侍女だ」

「リネットと申します。どうぞお見知りおきを」

モーガンは眩暈《めまい》を覚えた。半年ほど前にお家騒動でまた当主が交代したという噂《うわさ》は聞いていたが、まさか鴉《からす》の姿で来るとは。変身するのが趣味なのだろうか。

「お疑いか？」

マンフレッドと名乗った鴉《からす》に促されて、リネットが黒革の鞄《かばん》から手のひら大のレリーフを取り出した。見れば、確かにレポフスキー家の紋章だ。

　鴉《からす》の姿をしているのは、犯人の油断を誘うワナかもしれない。つまり、モーガンだ。魔術師は見た目で判断するな。ほかならぬ師匠の教えだ。己は今、薄氷の上を歩いているのだ。油断すれば冬の海に真っ逆さまだ。凍りながら溺れ死ぬ。

「これは失礼しました。ではお話を……」

「お話をお伺いする前に、現場を拝見したいのですがよろしいでしょうか？」

　リネットが機先を制するように言った。捜査の主導権を譲りたくないのだろう。

「それは構わないが、靴はよいのか？」

　どうせ証拠など残っていないのだ。好きにさせておこう。ただ、ほとんど乾いているとはいえ、血の海である。歩き回れば靴底は血まみれになる。

「……お気遣いありがとうございます。ですが問題はございません」

　リネットは深々と頭を下げてから黒革の鞄《かばん》を床に置き、帽子を被《かぶ》り直した。

　帽子の上にマンフレッドが飛び移る。

「行くぞ」

　次の瞬間、リネットの足が浮いた。鞄《かばん》に乗ったまま、タンポポの綿毛のように揺れながら現場の方へと飛んでいく。

「あれは、魔術か？」

「当然だろう」

カイルのつぶやきをつい拾ってしまう。鴉《からす》の体で人を浮かせるほどの力は出せない。魔術で鞄《かばん》を浮かせ、その上にリネットが乗っているのだ。

「まさか詠唱もなしに使うとは、さすがレポフスキー卿《きょう》だな」

「そうだな」

返事をしながらモーガンは動悸《どうき》が速くなるのを感じた。

呪文も使わず、念じただけで人を浮かせられる。言葉にすれば簡単だが、呪文を唱えるのは効率よく魔術を使いこなすためだ。

魔力を持つ人間は古来より大勢いた。けれど、それは個人技であり、魔力量は有限である。何も考えずに使っていればすぐに魔力が尽きてしまう。それを体系化したのが魔術である。言葉にすることで魔術を最適化し、才能の多寡にかかわらず、無駄なく魔術を使う。

レポフスキー卿《きょう》はその真逆である。桁外れの魔力量と構成力で、呪文を唱えるのと同じ現象を引き起こしてのけた。天才だ。まともに戦える相手ではない。戦闘は避けるべきだろう。

リネットはマンフレッドに吊《つ》るされながら血の海の上を滑空している。

奇妙な光景だが、それを引き起こしている力量に改めて畏怖した。

現場を三周してからマンフレッドとリネットは戻って来た。特に新しい発見はなかったはずだが、がっかりした様子は見られなかった。

「それではお話をお伺いしたいのですが、よろしいでしょうか」

「貴様が？」

モーガンは鼻白む。『魔力なし《マギレス》』にあれこれ追及されるのは腹立たしい。

「小生《しょうせい》はこの姿なのでな。リネットの言葉は小生《しょうせい》の言葉と捉えていただいて結構だ」

取り調べまで代わりにさせるとは。ものぐさなのか、あるいはここにいる程度の魔術師など『魔力なし《マギレス》』で十分だと思われているのか。いずれにせよ癪《しゃく》に障《さわ》る。それでも強硬に反対すれば、かえって疑われると判断して不承不承うなずく。

「ならば上で話そう」

血の臭いが漂う部屋で長話などしたくなかった。リネットたちを地下の『第一召喚室』から地上の応接室へ案内する。

「魔物はいないのですね」

階段を上り、廊下を歩いていると、リネットが不思議そうに聞いた。

「魔物にも相性があるからな」

モーガンは端的に答えた。

複数の魔物をうろつかせていては騒ぎの元だ。同士討ちになる。何より常時魔物を侍《はべ》らせているのは、『魔物使い《ティマー》』の領分だ。必要な魔物を必要な場所や時間に。それが『召喚師《サモナー》』である。

「常に飼っているのは護衛用のオルトロスやゴミ掃除のスライムくらいだ」

「スライムでしたら当家でも飼っておりました」

リネットが食いついてくる。

「十年ほど前からやはり生ゴミの処分のために。時間はかかりましたが、かまどの灰まで食べてくれたのは重宝いたしました。あいにく半年ほど前の火事で全て死んでしまいましたが」

会話から情報を引き出すための切っ掛けと思っていたが、ただの世間話のようだ。

「必要であれば下の者たちに言うとよい。譲ろう」

「お心遣いありがとうございます」

丁重な仕草で礼を言う。態度だけは無知な『魔力なし《マギレス》』らしい殊勝さだ。忠誠心も高いようだ。レポフスキー卿《きょう》も奴隷代わりに従えているのかもしれない。あるいは夜の愛玩用か。

「立派なお部屋ですね」

応接室に案内するとリネットが感情のこもらない声で言った。ここに来る客はよく王侯貴族のようだと羨望《せんぼう》と嫉妬をこめて言うが、モーガンはあまりピンとこない。昔からこのような家で過ごしていたから当たり前になっている。

「『召喚師《サモナー》』は儲《もう》かるからな」

マンフレッドが揶揄《やゆ》するように言った。モーガンは顔をしかめたが、反論はできなかった。

主な収入源は、巻物《スクロール》の売買だ。魔物を封じ込め、一度だけ使役させるマジックアイテムである。簡易で手軽な方法だが、それだけに需要も高い。召喚術を使えない魔術師や、『魔力なし《マギレス》』

にも使えるとだけあって、貴族や商人たちも買っていく。モーガン自身、臨時収入欲しさに別の魔術師に売ったことがある。

「これまでにどのような魔物を売りさばいた？　『獅子甲龍《タラスク》』は？　『渦潮魔獣《カリュブディス》』や『悪魔蝗《デビルローカスト》』に『巨人芋虫《ジャイアント・ワーム》』はどうだ？」

「全て御法度《ごはっと》だ」

　マンフレッドが名前を挙げた魔物は全て『同盟』から売買を禁止されている。使い方次第では大きな災害をもたらすためだ。反面、高額での闇取引が横行しているのも事実だ。ちなみにパズズも売買禁止に指定されている。

　うかつに同意しようものならモーガンどころか、スペンス一門にも累が及ぶ。殺人事件にかこつけて違法売買まで探ろうとするとは、油断も隙もあったものではない。

「我らは違法取引などしていない」

　わたくしからも一つ質問がございます、と今度はリネットが会話に加わってきた。

「魔物以外にも召喚術で呼び出すことは可能でしょうか？」

「……不可能ではないが、あまり役には立たないな」

　ただ召喚しようとすれば人間という種族から無作為に呼び出す羽目になる。世界中の老若《ろうにゃく》男女《なんにょ》、誰が来るか予想もつかない。魔力の無駄遣いだ。特定の個人と『契約』を結ぶ方法もあるが、人間は魔力耐性が低いため、肉体への負担が大きい。パズズの体内に入ったのもそれを防ぐためだ。召喚時の負担を減らす、生きた鎧《よろい》になる。

「それがどうした？」

平静を装《よそお》いながらも策略《トリツク》を見抜いたのかと、モーガンは内心気が気でない。

「いえ」

リネットは平然と言った。

「旦那様の伴侶を見つける一助になればと存じまして」

「余計な世話を焼くでない」

マンフレッドが喚《わめ》いた。

「小生《しょうせい》を魔物と交配させるつもりか？」

「機会が増えれば、旦那様のお眼鏡にかなう方もいらっしゃるかと」

「大きなお世話だ。いらぬ気遣いをする暇があれば皿の一枚でも磨いていろ」

「申し訳ございません」

モーガンは咳払《せきばら》いをした。

「無駄話は結構。さっさと始めていただこう」

向かいのソファに座り、背もたれに背中を預ける。それでも両の拳が自然とソファの肘掛けをつかむのは避けられなかった。

承知しました、とリネットが居住まいを正し、一礼する。

「まず『記録簿』を拝見願えますでしょうか」

やはりそれか、とモーガンは気を引き締める。手のひらを上に向け、目を閉じて念じる。

「『開　示《ディスクロージャー》』」

呪文を唱えると、手のひらに半透明の本が浮かび上がる。分厚い、革張りのような本だが、実体はない。己の使用可能な魔術を開帳する魔術である。正式名称は『体得魔術記録簿開示』だ。長いので魔術師の間では『記録簿』で通っている。

魔術師が弟子入りしてから真っ先に教えられる。己がいかなる魔術を身に付けたかを自動的に記してくれる。改竄《かいざん》はできないため、いくら己を大魔術師と嘯《うそぶ》いても『記録簿』を見れば、程度が知れる。

手の内をさらすため、師匠か親しい者にしか見せないものだが、『裁定魔術師《アービトレーター》』には公開を求める権利がある。また魔術師は特段の理由がない限りは求めに応じて中身を見せなくてはならない。それをただの『魔力なし《マギレス》』であるリネットが食い入るように見つめている。晒《さら》し物にされているかのような屈辱を感じて、腹立たしいことこの上ない。

「特に問題なさそうですね」

当然だ。特別な魔術を覚えていれば、疑われる原因になる。だからこそ、手持ちの魔術で疑われないような方法を編み出したのだ。

「ありがとうございました。しまっていただいて結構です」

許しが出たので、手のひらを握ると、『記録簿』は虚空《こくう》へと消え去る。

「幾つか確認なのですが」

と、前置きしてからリネットがあれこれ聞き始めた。マンフレッドは興味もなさそうに部屋の中を見ては時折、テーブルの上や棚の上へと飛び回っている。まるで退屈な子供だ。

「つまり、クラーク・スペンス様が召喚術の実験中、悪魔が暴走してクラーク様を喰《く》い殺した。弟子の方々が何人か中に入り、助け出そうとされましたが力及ばず、悪魔は元の世界に戻った。以上でよろしいでしょうか？」

「ああ」

取り調べに対してどのような対応をすればいいか。悩んだ末に、モーガンは極力ありのまま答えることにした。演技の才能があるとは思っていない。下手に取り繕えばボロが出る。肝心なところさえミスをしなければ、それでいい。

「パズズ、というのはどのような悪魔なのでしょうか」

「これだ」

と、モーガンは用意していた本を開き、ページの挿絵を指さす。

「異界の悪魔の一族だ。何度もこの世界に来て、災厄を起こしている。過去には騎士団百人が全滅させられた。西方では魔神として信仰もされているらしい」

「さぞ強いのでしょうね」

「そこいらの魔術師では束になっても勝てないな。喰《く》われるだけだ」

魔術への抵抗力が高いので攻撃魔法が通用しない。体力も腕力も『一つ目巨人《サイクロプス》』以上だ。

「実際、師匠が目の前で喰《く》われても、ろくな抵抗もできなかったらしい」

パズズを選んだのもそのためだ。弱い魔物では、モーガンごと葬《ほうむ》られてしまう。

「パズズは人喰《ひとく》いなのですか？」

「悪食《あくじき》だからな。人でも魔物でも生きているものは、なんでも喰《く》う。特にお前のような若い娘は骨までしゃぶられる」

あわよくば怖がらせるつもりだったが、リネットは眉一つ動かさず話を続ける。

「今回のような失敗は、過去にもございましたでしょうか」

「あるにはあるが、今回のようなひどいものは、俺の知る限り初めてだ」

「被害を問わなければ、どのくらいの頻度で」

「二、三年に一度、というところか」

「原因は？」

「些細《ささい》なことだ」

モーガンは残念そうに言った。

「魔法陣の描き間違いや詠唱の失敗……ほんのわずかなミスが事故に繋《つな》がる。その時は、幸いにして死人は出なかったが」

「では、今回の原因は何とお考えでしょうか？」

「調査中だからはっきりとしたことは言えないが、今回も似たようなものだろう」

「モーガン様はその時どちらに？」

「『第三召喚室』にいた」

と、スペンス邸の地図を広げてみせる。間取りに関しては原則、門外不出なのだがこの際致し方あるまい。召喚室は地下にあり、第一と第三の間には当然、『第二召喚室』がある。そちらの部屋の前では別の弟子たちがたむろして今後の召喚実験について議論していたという。

「控室の本棚で調べものをしていたのだ。腹が減ったので外に出たら随分と騒がしいので駆けつけたらあの有様《ありさま》だ」

偶然に頼るようだが、あの部屋は防音もしっかりしている。物音が聞こえた、という説明は避けるべきだろう。

「それまでずっと『第三召喚室』にいらしたのですか」

「俺が『第一召喚室』へ入ったのは、騒ぎを聞いてからだ。実験の前にカイルとも会っている。ウソだと思うのなら聞いてみるといい」

事件が起きた時、『第三召喚室』にいた。『第一召喚室』へ行くには、『第二召喚室』の前を通らねばならない。第一召喚室に入っても立ち会っていたカイルたち弟子が何人もいる。何人もの目を逃れるなど不可能だ。瞬間移動や姿を消す魔術もあるが、モーガンには使えない。たった今『記録簿』で開示してみせた通りだ。

不在証明《アリバイ》は完璧だ。

「不躾《ぶしつけ》なことをお伺いしますが」

リネットはそう前置きしてから言った。

「クラーク・スペンス様のお名前を継がれる方はどなたでしょうか？」

「ここにはいない。俺も含めて弟子の中には誰も、な」

モーガンはきっぱりと力不足を認めた。

「師匠の弟弟子の誰かが継ぐのではないかと思う」

跡目争いは殺害動機にはなり得ない。そう言外に匂わせておく。モーガンにはまずお鉢は回ってこないし興味もない。腐れ外道の名を継ぐなどまっぴらだ。

「それと、その香水はどちらでお求めに？」

顔をしかめたくなった。痛いところを突いてくる。

「これは失礼した。分量を付け間違えてしまったのだ。おかげで今朝から臭くて仕方がない」

ははは、と愛想笑《あいそわら》いを浮かべる。

「それとも、マンフレッド殿には迷惑だったかな。獣は嗅覚が鋭い故」

「お気になさるな」

頭上から羽ばたく音がした。振り返れば、マンフレッドがソファの近くまで飛び移って来た。

「小生《しょうせい》は人より鼻が利《き》かぬ。ここまで近づいてもほとんど香水とやらが感じ取れぬ」

鴉《からす》の顔が真正面に向けられる。鳥は苦手ではないが、いささか気味が悪い。

「なれど、魔術に不要なものは身に付けぬ方がよい。どこで足元をすくわれるか分かったものではないからな」

「ご忠告痛み入る」

モーガンは苦笑した。

「どこまで話したか……そうそう、香水の出どころか。これはもらい物だ。昔、師匠が貴族の頼みごとを聞いてやったのでその礼にとよこしてきたのをいただいたのだ。師匠は香水になど興味を持たれぬ方なのでな」

と、香水の瓶を取り出し、目の前で振ってみせる。

「よく付けられるのですか？」

「実験のない日にはたまに」

いきなり付けては怪しまれるので、少し前から付けていた。師匠はいい顔をしなかったし、説教の元にもなった。

「言っておくが、こいつは高いぞ」

にやりと笑ってみせる。

「そなたの給金がいくらかは知らぬが、平民に手が届くものではない。あとで主人にでもねだるといい」

「かしこまりました」

リネットは立ち上がり、帽子を被《かぶ》り直した。

「それでは、もう少し現場を見てから戻ります。ご協力ありがとうございました」

深々と頭を下げてから出口の方へと向かう。

マンフレッドもその後を追って、帽子の上に飛び乗った。

「失礼いたしました」

扉の閉まる音を聞いてモーガンはソファに力なくもたれかかる。

想定外の質問もあったが、どうやら乗り切ったようだ。ほっとした途端、ノックの音がした。

返事をすると、扉の隙間からリネットが顔を覗《のぞ》かせる。

「大変申し訳ございません。一つ、確認を忘れておりました」

「な、何かな？」

気が抜けていたところへの不意打ちに、急いで気を引き締める。ミスをしては全て水の泡だ。

許可を出すと、リネットが再び応接室に入ってきた。

「レポフスキー卿《きょう》はどうした？」

あの黒い鴉《からす》の姿が見えない。別行動でも取っているのだろうか。

「旦那様は『飽きた』と仰《おっしゃ》って外へ向かわれました」

自由奔放な鴉《からす》だ、と呆《あき》れつつも腹立たしくなる。俺の相手など、『魔力なし《マギレス》』の小娘で十分ということか。なめられたものだ。怒りの矛先を目の前の小娘に向けたくなるのを自制する。魔術が使えなくともレポフスキーの家名を背負っているのだ。手出しをすれば、モーガンの命は潰《つい》える。

「あのような主人ではお前も大変だな」

怒りをこらえ、代わりに同情する顔を作る。レポフスキー卿《きょう》が何を考えているのか、少しでも情報を引き出したい。どうせ『魔力なし《マギレス》』だ。ろくな扱いもされていないに決まっている。優しい素振りを見せればなびくかもしれない。

「滅相もございません。ご主人様は大変お優しい方です」

きっぱりと否定する。リネットの立場としてはそう言うしかあるまい。そうか、と哀れみをこめながらモーガンは寄り添う振りを続ける。

「それにしてはお前の扱いもぞんざいに見えたがな」

「旦那様は誤解されやすいお方なのです」

間髪入れずにマンフレッドを擁護する。なるほど、教育は完璧というわけか。

「だがあれでは、卿《きょう》の嫁探しも大変だな」

「それでも旦那様には必要ですので」

マンフレッドにとって、とはどういう意味だろう。レポフスキー家は実力第一主義で血縁に囚《とら》われない、と聞いている。後継者ならば、才能のある者を養子にすればいい。好きな女を娶《めと》ることもできるはずだ。

「……わたくしがいなくなれば、旦那様はお一人になってしまいます」

それではまるで、近い将来リネットがレポフスキー家を離れるかのようではないか。病気を患《わずら》っているようには見えない。辛《つら》くて辞めたい風でもない。何か事情でもあるのだろうか。もう少し掘り下げようとしたが、リネットも喋《しゃべ》り過ぎたと思ったのだろう。お話よろしいでしょうか、と言った。

「パズズの生態について、です」

リネットは調書を書き留めたとおぼしき手帳を取り出し、読みながら言った。

「先程のお話によれば、パズズはクラーク様を体ごと丸呑《まるの》みにした後、頭部だけを吐き出されたとか。その上、手から出した炎で頭部を黒焦げにしてしまったと」

「……らしいな」

「何故《なぜ》、そのような行動をしたのでしょうか？」

白々しく小首をかしげる。脳内でもう一人の己が警戒の声を連呼する。

「人喰《ひとく》いであれば、頭ごと呑《の》み込むものではないでしょうか？　事実、吐き出したのは、首だけです。服も杖《つえ》も全て呑《の》み込んでしまっています」

「偶然だろう。喰《く》いすぎて、げっぷでも起こしたのかもな」

おかげでいらぬ苦労をさせられた。

「食したのは、クラーク様お一人と伺っておりますが」

「召喚される前に何人か喰《く》っていたのかもしれない」

パズズがどこで何をしていたかなど、モーガンに知る由《よし》もない。

「首だけを吐き出した上に炎で焼いてしまっています」

「黒焦《ウエルダン》げが好みだったのだろう」

「それならばもう一度口に入れなおすはずです」

「……何が言いたい」

焦《じ》れたのは、モーガンの方だった。

「あの首が偽物《にせもの》だとでも？」

「焦げた頭部の破片からわずかですがクラーク様の血も検出されました」

血液から個人の特定も可能だ。魔術ではしばしば血によって契約が交わされる。誰の血か判別できなければ、意味がない。

「クラーク様が死んだのは間違いございません。確実に死んだと印象付けたいのであれば、首だけで十分なはずです。ですが、その後、炎によって首の傷口まで焼けてしまいました」

死ねば血は止まり、少しずつ腐っていく。死体を調べれば、直後に死んだか時間が経過したものか、ある程度は調べられる。ただ、黒焦げになってしまうと正確な時間の特定は難しい。

「そんなマネをして何の得がある？」

「パズズにはございませんが、人間にはございます」

手っ取り早く転げ落ちた首を始末するための方法で疑念を抱かれるとは。つくづく忌々《いまいま》しい師匠だ。

「確認なのですが、お弟子の方々がパズズを召喚獣として操ることは？」

「可能だ」

モーガンは素直に認めた。

「過去にも例がある。触媒やら秘石やら金と労力はかかるし無論、ある程度の技量は必要だが操ること自体はできる」

「あなた様にも？」

「ああ」

わずかな逡巡《しゅんじゅん》の後で絞り出すように認めた。

実際に見せたことはない。ただ、弟弟子たちに聞けば十人中八人は可能と答えるだろう。謙遜しても意味がない。

「いいか、こむ……お嬢さん」

煮えくり返った腸から飛び出しそうな怒声をこらえ、理性を働かせる。

「俺を疑っているのかもしれないが、これは、魔術の失敗だ。俺は『第三召喚室』にいた。カイルに聞いてくれれば証言してくれる。そもそも、魔術を唱えたのは師匠ご自身だ」

「その方は、本当にクラーク様だったのでしょうか？」

師匠のローブを身に着けていたが、誰とも会話をしていない。下手に話しかけると激高するため、弟子たちは原則自分たちから話しかけたりはしない。ならば、偽ることは可能だ。モーガンがそうしたように。

「百歩譲って、仮に偽者《にせもの》だったとしよう」

モーガンは切り札を出すことにした。

「その『召喚師《サモナー》』は、自ら呼び出したパズズに頭から喰《く》われた大間抜けだ。そして口から師匠の頭が転がり落ちた。もし偽者《にせもの》だとするならその頭はどこから出て来た？　偽者《にせもの》はどこへ消えた？　口から出て来たのは師匠の頭だけだったそうではないか。ならば偽者《にせもの》は、今頃パズズの腹の中だ。いや、むしろその方がいいかもな。師匠が不名誉な死に方をしたなどと、誹謗《ひぼう》中傷にさらされずに済む」

反論はなかった。リネットがひるんだと判断した。畳みかけるように言った。

「何よりパズズは、師匠の首を吐き出した後でカイルたちに送還されている。今頃異界のどこかだろう」

今回の仕掛けで重要なのは召喚ではなく送還の方だ。カイルたちが自動的にモーガンを召喚室から移動させてくれた。モーガンは扉を通ることなく、脱出できたのだ。

「その偽者《にせもの》が俺だというなら、ここにいる俺は誰だ？」

両手を広げてみせる。

「魔物に喰《く》われたのは大勢が目撃している。幻影の魔法でも使ったというのか？　言っておくが、そんな魔術は習得していない。お前も『記録簿』で確認しただろう」

「……」

とうとうリネットは黙り込んだ。表情は変わらないが、ぐうの音も出ないというところだろう。モーガンの主張を崩さない限り、疑惑などすぐに消し飛ぶ。

「大変失礼いたしました。それではわたくしどもはこれにてお暇《いとま》いたします」

深々と頭を下げると去っていった。

その背中を見送ってからソファに再び座り込む。

我知らず哄笑《こうしょう》が上がる。

ざまあみろ。

小生意気な娘をやり込めてやったという高揚感がモーガンを包んだ。『裁定魔術師《アービトレーター》』の侍女だかなんだか知らないが、所詮はただの小娘だ。魔術師の己に敵《かな》う道理などあるものか。完璧に論破してやった。いっそ泣いて謝るまで責め立ててやればよかった、とわずかに悔いていると、強い眠気が襲ってきた。

短時間に師匠を殺し、パズズの口の中に入り、『裁定魔術師《アービトレーター》』からの取り調べも受けた。緊張で疲れていたのだろう、と自覚した途端、あっという間に目の前が闇に包まれた。かろうじてソファに倒れ込むとそのまま甘い誘惑に身をゆだねた。

鴉《からす》の啼《な》き声で目が覚めた。マンフレッドが戻って来たのかと慌てて立ち上がるが、どこにも姿は見えなかった。気がつけば窓の外は蜜柑色《みかんいろ》に染まり、宵闇が迫っていた。思っていたより眠っていたようだ。師匠がいなくなって気が抜けたのかもしれない。マンフレッドたちはどうしたのだろう。まだ屋敷《やしき》の中をうろついているのか。それとも、もう帰ったのだろうか。

様子を見に行こうとしたところで、再度ノックの音が聞こえた。

返事をするより早く、息を切らせながらカイルが飛び込んできた。

「来てくれ、モーガン。師匠が見つかった」

一瞬、言葉の意味を測りかねた。呆然《ぼうぜん》とするモーガンに、カイルは急《せ》かすように言った。

「早く来てくれ。『第三召喚室』で師匠の遺体が見つかったんだ」

言われるままカイルに地下の『第三召喚室』へと連れてこられる。

モーガンは世界が傾くのを感じた。パズズを召喚した部屋ではないか。

まさか、何故《なぜ》露見したのだ。疑念や当惑が頭から離れない。カイルに連れられて、扉を通り、奥の部屋に入る。部屋にはほかにも弟弟子たちがいた。皆思い思いの方向に顔を背けている。中には部屋の隅で嘔吐《おうと》している者もいた。

バラバラの死体が、血の海の中に転がっている。ただし頭はない。

「どうやら、クラーク殿の亡骸《なきがら》で間違いないようだな」

マンフレッドがとぼけた様子で言った。

まさか、と言いかけて口をつぐむ。

クラークの遺体は、パズズの腹の中だ。実験中の事故に見せかけるためにわざわざ仕組んだというのに。死体が見つかっては意味がない。詳しく調べられたら策が露見する。

「召喚されたパズズとやらは、ここでクラーク殿を殺して頭だけ口にあめ玉のように含んでいたというわけか。つまり、召喚された時点でもうこの世界に来ていたということになるな」

マンフレッドは朗々と続ける。

「わざわざ召喚済みの個体を別の部屋に呼び寄せる意味もあるまい。ならば召喚したのが本当にクラーク殿だったのかも怪しいな」

同じ召喚術でも『臨召獣《りんしょうじゅう》』と『契約獣』とでは呪文も異なる。実験の予定は前者であり、モーガンが実際に唱えたのは後者だ。

額から流れる汗をぬぐいながら落ち着け、と心の中で必死に言い聞かせる。

ただの推測だ。証拠は何もない。パズズは異界へと戻した。証拠など出て来るはずがない。

正確な数は知らないが、種族というからには、一体や二体ではあるまい。異界からモーガンが召喚した個体をもう一度呼び出すなど、あり得ない。

本当にそうなのだろうか？　モーガンの頭に疑念がわき起こる。

桁外れの魔力量にものを言わせて、当たりが出るまでクジを引き続ける。相手はレポフスキー卿《きょう》……『裁定魔術師《アービトレーター》』だ。そんな芸当はできないと、何故《なぜ》言い切れる？

「と、とにかく、師匠が見つかったのだ。ご遺体を埋葬しようではないか」

疑念をそらすべくとぼけた声音で言ってみたが、逆効果だった。

「弔いが先ではないのか？」

「そ、そうだ。弔いが先だったな」

マンフレッドに指摘され、さらに冷や汗をかく羽目になった。

「も、もう調査はよろしかろう。我々は亡骸《なきがら》を引き取らせていただく」

返事を聞く前に首のないバラバラ死体に近づく。

血の海に足をかけた瞬間、クラークの死体と血の海は跡形もなく消え去った。

「え？」

目の前の光景が信じられず、立ち尽くすモーガンの背後から黒い影が差し込む。

威圧感に振り返ると、巨大な悪魔がそこにいた。

パズズだ。

「な、何故《なぜ》……」

自然発生する魔物ではない。

「誰だ、誰が呼び出した？」

声に出してからはっと気づいた。この場にいる魔術師で、モーガン以外にパズズを召喚できるのは、一羽しかいない。

「なんのマネだ！　レポフスキー卿《きょう》」

「はて、何のことかな」

白々しく言ってのける。魂胆は見えている。先程の死体も幻術であろう。動揺を誘い、犯人《モーガン》にボロを出させるつもりなのだ。

「とぼけるな！　いいからこの幻を消して……」

「それはまやかしではない」

「え？」

そこでようやく、獣臭い悪臭に気づいた。

これは、幻術ではない。

「ならば、こやつは……」

「気をつけた方がいい」

マンフレッドの忠告は上《うわ》っ面《つら》だけで、同情や心配など欠片《かけら》もこもっていなかった。

「そやつは今し方、人間一人を平らげたばかりだ」

「え？」

声を上げた瞬間、パズズが身を屈《かが》め、モーガンの胴体を両手で包み込むようにつかんだ。抵抗する暇もなかった。そのまま立ち上がり、顔の前まで持ち上げる。

モーガンの体は宙ぶらりんになる。大地を失った足が力なく揺れる。パズズが目の前で大きな口を開ける。まるで一口で喰《く》い殺そうとするかのように。

「おい、よせ！　止《や》めろ！」

手を放せば身長の数倍の高さから真っ逆さまだが、喰《く》われるよりマシだ。身をよじって逃れようとするが、杖《つえ》はない。あったとしても並の魔術はパズズに通用しない。

「どういうつもりだ、レポフスキー卿《きょう》。拷問か？　脅迫か？」

「すぐに分かる」

パズズの目が鈍く輝く。食欲という強い欲望に満ちた視線に射貫《いぬ》かれ、モーガンは密《ひそ》やかな声を上げる。大声を出せば、刺激して喰《く》われてしまう。生存という根源的な欲望は恐怖を生み、巨大な獣から逃げ惑う兎《うさぎ》のように身をすくめ、震える。頭の中に白い闇が広がり、思考停止しそうになる。

「おい、誰か。レポフスキー卿《きょう》を止めてくれ」

弟弟子たちに助けを願うが、レポフスキー卿《きょう》を恐れているのか、カイルをはじめ誰も動こうとはしない。役立たずの恩知らずどもめ。

いっそ逃げ出したかった。何もかも自白してしまいたかった。思いとどまっていたのは、魔術師として長年鍛え上げられた理性であり、忍耐力だった。

いかに『裁定魔術師《アービトレーター》』といえど、何の証拠もなしに処刑はできない。法の番人である彼らもまた、法に縛られている。不必要な拷問や判決が下る前の処刑は禁じられているはずだ。ここでモーガンを殺せば、次に『裁定魔術師《アービトレーター》』に裁かれるのは、レポフスキー卿《きよう》自身だ。これは我慢比べだ。証拠がないから精神的に追い詰めて、自白を引き出そうとしているに違いない。

耐えろ、と己に言い聞かせる。レポフスキー卿《きよう》も追い詰められているのだ。ここを耐え忍べば勝てるはずだ。ハッタリだ。実際に喰《く》わせるなどあり得ない。あり得ないと知りつつも、体の震えは止まらない。助けてくれ、
パズズは口から大量の涎《よだれ》を垂らし、足元までしたたらせている。

巨大な口を開ける。腐った臭いに包まれ、目が痛くなる。目を閉じる。

「大変申し訳ございません」

不意に女の声がした。

「少し、肩をお貸しいただけますか？」

「はい？」

肩を誰かにつかまれる。存外に柔らかい。恐る恐る目を開ける。

紺青色《こんじょういろ》の瞳と目が合う。淡い光に包まれた女が口の中から現れた。

「失礼いたします」

リネットは四《よ》つん這《ば》いの体勢からモーガンの肩に手を乗せ、一気に脱出する。リネットの体はモーガンを飛び越え、足から落下していく。下は硬い石の床だ。加速しながら墜落する寸前、リネットの体は空中で止まり、それから落ち葉のようにゆっくりと着地した。

着地すると同時に淡い光は消えた。

マンフレッドの魔術だろう。汚れ一つついていない。

「なるほど、このようにして移動されたのですね」

呆然《ぼうぜん》となるモーガンの体がぐらりと揺れた。パズズがゆっくりと片膝をつき、床に降ろす。パズズの姿がゆっくりと虚空《こくう》に溶けて消えていく。元の世界へと戻されたのだ。

リネットは黒い革製の鞄《かばん》を開け、中から黄金の天秤《てんびん》を取り出した。

「あなた様の魔術《トリック》はすでに解けております」

モーガンはうめいた。あれが世に聞く『ユースティティアの天秤《てんびん》』か。レポフスキー卿《きょう》を『裁定魔術師《アービトレーター》』たらしめる最強の魔道具だ。有罪か無罪かを判断し、刑を執行する。有罪に傾けば、モーガンの人生は終わる。

「これより審判を始めます」

黒衣の侍女が開廷を告げた。

「犯人は、あなた様です」

リネットが告発した途端、金色の天秤《てんびん》が風もないのに左右に動き出した。あれが止まったとき、モーガンの運命が決まる。

「どうしても、俺を犯人に仕立て上げたいようだな」

自首するつもりはない。どういうわけか、リネットとかいう小娘に疑惑を持たれている。ならば自らの手で追及を逃れるしかない。

「パズズを召喚できるから犯人だというのなら、レポフスキー卿《きょう》も疑わしいな」

「事件の時にパズズを召喚されたのは、あなた様です」

そこでリネットは、今しがたまでパズズのいた空間を振り返る。

「召喚された魔物の体内に入り、魔物ごと送還される。わたくしも実際に試してみるまで気がではございませんでした。魔物を知り尽くしたモーガン様ならではの策でしょう」

リネットはさっそく本陣に切り込む。反論も許さず、モーガンを一気に潰すつもりのようだ。

「あなた様はクラーク様を呼び出し、殺害した。その後パズズを召喚し、証拠隠滅のためにクラーク様の亡骸《なきがら》を食させます」

リネットは朗々と語る。

「その後、クラーク様に扮《ふん》して実験室に入り、召喚術を唱えます。もちろん、呼び出すのは『第三召喚室』に待機させておいたパズズです。そしてご自身をわざと口の中に入れさせる。そうすれば、クラーク様はほかのお弟子の方々の目の前で死んだことになり、モーガン様は容疑から外されます」

あっさりとトリックを見抜かれ、モーガンの額から汗が次々と流れる。落ち着け。証拠はない。まだ挽回《ばんかい》の余地はある。

「しかしここで、パズズの口からクラーク様の頭部が落ちてしまった」

「それも計画のうちか？」

「メリットが少ない上にクラーク亡様の頭部を調べられたら本当の死亡時刻が露見しかねません。偶然か事故ではないかと愚考いたします」

当たり前だ。師匠の首を調べられたら、己が犯人だと断定されかねない。

「仮に計画のうちだとしてもその後の流れは変わりません、問題は口から頭部が落ちた後の対処です」

口から落ちたクラークの首をもう一度食すこともなく、焼いた上に踏みつけて粉々にした。

「明らかに証拠隠滅を図っています。パズズが自らの意思で証拠を消す理由はございません。理由があるのは、人間だけです」

「さっきも言っていたな」

モーガンは余裕があるような素振りで肩をすくめる。実際は心臓が破裂しそうだが。

「その後お弟子の方々によってパズズは送還されました。お伺いしたところ仕掛けられた術は、召喚した魔物を元居た場所へと送《おく》り還《かえ》すものだそうですね。それを利用すれば扉を通らずとも部屋から脱出も可能です。ありがとうございます」

急に礼を言われて戸惑っていると、リネットが続けた。

「あなた様のおかげで、論点が整理されました。結局のところ問題は、いかにして生きたまま『第一実験室』から脱出するか、です。それさえ解ければあとは簡単でした」

論破してやった件の意趣返しか、と心の中で舌打ちする。あの時返事をしなかったのは、トリックの一端に気づいていたからだろう。モーガンは喋《しゃべ》り過ぎたのだ。得意げになって、ヒントを与えてしまった。頭から血の気が引いていくのを感じる。まずい。このままでは有罪だ。何か手を打たねば。

「な、何か忘れてはおらぬか？」

汗を掻《か》きながら必死に言葉を紡《つむ》ぐ。

「お前は、『第一召喚室』に入ったのは、師匠に化けた俺だという前提で話している。そうだな？」

「はい」

「本当にそう言い切れるのか？　本物の師匠だった可能性はないのか？　俺と師匠は似ていな

い。背格好も違う。いや、変装していたと言いたいのだろう。確かにそうかもしれない。けれど、周囲は俺の弟弟子たちだ。俺のことも師匠のこともよく知っている。ならばちょっとした仕草や動きで違和感を持たれるかもしれない。もちろん、『変身』の魔術など使えないのは確認したはずだ」

詭弁《きべん》でも屁理屈《へりくつ》でも構うものか。言い逃れるにはとにかく反論し続けるしかない。引き延ばしていれば反撃の糸口も見つかるはずだ。

リネットは冷ややかに言った。

「それもあなた様の計画の一部です」

「は?」

「事件の前、カイル様にこう仰《おつしや》ったそうですね。『師匠はまた機嫌が悪い。礼儀にも気をつけろ』と」

「それがどうした」

平静を装《よそお》いながらも心臓の鼓動がまた一段と速くなる。

「クラーク様は大変気難しい方だったと聞き及んでおります。些細《ささい》な失敗で罵倒され、理不尽なことで打擲《ちようちやく》されて、弟子の皆様から大変恐れられていたと。特にあなた様は古株で何度も殴られていたそうですね。殺害動機もそのあたりが原因ではないかと」

気難しいどころではない、と心の中で反論する。これ以上、暴君の元でこき使われ、人生を浪費したくなかった。

「そう言われれば、カイル様たちはますます恐れおののくでしょう。クラーク様のお顔を凝視するような不躾《ぶしつけ》なマネはいたしかねるかと」

ひたすら頭を下げ、嵐のようにやり過ごす。クラークの弟子として生きていくための処世術だ。違和感を覚えたとしても、叱責覚悟で問いかける無法者などいるはずがない。

「態度について注意しただけだ。ただのこじつけだ」

「それだけではございません」

と、リネットは手帳を広げ、ページを繰る。

「今日はパズズより前の召喚実験でも問題が起こったそうですね。『炎の巨人《イフリート》』を召喚するはずが、『霜の妖精《ジャックフロスト》』の大群を呼び出してしまったと聞き及んでおります」

そうだ、とカイルが同意する。

「あなた様は『召喚術の事故は二、三年に一度の割合』と仰《おつしや》いました。それが同じ日に同じ場所で立て続けに二度も起こりました。偶然とは思えません」

「……何が言いたい？」

「トマス様というお弟子の方に伺いました。原因は呪文のミスだそうですね。単語の幾つかが入れ替わっていたと」

魔術の系統にもよるが、呪文は古い言葉で唱えられる。今を生きる魔術師には馴染《なじ》みが薄いため、ミスに気づきにくい。

「参考にされた魔導書を貸したのは、あなた様だと皆様口を揃《そろ》えて証言されました」

リネットが手のひらを差し出すと、上から分厚い本が落ちてきた。トマスに貸した、魔導書の写本だ。見上げればマンフレッドが旋回しながら『天秤《てんびん》』の方へ戻っていくのが見えた。

「旦那様に確認していただきました。やはり記述が間違っているそうです。ほかの本とも見比べましたが、あなた様の持つこの本だけが、逆の記述になっておりました」

写本の筆跡はモーガン本人だ。調べればすぐに分かる。

「ただの書き間違いだ。弟弟子の足を引っ張ったという証拠にはなるかもしれないが、師匠殺しとは何の関係も……」

「ございます」

リネットは断言した。

「事故の影響で部屋の中は冷え切っておりました。霜や雪は取り除かれたそうですが、実験開始時でもまだ真冬のような寒さだったとか。寒さに気を取られれば集中力も乱れ、多少の違和感も覚えにくくなります。それに……」

そこでリネットはカイルに近づき、彼の着ていたローブのフードを上げた。

「皆様もフードを被《かぶ》るため、視界が狭くなります。この格好で頭を下げていれば、どなたが入室されたとしてもまずお顔は目に入りません。それに、あなた様ご自身も厚着をしていても不思議ではありません。多少体格が違っても服のせいと誤魔化せます」

なにより、とリネットが続ける。

「一つでは偶然でも二つ重なれば、そこに意図があると見るべきでしょう。しかも、発端はどちらもあなた様です」

目の前が真っ暗になる。頼みの綱まで無情にも断ち切られた。

モーガンの命運は、風前の灯火《ともしび》だ。

「証拠はあるのか？　それに動機は何だ？　何故《なぜ》私が敬愛する師匠を殺さねばならない」

「敬愛する方が事故で亡《な》くなったとしたら」

リネットはそこで言葉を区切った。

「ゴミ出しになど気が回らぬものです」

リネットがポケットから白い布を取り出した。ハンカチ程度の大きさだが、端が黒く焦げている。モーガンにはそれが何かすぐに分かった。

魔法陣の布だ。地下のゴミ捨て用の穴に放り込んだはずだ。何故《なぜ》ここに？　まさか、あの穴の中を潜って捜し当てたというのか？

「旦那様に魔術で取り出していただきました。黒い炭の中にこれだけが燃え残っていました」

マンフレッドが不満そうにそっぽを向く。モーガンが眠っている間に想像以上に調べ回っていたらしい。

「地下室にはスライムがいましたが、あまり手をつけた様子はございませんでした。事件の時間帯に、『第三召喚室』を使われていたのはあなた様です。この証拠が『第三召喚室』のゴミ捨て場から出てきたということは、一番疑わしいのはあなた様かと」

「何故《なぜ》だ」

呆然《ぼうぜん》とつぶやいた。スライムの消化速度ならばもう溶かし尽くしていたはずなのに。

「スライムは何でも食べると思われていますが、そうではございません。食べられないものもございます」

「何だ？」

「熱いいものです」

モーガンは己のミスを悟った。

犯行に使った服や道具は燃やしたばかりで、まだ煙を吹いていた。だからスライムは冷めるまで食べられなかった。そのせいで、リネットたちが調べた時にもまだ証拠が残ってしまっていたのだ。スライムが熱に弱いなど、半人前でも知っているのに。基礎的な知識を忘れていた。

「調べましたところ、布にはパズズの唾液も付着していました。おそらくそのせいで燃えにくくなっていたのでしょう。『第一召喚室』のパズズがこの召喚陣から呼び出されたのは間違いないかと」

「貴様！」

カイルが激高した様子で喚《わめ》き散らしている。

「誤解だ」

それでも諦めるつもりはない。クラークが死んで自由になれた。今度こそまともな師匠の下で修行を重ね、『召喚師《サモナー》』になるのだ。魔術師としても人間としても、人生はこれから始まる。終わりたくない。終わってたまるものか。

「そこの娘が証明したのは、パズズの召喚場所だけだ。俺は捨ててなどいない。今初めて見た」

「捨てたのもあなた様ではないと」

「そうだ」

「ありがとうございます」

リネットはうやうやしく頭を下げると、再度焦げた布の切れ端を掲げる。布の真ん中に、わずかに茶色い染《し》みが付いている。

「実はこの布には唾液だけではなく、香水《ヽヽ》も付着しておりました」

「……え？」

「なんでも貴族よりいただいた特別なものだと。そのような香水をつけて、パズズほどの魔物を召喚し、かつこの場にいらっしゃる『召喚師《サモナー》』はあなた様以外にはございません」

「バカな、そんな……」

燃え残っていたとはいえ、火にくべられたのだ。臭いなど消し飛んでいるはずだ。

「小生《しようせい》は鴉《からす》ゆえ鼻は利《き》かぬが眼《め》は人より優れている。その染《し》みは先程貴殿が付けていた香水と同じ色をしている」

体に力が入らず、よろめく。モーガンは己がワナにはめられたのだと悟った。さっさと罪を認めるべきだったのだ。抵抗すればするほど深みにはまっていく。己はとうの昔に、底なし沼に沈んでいたのだ。


「裁定は下されました」


リネットの宣言と同時に金属音がした。振り返ると、黄金の天秤《てんびん》が左に傾いていた。

「ようやく観念したか。手間を掛けさせてくれる」

マンフレッドがぼやくように言った。

「見ての通りだ。『ユースティティアの天秤《てんびん》』は汝《なんじ》の罪に傾いた」

モーガンの世界が砂の城のように崩れていく。己の命運は今、決まったのだ。

「いつからだ？」

それでも合点《がてん》がいかないことがある。疑念を晴らさねば死んでも死にきれない。

「いつからお前は……お前たちは俺を犯人だと疑っていた？」

これといったミスも犯していない。ゴミ捨て場を早々と調べたのもモーガンを疑っていたからだろう。そうでなければ今頃、証拠の数々は熱も冷めてスライムに跡形もなく溶かされていたはずだ。

「最初に犯行現場でお会いした時からです」

リネットは無表情のままで答えた。

「まさか」

ろくな会話すら交わしていない。心でも読んだというのか。

「あの時、モーガン様はわたくしの靴が汚れることをご懸念《けねん》されました」

「……そうだったな」

「魔術師の方々で、わたくしのような『魔力なし《マギレス》』にお気遣いされる方はいらっしゃいません。しかも、ご自分の師匠が亡《な》くなられた事件現場の調査です。わたくしの靴が汚れようとどうでもいいことのはずです」

モーガンは己のうかつさを呪った。疑われないようにと親切ごかしに気を回したために逆に疑念を抱かれるとは。

「そのような態度を取る方は二通り。ご自分の悲しみよりもわたくしの靴を気にかける誠に心優しいお方か、現場調査そのものをどうでもいいと思っておられるか。そのどちらかです」

「……俺がその誠に心優しいお方とは思わなかったのか」

「レポフスキー家にお仕えして以来、何百人という魔術師の方々とお会いしました。ですが、そのような方はわたくしの知る限り、お二方だけです。ならば、確率の高い方をまず疑うのが当然でございましょう」

同情するような素振りもリネットには見透かされていたのだろう。切って捨てるような断言に、マンフレッドがくぐもった笑いを漏らしてからモーガンへと向き直る。

「疑念は晴れたかな。念のためだ。これだけは聞いておくか」

「な、何だ？」

「バーナビーという男に心当たりはあるか？　首のない人形を持っている」

「いや、知らない。初耳だ。心当たりもない」

質問の意味を考えるより早く、モーガンの口が意に反して喋《しゃべ》っていた。

「やはり、か」

マンフレッドの言葉にわずかながら苛立《いらだ》ちと焦《あせ》りを感じた。何の話だ、と続けて問おうとしたが、『裁定魔術師《アービトレーター》』の興味はすでに別に移っていた。刑の執行に。

「師匠殺しの罪は重いぞ」

黒鴉《くろがらす》は淡々と告げた。

「ま、待ってくれ、俺はまだ」

「刑を執行する」

乾いた音とともに、傾いた天秤《てんびん》が元の水平に戻るのが見えた。

次の瞬間、世界が灰色《はいいろ》に染まる。

周囲は静寂に包まれ、リネットもマンフレッドもいつの間にか消《き》え失《う》せ、モーガンだけになっていた。

何が起こったのかと周囲を見回していると、背後から黒い影に包まれる。

頭から粘液のようなものをぶちまけられた。不快感と苛立《いらだ》ちに振り返れば、パズズが立っていた。涎《よだれ》を垂れながし、物欲しそうにモーガンを見下ろしている。今しがた元の世界に戻されたはずだ。また呼び出したのか？

パズズが片手でモーガンをつかみ取る。巨大な目には純粋な渇望《かつぼう》が見て取れた。

食欲だ。

「待て！　止《や》め……」

必死になって命じるよりも早かった。

パズズの歯がノーマンの全身を噛《か》み砕《くだ》いた。


ぐしゃぐしゃぽりぽりもぐもぐくちゃくちゃ……ごくん。

意識が途切れる寸前、モーガンは己の肉体を咀嚼《そしゃく》する音を聞いた。

激痛に意識が戻る。目を開けても真っ暗闇だ。生暖かい上に、ひどく狭苦しい。死体をさらに発酵させたような臭いで鼻が麻痺《まひ》してしまっている。呼吸もままならず息苦しい。柔らかい地面がわずかに揺れている。

そこでモーガンははたと気づいた。

己はパズズに喰《く》われたはずだ。背骨に歯が突き立てられ、真っ二つにされた。さらに手足から胴体に至るまで嚙《か》み砕《くだ》かれて、呑《の》み込まれたはずだ。

なのに、なぜまだ生きているのか？

それとも己は死者として『死霊魔術《ネクロマンシー》』で蘇生《そせい》されてしまったのだろうか？

身動きしようにも体が全く動かない。首一つ動かせない。せいぜい瞬《まばた》きと口を動かすだけだ。呪文を唱えようとしても魔術にはならない。

どうにか現状を確かめる方法はないか、と困惑しているところに、上から炎が降ってきた。火の粉をまき散らして、床に落ちる。それを見てモーガンは息を呑《の》む。炎には木の棒が付いており、その端を人間の手首がつかんでいた。手首は途中で切れている。間違いなく、人間の腕だ。パズズに喰《く》われたのだろう。松明《たいまつ》ごと丸《まる》呑みとは、強欲なパズズらしい。

炎のおかげで周囲がわずかに照らされる。壁は肉で構成されており、粘液で濡《ぬ》れている。パズズの胃の中だろう。まずい。早く脱出しなければ、胃酸で溶かされる。何とか脱出しなくては、と首で地面を這《は》おうとすると、上から丸いものが落ちてきた。

驚くまいと腹をくくったつもりだったのに、空気の固まりのような声が口からわき出た。

クラーク・スペンスの頭だ。パズズによって溶かされた上に燃やされ、踏みつぶされたはずなのに、首から上には傷一つなく、肌は生前のような生々しい色艶を放っている。血走った眼《め》を見開き、何度もモーガンを射貫《いぬ》いてきた視線を向けている。

何故《なぜ》、師匠の首が？　見たくはなかったが動かせない顔は、師匠の瞳に映る己の姿を見てしまった。

そこでようやく気づいた。

己の首から下が、とうに消《き》え失《う》せていることに。

「あれ？」

間の抜けた声が出た。首から下がないのに、何故《なぜ》意識があるのか。何故《なぜ》呼吸ができているのか。何故《なぜ》、魔物の腹の中で苦しんでいるのか？　答えにたどり着くより早く、またも上から黒い塊が胃壁を伝って転がり落ちてきた。今度もまた、クラーク・スペンスの首だった。

モーガンは悲鳴を上げた。首が二つに増えたからではない。あの高慢で凶悪な眼《め》が四つに増えるのが恐ろしかった。顔を背け、クラークの首を蹴とばし、どこかに逃げ出したかったが、胴体を持たないモーガンには何一つ叶《かな》わなかった。

ひきつった笑い声が出た。

ああそうか。己はとっくに死んでいるのか。これが、『ユースティティアの天秤《てんびん》』の処刑というわけか。死してなお苦しみ続けろと。死すら解放ではないというのか。

パズズの胃の中には次々とクラークの首が落ちてきた。二十を超えたところで数えるのを止《や》めた。どの首もモーガンの方を向いていた。いずれも侮辱し、蔑み、愉悦に満ちた目でモーガンを見ている。おそらくは背後からも。頭上からも。胃壁の中からもクラークの目に見られていた。

「止《や》めろ、俺を見るな！　見ないでくれ！」

騒いでも懇願してもクラークの首は次々とパズズの胃に放り込まれ、モーガンを凝視し続けた。生きている頃と同じ瞳で。

刑は執行された。もはやこの場に用はない。

「終わったな」

マンフレッドは定位置である、リネットの頭の上に飛び乗る。手際《てぎわ》のいいことに、すでに帽子を被《かぶ》っている。

「お待ちください」

カイルという弟子が目を白黒させている。

「モーガンがいきなり消えたのですが、あいつはどこに？」

「心配せずともよい」面倒くささを隠しもせずに言った。「刑は執行された」

『ユースティティアの天秤《てんびん》』がどのような刑を下すかは、マンフレッド自身も与《あずか》り知らぬ。確実なのは、刑は完全に完璧に執行される。逃れる術《すべ》はない。

「それより、貴殿に頼みたいことがある」

クラーク・スペンスとその弟子についてはまだ調査していない。何度か協力依頼を出したがすべて黙殺されていた。反対していたクラーク本人が死んだのだ。今なら可能なはずだ。

「巻物《スクロール》の売買リストを見せてくれ」

幕間《まくあい》・二

ランタンの明かりを近づけて愕然《がくぜん》とする。

久しぶりに訪れた屋敷《やしき》は瓦礫《がれき》の山に変わっていた。全焼したとは聞いていたが、巨人にでも踏みつけられたかのように建物ごと崩れ落ち、在りし日の姿を見つけるのは難しい。幼い頃に必死に上った階段も、長い廊下も、全て消えてしまった。本邸だけではなく、病を患《わずら》った祖父が住んでいた離れまで跡形もなく壊されている。まるで全ての証拠を隠滅するかのように。ここに来れば何か見つかるかと思ったが、徒労に終わりそうだ。ため息とともに体が少しだけ重く感じる。

砕けた石壁には、黒く焦げた痕跡が拷問のように刻まれている。

真夜中のせいか、今にも死霊《しりょう》がそこかしこから現れそうだ。心なしか空気もひんやりとして春先だというのに息も白い。

ここでレポフスキー家の者たちが命を落としたのだ。もう半年以上も前に。

当時は海を隔てたストランドで魔術留学中だった。何も知らなかったし、知らせも来なかった。修行の妨げになってはいけないと、父が決めたのだという。父の判断は正しく、恨めしい。聞いていたら取るものも取《と》り敢《あ》えず駆けつけただろう。

黒ずんだ瓦礫《がれき》を一撫《ひとな》でしてから彼女は手紙を取り出した。一月ほど前に魔術留学を終え、我が家に戻った時に、母から惨劇の知らせとともに受け取った。レポフスキー家の親族に配られた通知書である。

当主交代と、異を唱えて反逆を起こした者たちを処刑した旨《むね》が簡潔に綴《つづ》られていた。手紙の最後には処刑した者、および騒動で死亡した者の名前も連ねられていた。レポフスキー一族とその弟子の魔術師、および使用人。総勢十九名。処刑された者の中には、彼女の叔父をはじめ親類も含まれている。

痛ましい話ではあるし、暗澹《あんたん》たる気持ちになったが、涙は零《こぼ》れなかった。数少ないやりとりの中でも彼らの思考は手に取るように分かった。高慢で驕《きょう》慢《まん》で、怠慢な者たちだ。その上、残忍で魔術師……いや、レポフスキー家以外の魔術師を頑《かたく》なに認めようとしない。

次期当主を選ぶのは当主の権利である。それを蔑《ないがし》ろにするのは許されない。しかも魔術師の司法に就くレポフスキー家だ。もし反逆を起こし、お家乗っ取りを企《たくら》んだのだとしたら、処罰されても致し方ない。

たとえ、新当主が使い魔の鴉《からす》であろうと。

「あのマンフレッドが……」

よりにもよって使い魔の鴉《からす》が名門レポフスキー家の当主など、何かの間違いとしか思えない。百歩譲って何か事情があったのだとしても、絶対に譲れない問題がある。

もう一度、手紙に目を通す。筆跡に見覚えがあった。

リネットの字だ。

忠実で寡黙な下働きの娘、という認識だった。

それが今では、マンフレッドの侍女として『裁定魔術師《アービトレーター》』の使命にも付き従っているという。

レポフスキー家のお家騒動には間違いなく、マンフレッドとリネットが関わっている。今はここから山一つ隔てた場所に屋敷《やしき》を構えている。問いただそうと、何度も屋敷《やしき》を訪れたが、いつも留守だった。『裁定魔術師《アービトレーター》』として事件の起きた場所を飛び回っているらしい。手紙を出してもなしのつぶてだ。今どこにいるかも定《さだ》かではない。それでも諦めるつもりはなかった。

何としてでも追いかけて、見つけ出してやるまでだ。真実を明らかにするためにも。

事と次第によっては、命を懸けて戦うつもりだ。両親から禁止されたにもかかわらず、屋敷《やしき》を抜け出し、夜中の廃墟《はいきょ》に来たのもそのためだ。

不意に頭上から一際《ひときわ》高い、梟《ふくろう》の啼《な》き声が聞こえた。

続けて目の前に何か落ちてきた。ランタンを近づけると、白い手紙が地面に転がっている。

何事かと見上げると、白い梟《ふくろう》が翼を広げ、頭上を旋回している。

「もしかして、『招集状』？」

レポフスキー家の焼け跡にいたから間違えて届けられたらしい。どこかの魔術師が通報したのだろう。つまり、事件だ。どうしたものか、と一瞬迷ってから白い手紙を握り締める。これは天祐《てんゆう》だ。今こそ誰が『裁定魔術師《アービトレーター》』に相応《ふさわ》しいかを万人に知らしめる時だ。そして、半年前のあの日、何が起こったのかを突き止める。
フ、いや、フレデリックのためにも。

一瞬ためらったものの手紙を広げる。何者かに襲われて、救助を求めているらしい。幸いにもこの近くだ。一刻も早く駆けつける必要がある。急いでもと来た道を駆け下りようとしたところで屋敷《やしき》の跡を振り返った。瓦礫《がれき》の隙間から闇に塗り潰された草花が、風に吹かれて揺らめくのが見えた。今は真っ黒でも日の光に当たれば、元の緑や花の色を取り戻す。

「見てなさい。この……」

不意に頭上から梟《ふくろう》が襲ってきた。

間違いに気づいて『招集状』を奪い返しに来たらしい。

「ちょっと、待ちなさい。まだ読んで……あいたっ！」

爪でつかまれ、嘴《くちばし》で突っつかれながら必死に現場への道をひた走る。

第三幕　魔女のミスディレクション

――夜明けが近づいていた。一仕事終えて、ラモーナは逃れるように家に戻る。一瞬迷ったが、ランタンをつけたまま家の中に入った。

二階建ての小さな屋敷《やしき》だ。元々は貴族の別荘だったらしく、造りは古いが、頑丈だ。その上壁紙や柱の造作一つ一つに品があり、気に入っている。難点は崖の上にあるため、買い出しが少々不便なことだろう。住み始めた当初は苦労させられたが、すぐに慣れた。

ランタンと杖《つえ》を床に置き、コートを脱いでハンガーに掛ける。身震いがした。感覚の鈍くなった手に息を吹きかけ、揉《も》みこするものの、温かくなった気はしなかった。左薬指にはめた指輪に温《ぬく》もりを奪われている気がした。家の空気がひどく寒々しい。夜明け前の海風に吹かれすぎたようだ。春先とはいえ、朝晩は毛布なしでは寝付けない。

今日は波の音がやけに大きく聞こえる。海が近いせいだ。いつもは気にも留めないのに、鋭い風の音が悲鳴のように聞こえて、心が凍えそうな気がする。

もう一度杖《つえ》とランタンを手にした時、柔らかい明かりが玄関の脇にある鏡を照らす。青い瞳をした女が幽鬼のように映り、一瞬身をすくませる。しばしの沈黙の後、息を吐いた。己の顔で驚くなどバカバカしい。と、思いながらもう一度鏡を覗《のぞ》く。青いドレスの上から紫色のマントを着込んでいる。顔立ちは説教ばかりの母親に似てきた。もう見た目にも娘とは言いがたい。栗色《くりいろ》の髪を後ろで三つ編みに束ねている。黒羊樹《こくようじゅ》の杖《つえ》は一人前の魔術師の証《あかし》だ。魔術の使用は不得手でも、研究には自信がある。

「しっかりしなさい。あなたはラモーナ・ファルコナー。素晴らしい魔術師なのよ」

言い聞かせるように己を叱咤《しった》しながら指輪を撫《な》でさする。

自室に戻るべく階段を上がろうとしたとき、地下へ下りる階段からわずかに光が差し込んでいた。覗《のぞ》き込むと、階段を下りてすぐにある研究室から明かりが漏れているのが見えた。昨日確かに消したはずだ。己でない以上、誰がつけたかは明らかだ。

「クライドったら、仕方ないわね」

やはり魔術師であり、ラモーナの共同研究者である。白い髪に青い瞳、線は細いが病弱というよりは、樹氷のような繊細さのある美男子である。役者にでもなればさぞ、女にもてただろう。ラモーナとは二年前からこの屋敷《やしき》で同居するようになった。彼の顔を思い浮かべるだけでラモーナの胸は灯火《ともしび》のように温《ぬく》もり、心臓が娘時分に舞い戻る。彼とは男女の仲ではないというのに。

クライドは時折、研究で徹夜をしていた。体に悪い、と何度注意してもダメだった。魔術師といえども不眠不休には耐えられない。机に突っ伏し、眠ってしまっているのを何度も見た。その度に彼を二階の部屋まで肩を貸し、ベッドに寝かせ、毛布を掛け、明かりを消すのがラモーナの役割だった。

またうたた寝でもしているのだろうか。研究の発表予定も近づいている。休めるときに休まないとそれこそ間に合わなくなる。多少きつい口調になっても、言い聞かせた方がいい。

「けれど」

その前に寝顔の一つくらい覗《のぞ》き見してもバチは当たるまい。少年のように可愛《かわい》らしいのだ。それを覗《のぞ》き見るのがラモーナの楽しみでもあり、特権でもあった。緊張に鳴る心臓の音を聞きながらゆっくりと扉を開ける。

研究室は本と薬品の密林だった。壁はもちろん、部屋の真ん中にも棚が並んでいる。棚には魔導書のほかにも薬瓶や薬草を詰めた箱を収めてある。

ラモーナの私室の倍はあるはずだが、そのせいで見通しが悪い。慣れない者ならば即座にすっ転ぶところだろうが、ラモーナは部屋のもう一人の主《あるじ》である。歩くのに支障はない。天井から吊《つ》るしたランタンの下をくぐり、据え付けのクローゼットや、薬棚の前を通って中央にあるクライドの机へと向かう。物音はしない。

「クライド、起きているの？」

念のため声をかけながら机の前に出る。

ラモーナは杖《つえ》を取り落とした。

机の前には誰も座っていなかった。代わりに、床には血まみれになった青年が倒れていた。

その顔は、ラモーナの想《おも》い人に酷似していた。

頭の中が真っ白になり、気がつけばクライドに縋《すが》りつき、彼の名前を何度も叫んでいた。鼓膜が破けそうなほどの大声で呼び続けたにもかかわらず、何の反応も示さなかった。

クライド・ランドールは死んでいた。

「そんな、どうして……」

出血は頭からだ。髪の毛で隠れているが、恐る恐る触れれば、後頭部が陥没していた。誰かに背後から殴られたようだ。一体誰が？　人里離れたこの場所に暗殺者でも忍び込んだというのだろうか？

「君か……」

後ろから声がした。身をすくませながら反射的に振り返る。

クローゼットの扉が開き、中から白い髪の青年が現れた。

その男は髪の色から瞳の色や目の形、顔立ちや背格好に至るまで、クライドと全く同じ顔立ちをしている。唯一の違いは、額に刻まれた紋様だ。

「『セカンド』？　あなた、どうして……」

『セカンド』は人間ではない。ラモーナたちが作り出した人工生命体……『ホムンクルス』だ。ラモーナとクライドは『ホムンクルス』の研究をしていた。試行錯誤を重ね、クライドの血と髪の毛からそっくりの人間を作り出した。ラモーナは彼を『セカンド』と名付け、ともに生活をしながら実証実験を重ねていた。

「違うよ」

その表情は解放されたばかりの高揚感に満ち満ちていた。

「今は僕がクライドだ」

両手を広げ、宣言する。

ラモーナは悟った。『セカンド』が反乱を起こし、創造主であるクライドを殺害したのだ。

「そんな……」

背後から重たい何かにのし掛かられたような気がした。魔術師は定期的に会合を開き、互いの研究成果や発見を発表する。『ホムンクルス』を研究する魔術師は多いが、どれもまだ精度が低い。見た目は人間そっくりでも言語や会話には、まだ改善の余地が多かった。『セカンド』はその欠点を幾つも克服していた。ラモーナたちの研究の成果であり、集大成になるはずだった。

「何も心配はいらない」

両手を取り、握り締める。

「これ以上、君はこいつの犠牲になる必要はないんだ」

『セカンド』が言っているのは、研究の名義だろう。『セカンド』は二人の共同研究だが、代表者はクライドになっている。それを簒奪《さんだつ》と勘違いしたのだろうか。ラモーナは名義など、どうでも良かった。クライドさえ喜んでくれれば。それだけだ。

違うの、と言いかけて言いよどむ。『セカンド』の目の中に宿る情欲に気づいたからだ。創造主であるはずのラモーナは、射貫《いぬ》かれたように何も言えなくなる。

「時間がない」

焦《あせ》った様子で『セカンド』はクライドの死体を抱え上げる。

「今際《いまわ》の際《きわ》に『悪魔の天秤《てんびん》』を呼んだ。すぐにでもやってくるはずだ」

クライドの手元を見た。天秤《てんびん》の紋様が刻まれた鈴を握っている。緊急用の魔道具だ。あれを鳴らせば『裁定魔術師《アービトレーター》』が飛んでくる。『悪魔の天秤《てんびん》』は彼らに付けられた渾名《あだな》の一つだ。魔術師専門の警吏にして裁判官にして死刑執行人。

「とにかく死体を隠そう。口裏を合わせてくれ」

ラモーナは返事をしなかった。ふと見れば、儀礼用のメイスが床に転がっている。離れの倉庫にしまっておいたはずだが『セカンド』が持ち出したのだろう。実際に手に持ったこともある。金属製で見た目よりずっと重々しくて振り回すのがやっとだった。王冠の形をした先端は、赤黒く汚れて、床に血だまりを作っている。あれでクライドの命を奪ったのだ。さぞ痛かっただろう。

クライドを持ち上げて『セカンド』が部屋を出て行った。海にでも放り投げるのだろう。崖の下は海流の流れが速い。底も深く、巨大な肉食魚も泳いでいる。腐乱して浮いてくる前に腹の中に収めてくれる。失敗作の処理係だ。

『ホムンクルス』作成は、失敗の連続だ。生命を生み出すという神の所業に手を染めているのだ。いかに魔術師であろうと、失敗は免《まぬが》れない。失敗するのが当たり前とさえ言える。生き物と呼ぶべきかどうかも定《さだ》かではない生命体が生み出され、死ぬ。残るのは大量の死骸だ。当初は裏庭に埋めていたが、手間もかかるため今は全て海へ投げ捨てている。

足音が遠ざかり、静まり返る。一人になると、麻痺《まひ》していた恐怖がぶり返して身震いが出た。

「どうしよう、どうすればいいの？」

クライドは死んでしまった。『セカンド』は自分こそがクライドだと名乗った。成り代わるつもりなのだ。ラモーナは『セカンド』にも魔術を覚えさせていた。どれだけ本物に近づけるか、という実験のためだった。クライドと同じ魔力を持つだけあって、上達も早い。

だから、勘違いしてしまったのだろう。

所詮は実験途中の未完成品だ。記憶までは引き継がない。魔力はともかく、魔術の知識や経験でははるかに劣る。すぐにボロが出るはずだ。

『ホムンクルス』を裁く法律はない。犬や猫が法に縛られないように。けれど飼い主を噛《か》み殺《ころ》した飼い犬の行く末など、殺処分に決まっている。

そう、決まっている。迷っている時間はない。『セカンド』を放っておけば、何をしでかすか分かったものではない。今はおとなしくても、いつか己に牙を剝《む》くかもしれない。殺される恐怖に縛られながら二人きりの共同生活など、耐えられそうにない。

階段を下りる音がした。もう戻ってきたのか。

ラモーナは膝立ちで移動すると、メイスを背に隠しながら指で引き寄せる。音を立てないように、そっと。こんなことならば攻撃呪文の一つでも覚えておくのだった、と後悔がこみ上げる。魔力量には自信がある反面、攻撃魔術は苦手だった。それに『セカンド』は未熟とはいえ魔術を覚えている上に、身体能力も成人男性かそれ以上だ。まともに戦っては女の細腕で敵《かな》うはずもない。切り札もあるが、こんな地下室で使うにはリスクが大きい。ラモーナ自身も巻き込まれる。

「海に捨ててきたよ」

戻ってきた『セカンド』は事もなげに言った。

「そう……」

極力ほっとした様子を取り繕う。

背後にあるメイスの存在を思い出されたらおしまいだ。

「ねえ」

気をそらそうと極力甘えた声で呼びかける。

「今、声がしなかった？」

「いや」

「いいえ、きっと帰ってきたのよ。ほら、階段の方」

適当なデタラメだったが効果はあった。『セカンド』が首をかしげながら背を向けた。今だ。ラモーナは立ち上がると、メイスを振り上げ、前のめりになりながら振り下ろした。体勢は崩れたが、体重を乗せた分破壊力が増したようだ。

反動で手首に衝撃が走り、メイスを取り落としてしまう。しまった、と慌ててメイスを拾い上げ、胸元に引き寄せる。『セカンド』はうめき声を上げてまだ床に這《は》いつくばっている。頭が砕けて額から赤い筋が流れ落ちている。『ホムンクルス』とはいえ金属棒で人を殴るなど、生まれて初めてだった。だから一撃で仕留めるとはいかなかった。問題ない。想定済みだ。『セカンド』は血だまりにうずくまったまま、反撃してくる様子はなかった。ラモーナの中で恐怖が薄れ、殺意が膨れ上がる。

ハンカチを取り出し、拾い上げたメイスの持ち手と左手首に巻き付ける。これならば今度は取り落とす心配もあるまい。『セカンド』は出血と痛みで床を這《は》いずり回《まわ》っている。『ホムンクルス』の回復力をもっと調べたいところだが、余裕はない。次回への課題にするとしよう。

「待ってくれ、僕は……」

最後まで言わせず、ラモーナはメイスを振り下ろした。

完全に動かなくなった『セカンド』を見下ろしながらラモーナは途方に暮れていた。

何故《なぜ》こんなことになったのだろう。クライドは死んだ。死んでしまった。本当ならば、今朝から新たな実験に入る予定だったのに。何もかもぶち壊しだ。

これからどうすればいいのだろう。どうしてこんなことになるのだろう。

つくづく己は運が悪い。

生まれてこの方、幸運と不運が連鎖し続けている。魔術師の両親のもとに生まれ、『ホムンクルス』の研究で将来を嘱望されながらも三つ年下の妹に研究を横取りされて、名声は失墜。ついには家督まで譲る羽目になった。その後、近隣でも有数の魔術師一族であるフォーベス家に嫁いだ。優しい夫に愛されて幸せだったのに、三年も過ぎるとラモーナに冷たく当たるようになった。不良品とののしられ、ついには結婚指輪すら奪われて、着の身着のまま放逐された。

「これは両親の命令でやむを得ないんだ。いつか必ず迎えに行くから待っていてくれ」

その言葉を信じて離婚に応じたが、それはラモーナを従わせるためのウソどころか、その場限りのでまかせだった。前夫は間もなく若い妻を迎え、三男一女に恵まれた。

実家からも見捨てられ、あてもなくさまよい歩き、時には物乞いのように頭を下げてまで衣食を求めた。ようやくたどり着いた町で身分を隠し、家を借りて占いや薬師《くすし》の真似事《まねごと》を始めた。

『ホムンクルス』研究の副産物である避妊薬や堕胎薬が好評だった。思いのほか商売は上手《うま》くいった。金は入ったが、時折向けられる蔑みや憐《あわ》れみの目が辛《つら》かった。

その時に出会ったのが、クライドだ。彼もまた魔術師だった。彼は一目でラモーナが魔術師であると見抜いた。それでも侮蔑や嘲笑はせず、ラモーナの話を聞いてくれた。彼と出会い、日々の生活で腐らせていた研究者としての熱意と欲望が蘇《よみがえ》っていくのを感じた。

思い切って商売をたたみ、町外れに研究所を兼ねた屋敷《やしき》を購入した。ためた金を惜しげもなく研究につぎ込む一方で、副産物で生み出した薬品を近隣の魔術師に売りつけ、また研究の資金に充《あ》てた。衣服や装飾品どころか食費まで切り詰めて。

それから二年。苦労もあったけれど念願の『ホムンクルス』も完成し、ラモーナの人生も新たなスタートを切るかと思った矢先にこの始末だ。何もかも忘れて逃げ出したくなるが、それはできなかった。両親もかつての嫁ぎ先もラモーナを受け入れはしないだろう。何より『裁定魔術師《アービトレーター》』相手に逃げ切れるとは思えなかった。恐ろしい噂《うわさ》は何度も聞いている。腹をくくるしかない。ラモーナは手に巻き付けたハンカチを静かにほどく。

怯《おび》える必要はない。『裁定魔術師《アービトレーター》』が裁くのは罪を犯した魔術師のみだ。

「『ホムンクルス』の『セカンド』がクライドを殺した。だから私が『セカンド』を処分した」

事実を口に出してみる。創造主が『ホムンクルス』を殺しても罪にはならない。管理責任を問われるかもしれないが、すでに『セカンド』は死んでいる。せいぜい微罪だろう。

傷つくのは、ラモーナの名誉だ。自分で作り出した『ホムンクルス』に反逆されたと知られたら間違いなく、魔術師失格の烙印《らくいん》を押される。今後、魔術師社会ではやっていけなくなるだろう。また『魔力なし《マギレス》』相手に避妊薬だの堕胎薬だの売りながら細々と暮らす羽目になる。百歩譲って己はそれでいいとしても、問題は殺されたクライドの名誉だ。この件が広まれば、未来永劫《えいごう》、魔術師の間で愚者の代名詞として扱われるだろう。あまりにも可哀想《かわいそう》だ。想《おも》い人が死してなお不名誉に塗《まみ》れるなんて耐えられない。

ハンカチをテーブルに置き、血まみれのメイスを床に置いた。握ったままの手はまだしびれていた。自覚のないまま強く握っていたらしい。

「大丈夫よ、私が守るわ」

愛する者と瓜二《うりふた》つの亡骸《なきがら》を見つめながら、彼女は強く拳を握った。

部屋の中を見回しながら頭の中でシナリオを作り上げる。死体となって倒れているのは、魔術師クライドだ。犯人は研究を奪うのが目的で忍び込んだ『黒魔術師《ウォーロック》』だ。

魔術師の中には（魔術師にとっても）非合法な手段で目的を果たす者たちがいる。法を破り、禁忌の術に手を染める。その者たちは『黒魔術師《ウォーロック》』と呼ばれ、蔑まれている。他人の研究を奪うくらい、平気でやってのけるはずだ。なすり付けるにはちょうどいい。

窓を破って地下の研究室に忍び込み、クライドを殺し、研究対象である『セカンド』を奪うと、空を飛んで去って行った。これならば、足跡でばれる心配はない。

まず『セカンド』の顔を覗《のぞ》き見る。額に付けた紋様が邪魔になるとは思いもしなかった。前髪を上げれば、血まみれの紋様がくっきりと見えていた。焼いてしまおうかと思ったが、それでは「何故《なぜ》顔を焼いたのか」と逆に疑われるだろう。数瞬考えた結果、目をつぶり、何度も殴りつけて完全に紋様を潰し、はがれた皮膚を採取してから布に包んだ。

幸い、と言うべきではないだろうが『セカンド』はクライドの服を勝手に着ていた。成り代わるための通過儀礼の一つだったのだろう。おかげで死体を着せ替え人形にする手間は省けた。魔術師の杖《つえ》は死体の側《そば》に転がしておく。クライドは不意をつかれて殺されたのだ。侵入者に気づき、反撃しようと杖《つえ》を取ろうとしたところで殺された。床に置いたメイスとハンカチも回収し、血痕を拭き取る。

息が荒くなる。何度も殴りつけた上に慣れぬ力仕事の連続ですっかり手がしびれている。

一息ついたらマッサージでもしよう。

「あとは……」

クライドの血痕も消さなくてはならない。階段を見上げれば案の定、斑点のような血痕が雨だれのように落ちていた。こんなことならもっと早くに『セカンド』を始末しておくべきだった。雑巾では間に合わない、と廊下に出て突き当たりの掃除道具入れを開けたが、モップは見当たらない。確かにしまっておいたはず、と記憶の底からモップの在処《ありか》を探り出す。

そうか、とラモーナは血痕を踏まないよう慎重に階段を上がり、二階にある自室の隣の扉を開けた。誰も使っていない空き部屋だ。木組みだけのベッドに、ラモーナの蔵書が数冊入っただけの本棚。両扉の開いたクローゼットにはシャツ一枚掛かっていない。部屋の角には小さな机が置いてあり、その横にモップが立てかけてあるのが見えた。

「あった」

使ってから掃除道具入れに戻すのを忘れていた。うっかりしていた、とモップを手に持った時、机の上に白い封筒が置いてあるのが見えた。宛名を見るまでもない。ラモーナへの手紙だ。無造作につかみ上げると、細かく折りたたみ、ポケットにしまい込む。

「まったく、いい加減にして」

おかげで何もかも台無しだ。愚痴をこぼしながらモップをつかむ。外に出る寸前に部屋の中を振り返り、忘れ物がないか見落としがないか、もう一度確かめてから扉を閉めた。

モップで階段から玄関までの床を拭き取る。丁寧に、一滴の痕跡も残さないように目を凝らしながら足跡と血を消し去っていく。外から戻ってきたせいで、『セカンド』の靴跡が付いている。

朝焼けの日差しが窓から屋敷《やしき》の中に差し込む。海に近いせいか波に砕かれた陽光が反射して屋敷《やしき》の奥にまで滑り込んでくる。目をくらませながら必死にモップを上下させる。玄関までさえ拭き取れば、外は気にしなくていい。玄関から崖までの道は石で舗装されている。足跡がなくても当然だ。

それからクライドが買っておいた真新しい靴を引っ張り出し、研究室や階段や家の周囲や窓枠に不審な足跡を刻む。侵入者の痕跡がなくては偽造の意味がない。そして大きめの石を拾い、玄関横の大きめの窓を叩《たた》き割《わ》る。派手な音がして、ガラス片が屋敷《やしき》の中に飛び散るのが見えた。魔術師であれば『解錠《アンロック》』も使えるだろう。ただ、この屋敷《やしき》にはその手の魔術を封じる防御結界も施してある。窓をぶち破るのが一番手っ取り早い、はずだ。

偽装工作を終えると、緊張と慣れぬ肉体労働で汗まみれだ。これでは『裁定魔術師《アービトレーター》』でなくても疑うだろう。服を着替え、そしてもう一度外に出て、凶器のメイスやハンカチ、紋様付きの皮膚の断片や『セカンド』の上着や、偽造に使った靴に、血を拭き取ったモップなど、見られてまずいものを全て布に包み、海に投げ捨てた。わずかに遅れて水音がした。最後にポケットから手紙を引っ張り出し、細かく破り捨てる。白い破片は風に吹かれ、海面に落ちて流されていくのが見えた。

外の井戸で手や汚れを洗い流し、家に戻るとラモーナは玄関の床に這《は》いつくばる。体力も気力も根こそぎ使い果たした気がした。

腕の骨が鉛にすり替わったかのように重い。頭を使いすぎたせいか、眩暈《めまい》もする。気分が悪い。吐き気もしてきた。いっそベッドに戻って眠ってしまいたかった。だが、これからが本番なのだ。『裁定魔術師《アービトレーター》』と対峙《たいじ》し、乗り切らねばならない。知力に体力、とっさの機転や判断力、演技力も必要だろう。

何もかも限界……いや、限界以上に振り絞ってこの場を乗り切るのだ。切り抜けた先には平穏が待っている。よろめきながら立ち上がり、もう一度鏡を見つめる。

「ここが勝負よ、ラモーナ。頑張りなさい。私自身の未来のために」

己自身に言い聞かせた瞬間、ノックの音がした。心臓がすくみ上がる。誰かがドアノッカーを叩《たた》いているのだ。付近には家などない。こんな朝早くから来る知り合いもいない。

来るとしたら、職務熱心な『裁定魔術師《アービトレーター》』だけだ。

「とうとう来たのね」

身勝手と知りつつも恨めしくなる。一休みしたかったが、それすらも許されないらしい。

両の頬を叩《たた》き、己を叱りつける。体を引きずるようにして扉へ向かう。扉を開ければ、捜査だか尋問だかを乗り切らねばならない。手が震える。気を引き締め、『愛する者を失った被害者』の顔を装《よそお》う。ドアノブに指先が触れたところで扉が勝手に開いた。

「おーっほっほっほっほっほ！」

唐突な高笑いに頭の中が真っ白になる。

目の前にいたのは、若い女だった。まだ少女と呼んでいい頃だろう。癖のある赤い髪をなびかせ、吊《つ》り上《あ》がった眉に丸い瞳。緑のローブの上から白いマントを着けている。深緑色の手袋に、先端が三日月形をした杖《つえ》を握っている。三日月の中心には、紫色の宝石が付いている。

「もう心配いらないわ。この私が来たからには……ゲホッガホッ！」

涙目になって咳《せ》き込む。話の途中で喉が詰まったようだ。

「あなたは？」

「私こそ、『裁定魔術師《アービトレーター》』……偉大なるレポフスキー一族のダニエラよ！」

そこでまた高笑いする。

一瞬、体の力が抜けそうになった。高慢で尊大な話し方をする魔術師は珍しくない。ただ、目の前の少女は振る舞いが身に付いておらず、不格好だ。まるで親にサイズ違いの服を着せられたかのように。

「さあ、犯人はどこかしら？」

ダニエラと名乗った少女は、じろりときつい目を向ける。

「あなたが、犯人？」

「は？」

「……違った？　あなたは無事なのね。良かったわ。もう安心して。私に任せておけばどんな悪党でもひとひねりよ！」

いきなり犯人扱いしたと思ったら、自信満々に豪語する。意味が分からない。それともこれが『裁定魔術師《アービトレーター》』の手口なのだろうか。

「それで犯人はどこ？　もう逃げたのかしら？　被害者は？」

被害者、という言葉に緩みかけた気を引き締める。

「それなら、地下の……」

「分かったわ！」

ダニエラは大股で階段を駆け下りる。証拠が残っているかも、と気にした風もない。

「ここね！」

研究室の扉を開けて飛び込む。盛大な物音がした。何かにつまずいて転んだらしい。大丈夫だろうか、勝手に証拠を隠滅してくれるのはありがたいが、大事な蔵書や薬品もあるのだ。

忙《せわ》しない娘だ。心の中で呆《あき》れる間もなく、青い顔をして廊下に戻って来た。壁にもたれかかり、背を丸めて座り込む。

「ちょっと気分が悪くなって……」

「はあ？」

反射的に間の抜けた声が出た。

「もしかして、死体を見るのは初めて？」

「まさか」

　ダニエラは心外だと言いたげに首を振った。

「七つの頃、飼い犬のリリーが死んだ時に見たわ」

「……」

「黒くて大きな子だったわ。朝、起きて散歩に行こうとしたら口から血を吐いて死んでいたの。食べてはいけないものを食べさせられたのよ」

　忌《い》まわしい記憶が蘇《よみがえ》ったのか、途中から涙声になる。

「子犬が生まれたばかりだったのに。ああ、五匹ね。二匹はリリーに似て黒かったけど、もう三匹は父親に似て……」

「お悔やみ申し上げるわ」

「ありがとう。その時は悲しかったけど、叔父が私を慰めてくれて……」

　嫌味にも気づかず話し続ける。

　何この子？　バカなの？

　どうしたものか、とラモーナが心の中でうめいた時、地上から扉の開く音が聞こえた。

「昔話はそのあたりにしておいたらどうかな？」

階段の上から男の声がした。反射的に階段を見れば、アッシュグレイの若い娘が優雅な仕草で下りて来るところだった。

娘は右手に帽子を持ち、左手に革の鞄《かばん》を提げている。

「大変失礼いたしました。お呼びしてもお返事がなかったために、緊急を要する事態と判断し、無断で上がらせていただきました」

娘は丁重に詫《わ》びの言葉を述べて頭を下げる。

「わたくしはリネット申します。『裁定魔術師《アービトレーター》』マンフレッド・E・レポフスキー様にお仕えする侍女です」

「どういうこと？　何がどうなっているの？」

説明を求めるようにダニエラを見た。彼女は決意と闘志に満ちた瞳でリネットと名乗る娘を見つめている。何か因縁でもあるのだろうか。

リネットは左腕を水平に伸ばした。

その腕を宿り木のように留まったのは、黒い鴉《からす》だった。

黒い鴉《からす》は、座り込んだままのダニエラに向かい、咎《とが》めるように言った。

「無断で事件に首を突っ込まれては困るな、従姉妹殿《いとこどの》」

「マンフレッド……」

ダニエラの声は怒りと困惑に満ちていた。

ラモーナもまた目の前の出来事に戸惑っていた。この黒い鴉《からす》が本物の『裁定魔術師《アービトレーター》』だというの？　ダニエラは偽者《にせもの》なの？　従姉妹《いとこ》ということは、人間が鴉《からす》に変身しているの？

一度に開示された情報量の多さに頭を抱えたくなる。

「随分ベラベラと喋《しゃべ》るようになったわね」

ダニエラが壁に手をつきながら立ち上がる。

「その舌は一体誰からもらったのかしら？」

「昔からだ。ただ人前では話さなかっただけだ」

黒い鴉《からす》が呆《あき》れたように息を吐く。

「勝手にレポフスキー……『裁定魔術師《アービトレーター》』を騙《かた》るのは重罪だ」

「私もレポフスキーよ！」

ダニエラが、マンフレッド……黒い鴉《からす》と口喧嘩《くちげんか》を始める。ラモーナの存在を無視して。

「ダニエラ様のお母様であるジェニー様と、フレデリック様……マンフレッド様のお養父上《ちちうえ》は実のご姉弟《きょうだい》なのです」

急に耳元でささやかれて、反射的に飛び上がる。

いつの間にか、リネットが背後に迫っていた。

「急に声をかけないでよ」

「申し訳ございません」

リネットは優雅な動きで謝罪してから説明を続ける。

「ジェニー様は、ご親戚であるベニントン家に嫁がれ、フレデリック様はマンフレッド様を養子に迎えられました」

レポフスキー家では代々実力のある魔術師、魔力の強い魔術師を養子として迎え、実力を保ってきたという。信じがたいが、あの鴉《からす》は本物で、紛れもなくレポフスキー家の『裁定魔術師《アービトレーター》』らしい。血縁はともかく、家系でいえば従兄弟《いとこ》になるのか、と得心がいく。そこでラモーナはあることに気づいた。

「ベニントン家ってもしかして、あの？」

「はい」

リネットは誇らしげにうなずいた。

「『始祖』を輩出されたベニントン家です」

魔術師の名門中の名門だった一族だ。『始祖』以降も優れた魔術師を輩出し、一時は魔術師社会を牛耳っていた。

だが年月を経るにつれて実力のある魔術師は数を減らし、権勢も衰えていった。実力のない名門などお飾り同然である。『偉大なる先祖の出がらし』と揶揄《やゆ》され、権勢の失墜とともに才能や力量も衰え、四代前には魔術師として最低限の魔力量すら危うい有様《ありさま》だったという。

事態を見かねた当時のレポフスキー家当主が援助を申し出た。婚姻関係という血と権力を得て、かろうじて断絶を免《まぬが》れた。今ではレポフスキー家の分家扱いだ。

「イヤな話ね」

ラモーナは我がことのように腹立たしくなる。

「どこで嗅ぎ付けたか知らないが、補佐ですらない従姉妹殿《いとこどの》が現場に乗り出して捜査を始めるのは魔術師の法に背く行為だ」

ダニエラが悔しそうに黙り込む。痛いところをつかれたのだろう。反論もできずに歯を食いしばっている。

「当家では分家の方々が代々、補佐役を務めておられます」

疑問を察したのか、リネットが先回りして説明を始める。

魔術師の『始祖』によって『裁定魔術師《アービトレーター》』の数は定められている。しかし、『始祖』の頃より魔術師の数は数百倍にも増えている。当然、犯罪件数も増加する。ただの喧嘩《けんか》や傷害事件にまで引っ張り出されては、過労で死体が増える。

そこで『魔術師同盟』による協議の結果、『裁定魔術師《アービトレーター》』の裁量で事件捜査に当たる代理や補佐役を任命できるようになった。代理は、ほぼ同等の捜査が認められている。補佐役は、魔術師関連でも小さな事件、あるいは捜査の下調べなどに当たる。代理と違い、補佐役には『記録簿』の開示など、捜査権限に一定の制約がある。

ただし代理も補佐役も全て一代限りだ。『裁定魔術師《アービトレーター》』が死亡・引退した場合、権限は自動的に消滅する。そして新たな『裁定魔術師《アービトレーター》』が改めて自身の代理や補佐役を任命する。

「先代のフレデリック様が任命された補佐役は、ディーン様……ダニエラ様のお父様お一人です。ですが、ディーン様も近頃は体調を崩され、ダニエラ様が代わりを務めるべくストランド王国にて修行中であったと聞き及んでおります。旦那様が跡を継がれてからは、まだどなたも補佐役に任命されておりません」

ラモーナは呆《あき》れ果《は》ててものも言えなかった。高笑いして宣言したかと思えば、ただのなりすましだったとは。

「さしずめ【自称『裁定魔術師《アービトレーター》』補佐役代行見習い】といったところか」

話を聞いていたのだろう。マンフレッドが愉快そうに付け加える。

「そんなことない！」

ダニエラがムキになった様子で反論する。

「私にだって資格はあるわ！」

「従姉妹殿《いとこどの》には、才能がない」

「何よそれ！」

今にもつかみかかりそうなダニエラを、リネットが片手で制する。

「旦那様への暴力はお止《や》めください」

「あなたの主人はたった一人だけだと思っていたけど、違ったのかしら」

「……今の主人はマンフレッド様です」

リネットの表情は変わらなかったが、わずかな間があった。

「その件であなたたちに聞きたいことあるの」

ダニエラは杖《つえ》を胸元まで掲げ、宣戦布告するように言った。

「フ、フレデリックはどうしたの？」

その瞬間、リネットの顔が苦しげに歪《ゆが》んだ。まるで内臓でも刺されたかのように目を見開き、苦痛をこらえるかのように唇を噛《か》む。

ラモーナは聞いたばかりの名前を記憶の棚から引っ張り出す。先代の当主にしてマンフレッドの養父で、ダニエラの叔父のはずだ。人形のような小娘かと思っていたが、初めて生き物らしい感情が見えた気がした。

ダニエラは追撃とばかりに懐《ふところ》から傷んだ手紙を引っ張り出す。

「今どこにいるの？　無事なの？　居場所を聞こうにも前の屋敷《やしき》は全焼。あなたたちはいつ行っても留守。手紙には返事もなし。ここで会えてよかったわ。フレデリックに会わせて」

「……それは、お引き受けいたしかねます」

リネットが絞り出すように言った。

「姪《めい》が叔父のお見舞いに行って何が悪いの。お見舞いの品だって持っていくわ。リンゴのパイが好きなのよね」

「フレデリック様は別宅にてご静養中です。今はお話しできる状態ではございません。面会はいたしかねます」

「顔も見られないって何の病気？　流行《はや》り病だとしたら看護は誰がしているの」

「……」

答えに窮したのか、リネットは無表情のまま黙り込む。

ダニエラがその鼻先に魔術師の杖《つえ》を突きつける。

「答えなさい」

「今は使命の最中です。この場ではお答えいたしかねます」

態度こそ丁重だが、リネットから強固な意志を感じた。

「これ以上は捜査妨害となります。先程の越権行為も加えれば、ベニントン家の方々まで責任を問われかねません。どうか、お控えください」

「……分かったわ、ごめんなさい」

家族の名前を出され、ダニエラは悔しそうに謝罪を口にする。杖《つえ》を下げると、恨みがましい目でリネットをにらむ。

「前々から思っていたけどあなた、私のことが嫌いなんでしょ」

「滅相もないことでございます」

リネットは胸に手を当てながら誇らしそうに言った。

「ダニエラ様は大変素晴らしいお方です。魔術師としての実力は無論のこと、品位・人格・見識を兼ね備えた英邁《えいまい》なお方と、常日頃より尊敬の念を抱いております」

「あ、あら。そう？　ありがとう」

満更でもなさそうな顔をする。完全に皮肉のはずなのだが、憧憬《どうけい》の眼差《まなざ》しで堂々と宣言されれば単純な人間は信じ切ってしまうのだろう。犯罪調査には向いていないわね、とラモーナはダニエラの評価をまた一段下げる。

「どうやら、殺人事件のようだな」

マンフレッドが研究室の中を覗《のぞ》き込みながら面倒くさそうに言った。

「それでは、さっそく現場検証を始めたいのですが、よろしいでしょうか」

返事も待たず、二人と一羽《わ》は事件現場である研究室に入っていく。ラモーナは頭痛がした。何もかも想定と違いすぎる。どうしてこうも上手《うま》くいかないのか。

後を追って研究室に入る。ダニエラは部屋の中を歩き回りながら目を皿のようにしてあちこち見回している。時折死体を横目で見ては、顔を背けている。死体が見られないのであれば、才能がない、と言われても仕方がないだろう。

代わりに、死体の側《そば》にはリネットが座り込んでいる。検死をしているらしい。侍女と言っていたが、助手の役目も果たしているようだ。捜査に関しては、己の代理と考えてくれとマンフレッドからも一言添えられた。『魔力なし《マギレス》』が代理とは、よほど人材が枯渇《こかつ》しているのだろうか。レポフスキー家も落ちたものだ。

「硬いもので何度も殴られて頭部の形が変わっています。この分だと、死んだ後も殴りつけていたようです」

死因を聞かされて、今更ながらに背筋に冷たいものが走る。

その間にラモーナから聞き取りをしたのは、マンフレッドだ。要請に応じて『記録簿』を見せる。無論、特別な魔術など習得していない。

「……ふむ。魔術は並以下というところか」

余計なお世話だと言いたくなるのをかろうじてこらえる。

「つまり、何者かが朝方、この屋敷《やしき》に窓を破って侵入し、クライド・ランドールを殺害した。そして彼の研究対象であり、制作物であった『ホムンクルス』を奪って逃げたと」

「そうよ」

「そなたが駆けつけたのは？」

「今朝、用足しで起きると研究室から物音がして……駆けつけたら、クライドが血まみれで倒れていて、それから『セカンド』を担《かつ》いで階段を駆け上がって逃げるところだった」

「目的は『ホムンクルス』か」

「私たちの研究成果を奪うため、でしょうね」

同時代の研究者と比べてもラモーナとクライドの研究は一歩進んでいたと自負している。

「ほかに何か盗まれたものは？」

「ないわ」

「犯人に心当たりは？」

「顔は布で隠していたし、見知った風ではなかった、気がする」

本気でやらかしそうな魔術師は、妹を含め何人か心当たりがある。ただ、うかつに名前を出すのはまずい。嫌疑が晴れれば逆に、ラモーナが疑われる。

「もしかしたら金か何かで頼まれた『黒魔術師《ウォーロック》』かも」

その瞬間、マンフレッドの表情がわずかに変わった気がした。鴉《からす》の顔など区別はつかないが、ラモーナが感じたのは怒りであった。『裁定魔術師《アービトレーター》』であれば、どこかで対決したこともあるだろう。その時の忌《い》まわしい記憶が蘇《よみがえ》ったのかもしれない。

背格好や声など何度か問いただされたが、あらかじめ用意しておいた犯人像を口にする。

「なるほど……」

マンフレッドの意識はそちらに向いているようだ。このままいけば、クライドは不幸な被害者で終われる。緊張したせいか、思いのほかたどたどしい話し方になってしまったが、逆に説得力が生まれたようだ。ダニエラは机の引き出しやクローゼットを開け閉めしている。どうか薬棚だけはひっくり返さないで、と気を揉《も》みながら見守る。

「一つ、お伺いしてよろしいでしょうか」

死体の側《そば》からリネットが問いかけてきた。

「『ホムンクルス』と人間の見分け方はございますか？」

このまま終わってほしかったが、さすがに甘くはないようだ。

ラモーナは机の引き出しから書類を取り出す。

「これよ」

突きつけた書類には、紋様が描かれている。

「『ホムンクルス』には、体の表面のどこかに創造主の紋様を刻む必要があるの」

理由は二つ。人間との見分けをつけるため、そして魔力によって、誰が主人かをはっきりとさせるためだ。

「もし刻まない場合はどうなるのですか？」

「制御を失い暴走するわ。最悪、反乱を起こして殺されるわね」

「自らの創造主を、ですか？」

「怪物に生まれた我が身が呪わしいのかしらね。『何故《なぜ》、私を生み出したの？』ってね」

冗談めかしたつもりだったが、誰も笑わなかった。

「ご婦人の洒落《しゃれ》にしては、いささか品が欠けているな」

鴉《からす》のマンフレッドにまで指摘されて気恥ずかしくなった。

「違うのよ、今のは、私の……」

考えた冗談ではない、と言いかけて言葉に詰まる。つい最近、誰かから聞いた気がしたのだけれど、思い出せない。クライドは言わないし『セカンド』だって同じだ。一体誰からだったか、と記憶の糸をたどる前にリネットの質問は次に進んでいた。

「誘拐された『ホムンクルス』……『セカンド』の紋様はどこに？」

「額よ」

リネットは死体の顔を覗《のぞ》き込む。何度もメイスで殴ったせいで、紋様など影も形も見えない。皮膚も削り取って海の底だ。見落としなどあろうはずもない。

「もしかして、その死体が『セカンド』だと思っているの？」

「その可能性もあるかと」

「ないわ。間違いない」

首を左右に振る。

「その死体は、クライドよ」

「では、クライド様を殺害したのは、『セカンド』という可能性はありますか？」

心臓を揺さぶられた気がした。

「私の言ったことを聞いてなかったの？」

落ち着け。落ち着け。声が震えている。懸命に己に言い聞かせる。何も証拠はない。

「紋様がある以上、裏切るなんてあり得ないわ」

「何かの拍子に紋様の効力が弱まり、『セカンド』が反乱を起こした。クライド様は殺害され、『セカンド』は逃亡した、というのはどうでしょうか」

「何かって何よ？　私が見た『黒魔術師《ウォーロック》』は？」

「その姿を見たのは、あなた様だけです」

「この足跡も私が付けたと？」

「はい」リネットはうなずいた。「ただし、こちらは違います」

リネットは立ち上がり、クローゼットを開けた。先程もダニエラが開け閉めしていた。魔術師のローブや、クライドの上着が掛けられている。

「こちらをご覧ください」

クローゼットの中に、足跡が残っている。

「だから？　それも犯人のものじゃないの？」

とぼけながらも己のうかつさを呪った。『セカンド』が入り込んだ時に付いたものだ。何故《なぜ》見落としていたのか。

「この部屋に大量に残されている足跡とは異なります。では誰のものでしょうか？　答えはこちらです」

リネットは死体から靴を脱がせ、クローゼットの中にある足跡と重ね合わせる。

「完全に一致しております」

「クライドも使っていた研究室なんだから靴跡が付いていても不思議じゃないでしょう」

もう一度とぼけながら抵抗を試みる。ここで認めてはおしまいだ。

「大の大人がクローゼットの中に入るとしたら、何かから隠れるためです」

「なら、犯人から隠れるためでしょう」

侵入者に気づき、とっさにクローゼットの中に隠れたがすぐに見つかり、殴り殺された。

即興で書き上げたシナリオにもリネットは納得しなかった。

「それならばクローゼットの中の足跡はもっと乱れているはずです。何よりラモーナ様の仰《おつしや》った状況から考えれば、クライド様は『セカンド』とこの研究室にいたはずです。一人ならばともかく、二人であれば打てる手はいくらでもあります。あるいは『セカンド』を囮《おとり》にして逃げるという手もあります。なのに、たった一人でクローゼットに隠れるという非合理な方法を選ばれています」

「……それは、だからっ！」

何か言い訳しようとしても言葉が出てこない。

「己の作った『ホムンクルス』に殺されたとなれば、名誉は地に落ちたも同然だ。当然貴殿の名誉も地の底だ」

マンフレッドが愉快そうに笑った。

「いい加減にして！」

その声を聞いて、腹の底に溜《た》まっていた感情が爆発してしまった。

「さっきから聞いていれば、全部そこの侍女の妄言じゃない。私は被害者なのよ。研究のパートナーを殺されて、研究の成果を持ち去られたのよ。それを聞いていれば、私こそ犯人みたいに！　言いがかりも大概にして。証拠なんて何一つないわ！」

苛立《いらだ》ちと腹立たしさを一気にぶちまけてから後悔がこみ上げる。今のは、どのように映っただろう。無神経な捜査に対する被害者の憤《いきどお》りか、返答に窮した真犯人の居直りか。

「ねえ」

冷え切った場の空気を無視して、ダニエラが問いかけてきた。

「これ、あなたのよね」

ハンカチに載せて差し出されたのは、小さな指輪だった。銀色の輪に、晴れ渡る夏空のような青い石がはめ込んである。

息が止まった。

「……」

「本棚の隙間に落ちていたんだけど、違った？」

「え、ええ。そうよ。私の。こんなところにあったのね。ありがとう」

取り繕うように言って指輪を受け取る。放置されていたせいか、埃《ほこり》だらけの上に錆《さび》が浮いている。焦《あせ》るな、とラモーナは己に言い聞かせる。ここで表情を変えてはいけない。

「その石、ラピスラズリね。色が深いから西で採れたものかしら」

「詳しいのね」

「花と星と宝石の知識は、淑女のたしなみよ」

そこでまた高笑いをする。いちいち笑わないと何もできないのだろうか。

「指輪って着けっぱなしだと傷むし汚れるし、外すと今度は着け忘れるのよね」

「そうね」

平静を装《よそお》いながら自分の指にはめようとして、手を止める。左の薬指には、すでに別の指輪を着けている。琥珀《こはくいろ》色の石が付いた、金色の指輪だ。一瞬心臓が高鳴るがすぐに気を取り直す。指輪をなくしていたから別の指輪を着けていたのだ。おかしな点は何もない。

「そっちの指輪は誰かからのプレゼント……もしかして、クライドから?」

ダニエラが申し訳なさそうな顔をする。

「違うの。これは……ええと」

適当に相槌《あいづち》を打ちながら錆《さ》びた指輪を袖口にしまい込む。

努力が功を奏したのか、元々鈍いだけなのか、ダニエラが怪しむ様子はない。リネットやマンフレッドはどうか、と横目で見る。仮面のような表情からは何も読み取れなかった。

「ほかの部屋も見せていただいてよろしいでしょうか?」

リネットが催促するように言った。

「ええ、いいわ」

返事をしながら先に研究室を出る。

「ちょっと待って」

と、返事も待たずダニエラがクローゼットを開けた。クライドの上着を引っ張り出し、死体へと覆いかぶせ、祈りを捧《ささ》げた。死体を直視はできないが、死者への敬意は持ち合わせているらしい。その横に並ぶようにしてリネットもしゃがみ込み、冥福を祈る仕草をした。

「ありがとう」

礼を言いながらラモーナは廊下へと出た。誰にも見られていないのを確認してからラモーナは冷笑した。バカな娘たち。『ホムンクルス』に魂なんて存在しないのに。死ねば虚無に戻るだけだ。

それからリネットとマンフレッドを引き連れてクライドの部屋や、持ち主のいない空き部屋を案内した。痕跡は全て消し去っている。何も問題はない。

「こちらは、ラモーナ様のお部屋ですか？」

「そうよ」

二階の端にある。クライドの部屋と似た造りだ。ベッドにテーブル、書棚の本は山積みになり、床には書きかけの書類が散乱している。乱雑であってても見られてまずいものは何もない。

マンフレッドがリネットの腕に留まりながら部屋の中を見渡す。呆《あき》れたように言った。

「随分と散らかっているな」

「……研究者ですもの」

「おまけに埃《ほこり》っぽい」

「窓を開けると、風で書類が吹き飛ばされるからね。あの時は片付けるのに苦労したわ」

「重要な書類であれば、一枚でもなくなると大変ですね」

リネットが会話に入ってくる。

「よろしければお掃除でもいたしましょうか？」

「いえ、結構よ」

何かの拍子に見落とした証拠でも見つけられたら終わりだ。リネットもそれを狙っているのだろう。油断も隙もない。

「先程お伺いするのを忘れておりましたが」

やはりというべきか、見計らったかのようにリネットが問いかけてきた。

「クライド様はどのようなお方なのでしょうか？」

「優れた研究者だったわ」

「お人柄はいかがでしょうか？」

「優しい人だったわ。誰に対しても。たまに食いはぐれた『魔力なし《マギレス》』なんかにも小銭をめぐんでやったりしていたっけ」

「経歴についてはいかがかな？」

マンフレッドが会話に加わってきた。

「小生《しょうせい》の記憶する限り、ランドールという姓の魔術師はいない。つまり『はぐれ者』ということになる」

魔術師自体が巨大な疑似家族だ。『始祖』は一族以外に魔術を広めるのを嫌い、弟子を養子として迎えた。その慣習は今でも続いている。同時に、優れた魔術師が新たな一門を興《おこ》す場合もある。その場合は、『魔術師同盟』に申請し、認可を得なければならない。魔術師の姓と名前は全て『同盟』が管理している。認可のない姓はただの自称であり、『はぐれ者』として扱われる。魔術師社会からの排除と追放である。そして、はぐれ者の中から『黒魔術師《ウォーロック》』に身を落とす者も多い。

ラモーナの場合、ファルコナーは実家の姓だ。血縁のある実家とは疎遠になっているだけで魔術師一門としての籍は残っている。

「お聞かせ願おう。クライド・ランドールはどこの何者だ？」

「……知らないの」

「とぼけても貴殿のためにはならぬぞ」

「本当に知らないのよ」

じれったくなる。

「彼は、記憶喪失だったの」

二年前。まだラモーナが町の中に住んでいた頃だ。その日、隣町からの帰りに馬車に乗っていたところ、盗賊団に襲われた。十数名という多勢に無勢の上、元々戦いに慣れていなかった。杖《つえ》も奪われ、身ぐるみどころか、命すら奪われそうになった。そこでいざという時のために魔物入りの巻物《スクロール》を広げた。出て来たのは、巨大な翼を持つドラゴン……ワイバーンであった。

召喚されたワイバーンは盗賊どもを蹴散らし、いずこかへ飛び去って行った。

「そのワイバーンが飛び立つ寸前に口から大きな物体を吐き出したの。それが、クライドよ」

どうやらワイバーンに呑《の》み込まれた後、ワイバーンごと巻物《スクロール》に封印されてしまったらしい。たまたまラモーナが召喚したことで、再び現れた。

「高い魔力を持っていたから魔術師だろうと見当はついたわ。言葉も話せるし、大陸の共通語も書けた。魔術だって使えたけど、自分がどこの誰なのか、思い出せなかったの」

服も溶けかけて、身分を示すようなものは何も持っていなかった。

「それに、ものすごく怯《おび》えていたわ。きっと死ぬほど怖い目に遭ったのね。出会った頃はよく窓の外を見ては、誰か来ていないか気にしていたもの」

魔物に喰《く》われ、危うく死ぬところだったのだ。当然だろう。

「だから『同盟』にも問い合わせはしなかった、と」

「そうよ」

クライドの様子から察するに、魔物に喰《く》われたのも誰かの仕業だろう。どこに敵が潜んでいるか分からない以上、うかつに声をかけてはかえって危険にさらす。町外れに屋敷《やしき》を構えた理由の一つだ。

「それで彼にクライド・ランドールという名前を付けたの」

ランドールは町の名前から、クライドは前夫との結婚時代に「もし息子がいたら」と夫婦で考えていた名前だ。

「そのような者の『ホムンクルス』を何故《なぜ》作ろうと？」

「彼が、自分の素性を知りたがったのよ」

己の記憶がないというのは想像以上に辛《つら》かったのだろう。彼は自分の素性を知りたがった。けれど、うかつに名乗り出てはやはり危険だ。

「そこで『ホムンクルス』を作り、身代わりにしようとした、というわけか。額の紋様など、いくらでも隠しようはあるからな」

ラモーナはうなずいた。クライドを守るために作ったはずの『ホムンクルス』にクライド本人が殺されるなんて。なんという皮肉だろうか。

「犯人が、クライドの失われた記憶とかかわりがあるとは？」

なるほど、そういう見方もあるのか、と密《ひそ》かに感心する。ただ『セカンド』は発表前だったし、付近で怪しい人間を見たという話も聞いていない。

「分からないわ」

曖昧にしておいた方が、容疑者の数は際限なく広がる。ラモーナも真相を暴かれずに済む。

クライドの素性は永遠に闇の中だ。

「もういいでしょう？　なら次の……」

その時、一階から物音がした。

「犬か猫でも入り込んだのかしら？」

「賊でも戻ってきたかな」

マンフレッドは愉快そうに言った。

「行ってみましょう」

リネットに促されて先へ進む。物音がしたのは、食堂の方だ。台所に繋《つな》がっており、麓の農家や牧場から買った肉や野菜が保管してある。

犯人はすぐに見つかった。

マンフレッドが咎《とが》めるように言った。

「何をしているのだ？　従姉妹殿《いとこどの》」

「違うのよ、何も取ってないわ。ただ、朝一番で来たからおなかが空《す》いちゃって……」

ダニエラが顔を赤く染めながら必死に言い訳を並べる。

一体何しに来たのだろう。文句の一つでも言ってやろうかと思ったが、抗議をしたのは己の腹の虫だった。

「……そういえば、昨日から何も食べてなかったわ」

ラモーナの方こそ夜明け前から家の内外を駆けずり回って、いい加減疲労も空腹も限界だ。

「もしよろしければ、わたくしが料理をいたしましょうか？」

リネットが控えめに名乗り出る。

「いらないわ」

おとなしそうな顔をしているが、先程の推理といい油断はならない。マンフレッドに言い含められているのだろう。好き勝手に動かれるのは避けたかった。

「何をそんなに恐れている？」

マンフレッドの言葉には冷笑が含まれていた。

「たかが料理だ。それとも、見られてまずいものが台所にあるのか？」

「どうでもいいから何か食べさせて……」

自称『裁定魔術師《アービトレーター》』補佐役代行見習いがいつの間にか食堂の椅子に座り、テーブルに突っ伏している。行儀も何もあったものではない。

「……いいわ」

ここで粘っても疑惑が増すばかりだろう。空腹に負けたというのもある。実際、今のラモーナでは料理が難しい。仕方がない、という感じでうなずく。

「ただし、勝手なことはしないで。料理も食材も私が決めるわ。いいわね」

「承知しました」


　近隣の農家から仕入れたパンを切り、アプリコットのジャムとバターを少量ずつ添える。溶いた卵入りのスープには海藻が浮かんでいる。サラダには湯掻《ゆが》いたトマトの上にチーズとオリーブオイルを掛けてある。食糧庫にあった材料ばかりなのに見た目はいつもと大違いだ。

　リネットは指示通り手際《てぎわ》よく料理を作ると、食器棚から皿を取り出し、並べる。

「あら、おいしそうね」

　ダニエラは喜色満面で料理を迎える。

「恐れ入ります」

「あなたの分は？」

「わたくしは、台所の方で」

「ここで食べなさい」

　ダニエラがテーブルを指さして言った。

「そうね、そうして」

　ラモーナも同意する。目の届かない間に台所を探られたくない。

「……失礼します」

リネットは遠慮がちに座る。席はダニエラの隣で、正面はラモーナの席だ。

「では小生《しょうせい》はここだな」

椅子の背もたれの上にマンフレッドが留まる。ダニエラが怪訝《けげん》そうな顔をする。

「あなた、食べられるの？」

「無論だ」

「いや、でも……」

ダニエラがすがるようにラモーナを見た。彼女が続けたかった言葉は容易に想像がついた。鴉《からす》に皿を使わせるのはどうなの？

「別に構わないわ」

どうせ自分の皿ではないのだ。

「嘴《くちばし》で傷つけたりしなければ、だけど」

「問題ない」

マンフレッドが一声啼《な》くと食材が吸い込まれるように嘴《くちばし》の中に吸い寄せられていく。

「魔術の無駄遣いね」

ダニエラは呆《あき》れていたが、ラモーナは内心穏やかではない。目の前にいるのは、雑事に魔力を消費できるほどの魔術師なのだ。やはり力ずくとなれば勝てそうにない。いざとなれば、あれの出番か。背中に隠してあるので、いつでも取り出せる。強力ではあるが、使い勝手が悪すぎる。機会が来ないことを願いながらスプーンを手に、スープに口をつけた。

さすがに美味《うま》い。料理や材料は同じはずなのに、手際《てぎわ》の良さ一つでこうも違うものか。

「いつもお料理はあなたがするの？」

「そうよ」

ダニエラの問いかけに飲み込んでから答える。

「台所にはなるべく他人に入られたくないの。みんな皿の置き方とか気にしないから」

「料理は誰から学んだの？」

「素人《しろうと》だもの。見様見真似《みようみまね》よ」

そこで場の空気がしめやかなものになる。クライドは死に、『セカンド』も死んだ。今は自分一人だ。

「研究が軌道に乗るまではよくここで討論もしたわ。でもそれも終わり。これからは、一人での食事になるわね」

「ところで、雑談がてら聞きたいのだけれど」

場の空気を変えようとしたのだろう。ダニエラは気まずそうに問いかけてきた。

「その『ホムンクルス』は何でもかんでもコピーできるわけ？」

「身体的にはね。でも知識や性格は別物」

肉体は成人で中身は赤子だ。一から覚え込ませるしかない。

「それって大変じゃないの？」

「言葉を覚えさせるだけでも一苦労よ。それで挫折する魔術師も多いわ」

実際、ラモーナも挫折した。物覚えが悪く、言うことを聞かない。手間ばかりかかって報われず、労苦も絶えない。腹の立つことばかりだ。

「でも『セカンド』は話せるようになった」

「クライドのおかげでね」

さじを投げたラモーナに代わり、クライドが教育係を担当した。

彼は何回も何度でも、時間をかけて覚え込ませた。粘り強く、諦めず。徒労に終わることも多いのに、クライドはやってのけた。そして己の分身であり、教え子に殺害された。

「分かったわ！」

唐突にダニエラが大声を上げた。リネットやマンフレッドもびっくりしている。

「あなたは、本物のラモーナじゃないわね！『ホムンクルス』……『コピー』よ！」

「はあ？」

腹の底から声が出た。

「だっておかしいじゃない！　クライドだけ『コピー』を作るなんて。普通ならあなたの方にも『コピー』を作るものでしょう」

ダニエラが嬉々《きき》として自説を披歴する。

「あなたはクライドを愛していた。だから本物のラモーナに成り代わろうとして密《ひそ》かに彼女を始末した。ところが、『黒魔術師《ウォーロック》』のせいで『セカンド』は奪われ、クライドは殺害されてしまった。そこに、私たちが来た。このままでは、自分が偽者《にせもの》だとばれてしまう。だから本物のラモーナを装《よそお》うことにした。どうかしら」

返事の代わりにラモーナは笑った。笑ってしまった。

「確かに、計画はあったわ。男女いた方が何かとデータも取れるから」

「ほら！」

「でも止《や》めたの。二体同時に育てるのは時間もコストも人手もかかり過ぎるから」

「証拠は？」

「作ってない証拠を出せって？」

できるわけがない。

「あなたのご先祖様に誓ってもいい。私は『ホムンクルス』ではない。それに、私の『コピー』なんて作っていないわ。疑うなら紋様があるか確かめてみなさい。裸に引《ひ》ん剝《む》いて好きなだけ調べるといいわ」

「その必要はございません」

ティーカップを置いてからリネットが言った。一足先に食事を終えている。

「その方は間違いなく、ラモーナ・ファルコナー様ご本人です」

「え、でも……」

「この方の額には、『ホムンクルス』の紋様はございません」

「そんなの化粧でも何でも誤魔化せるわ。紋様だって別の場所にあるかもしれないじゃない」

「わたくしがクライド様たちでしたら、一目で分かる位置に付けます。この屋敷《やしき》には、同じ顔の人間が二人同居していました。事あるごとに服を脱がせるなど、手間がかかり過ぎます」

何より、とリネットがダメ押しのように続ける。

「本物かどうかなど『記録簿』を見れば明らかです。見た目は騙《だま》せても、お使いになる魔術まで取り繕うのは不可能です」

魔術師には習得した魔術を他人に開示する魔術もある。弟子入りすると、真っ先に覚えさせられる。当然、ラモーナも習っている。

「けれど、私たちはラモーナの使える魔術なんて知らないじゃない」

「ファルコナー家に問い合わせれば照合は可能です」

「ラモーナ殿がこの屋敷《やしき》に来てから約二年。『ホムンクルス』の制作期間も含めればさらに短いだろう。二年未満の間にラモーナ殿が何十年とかけて習得した魔術を全て教え込ませるなど、特別な秘術でもない限りはいささか非現実的だな」

マンフレッドにも論理の穴を指摘され、ダニエラは悲しそうにうなだれる。

「ごめんなさい。私が間違っていたわ。あなたを『ホムンクルス』と疑ったことを謹んでお詫《わ》びします」

「いえ、いいのよ」

ラモーナはほっとした。素直に謝罪されていささか面食らったが、誤解は解けたらしい。

「わたくしからも一つ、よろしいでしょうか？」

今度はリネットが問いかけてきた。

「いいわ。この際だから何でも聞いて？」


「何故《なぜ》、あなた様は『セカンド』を殺したのですか？」


ラモーナは食べ終えたばかりのチーズを吐き出しそうになった。食事中に告発とは、不意打ちにも程がある。涙目で咳《せ》き込みながら次の方策を考える。

「下で倒れている方を殺害したのはあなたです」

考えがまとまる前にリネットが追い打ちをかけてくる。

「言いがかりも甚だしいわね」

「先程も申し上げましたが、侵入者がクライド様を殺害した、というのは不自然な点が多すぎます。内部の人間が外部の犯行に見せかけるための細工と考えた方が論理的かと」

「それだけで、私を犯人扱い？」

「あとは、手です」

と、リネットは己の腕を指さす。

「被害者は何度も殴られていました。おそらくは金属の棒のようなもので。何度も殴るからには相当強く握らねばなりません」

「そんな証拠がどこにあるの？」

ラモーナは両手の手袋を外し、手のひらを広げて見せつける。

「ほら見なさいよ。どこに痕跡があるのかしら？」

リネットは返事の代わりに料理の載った皿を手渡した。

「あ？」

手からこぼれた皿がテーブルに落ちる。

「見た目には平気でも力はまだ入らないようですね」

ラモーナは呆然《ぼうぜん》と落ちた皿を見つめた。『セカンド』を殴りつけた上に、痕跡を残さぬよう急いで拭き掃除までしたせいだ。まだ腕がだるくて重い。

「どうして分かったの？」

ダニエラが不思議そうに問いかける。

「ご様子からそうではないかと予想はしていましたが、確信したのは先程の料理の時です」

「あなたに作らせたから？」

「何一つ動かず、包丁すらご自分で使おうとはされませんでした」

「恨み言かしら」

「台所に他人が立つのを嫌がる方は大勢いらっしゃいます。お皿の置く位置まで整理整頓をされている方は特に。普段、ご自分で台所に立つ方にしては不自然な行為かと」

「……偶然よ」

ここで屈するわけにはいかない。

「凶器や足跡を付けた靴はすでに処分されたのでしょう。すぐ近くに海もございますので。おそらく、本物のクライド様もそちらに沈んでおられるかと。『黒魔術師《ウォーロック》』が実在しないとしたら、誘拐事件も捏造《ねつぞう》になります」

「本物の方もラモーナが殺したの？」

ダニエラの問いかけに、リネットは首を左右に動かす。

「魔術も得意でないラモーナ様が二人まとめて始末するのは難しいでしょう。ならば、二人が争って一人が死に、生き残った方をラモーナ様が殺害した、というところでしょうか？」

「どこにそんな証拠があるというのよ！」

「床の血です」

と、リネットは足元を指さす。

「死体には殴られた跡があり、出血もしていました。ところが、すぐ側《そば》の床にも血を拭き取った跡がありました。これが何を意味するかは明らかです」

ラモーナの脳裏に正解がよぎる。誰かがそこで多量の出血をした。

「いなくなった人間がいて、死体は一つ。ならば答えは一つでしょう」

誰かがその前に死んでいた。

ラモーナは何度も首を横に振る。認めてしまっては終わってしまう。

「動機、そうよ、動機は何なの？」

「現時点でははっきりとお答えいたしかねますが、『セカンド』が反逆を起こしたとなれば、魔術師としての名誉は傷つくことでしょう。ラモーナ様と、クライド様ご本人の。名誉を守るために、ありもしない犯人と窃盗事件をでっち上げた、というのはいかがでしょうか」

「……違うわ」

ことごとく言い当てられて、否定しか出てこない。

「私は、『セカンド』もクライドも殺してなんかいない！」

「死体の始末もしていないと？」

「当然でしょう？」

「失礼いたします」

リネットは席を立つと、ダニエラの席の後ろに立ち、ゆっくりと椅子を引いた。

「え、何？」

困惑するダニエラの前にしゃがみ込むと、靴を脱がせる。

「何をするのよ」

「こちらに」

ダニエラから脱がせた靴の裏を向ける。かかとの辺りに小さな赤い染《し》みが付いていた。

「階段にダニエラ様の足跡とともにこちらの染《し》みがございました。拭き取った痕跡がございましたが、見過ごされたご様子」

夜明け前の光に目がくらみ、見落としていたのか。それをダニエラが階段を下りた時に踏みつけた。ラモーナは眩暈《めまい》を覚えた。バカな女が真っ先に駆けつけたせいで。

「それは、私の、そう私の血よ」

「無駄な抵抗は止《や》めておけ」

マンフレッドがたしなめるように言った。

「魔術にとって血は盟約の鍵であり印である。血を調べれば誰のものかはすぐにわかる」

血の盟約は重大だ。署名や押印《おういん》などとは比べものにならない。魂の約束だ。だからこそ、誰のものか区別できなければ、魔術の契約など成り立たない。

「いかに血肉を模倣した『ホムンクルス』であろうと、盟約までは誤魔化せぬ。従姉妹殿《いとこどの》の踏みつけた血と、亡骸《なきがら》の血を比べればどちらが本物かは明らかだ」

ラモーナは最後の砦《とりで》が崩れ落ちたと悟った。

「……認めるわ。『セカンド』……『ホムンクルス』を殺したのは私よ」

言葉にした途端、力が抜けてがっくりとうなだれる。

「『セカンド』はクライドと共同で作ったの。私にとっては、息子のようなものよ。けれどいつの頃からか、『セカンド』は私に好意を見せ始めた。それが男女のものであると悟り、遠ざけた。私はクライドを愛していたの。いくら同じ顔だからといって、受け入れられないわ」

「処分はしなかったの？」

ダニエラの問いに、ゆっくりと首を左右に振る。

「もちろん処分も考えたけれど、これまで費やした時間と労力を考えれば、決断できなかった。自分の気持ちが受け入れられないと悟ったのね。『セカンド』はだんだん不機嫌になり、反抗的になり、つまらないことでも口答えをして、ついには暴力を振るうようになったわ。結局隠し切れずに、クライドに相談したの。処分を考えていた矢先だった」

少しずつ、ラモーナの知らないところで『セカンド』は精神の天秤《てんびん》を傾けていたのだ。そして今朝、悲劇が起きた。

「クライドは死んでいた。『セカンド』に殺されたのよ」

「……それで、『セカンド』を殺したのね」

「……そうよ」

ダニエラが口元を押さえると、すぐにくぐもった嗚咽《おえつ》が漏れる。すすり泣く声がひどく遠くから聞こえる気がした。

「自分の作った『ホムンクルス』に殺されるなんて、魔術師として大恥だもの。クライド……いいえ、私たちの名誉を守りたかった」

もはや、魔術師としての名声は地に墜《お》ちる。それは避けられそうもない。

「確かに、愚かさを裁く法はない」

マンフレッドが冷ややかに言う。

「だが、奸計《かんけい》を用いて小生《しょうせい》たちの捜査を攪乱《かくらん》しようとした罪は受けてもらうぞ」

「ええ」

魔術師としての名誉は終わりだ。『ホムンクルス』の開発も中止するしかない。

「そなたを偽計業務妨害の罪で逮捕する。抵抗すれば、命はないものと思え」

「……分かったわ」

言われなくとも抵抗するつもりはない。

「そう落ち込むな。『天秤《てんびん》』を使うまでもない。せいぜい禁固というところだろう」

「『竜牙監獄《りゅうがかんごく》』にでも閉じ込められるのかしら？」

大陸の『魔術師同盟』が管理している、魔術師専門の牢獄《ろうごく》である。全ての『裁定魔術師《アービトレーター》』がレポフスキー卿《きょう》のように特別な魔道具を持っているわけではない。罪状や量刑により監獄の中で年月を費やし、罪を償う。囚人は魔術を封じられ、脱出できた者は誰もいないという。

「それは貴様の態度次第だ」

恭順すれば刑期が短くなる場合もあるという。

「期待しているわ」

ラモーナは牢獄《ろうごく》から出た後のことを考えていた。もはや魔術研究者としてはやっていけまい。細々と暮らしていこう。あるいは、教師でもいい。『魔力なし《マギレス》』の子でもたまに才能のある子が生まれる。その子たちを育て上げるのも悪くない。才能のある子ならば養子にしてもいいだろう。クライドはいないけれど、今度こそ上手《うま》くやってみせる。

「さて、長話は終わりだ」

マンフレッドがテーブルの上を器用に歩いてくる。

「ついでだ。初仕事と願おうか。自称『裁定魔術師《アービトレーター》』補佐役代行見習い殿」

「うるさいわよ」

ダニエラが鞄《かばん》から手鎖《てじょう》を取り出し、ラモーナの両手首にはめていく。

「ちょっと、痛いじゃない！」

「ごめんなさい、でも少しだけだから我慢してね」

恐縮しきった様子で謝罪する。才能もない上にお人好《ひとよ》しとは。一生本物の『裁定魔術師《アービトレーター》』にはなれそうもない。

「終わったわ」

宣言と同時に、手首に冷たく硬く、重いものがのしかかる。ラモーナが抱えていく罪の重さに感じられた。

「では、行くとするか？」

マンフレッドが飛び上がる。ラモーナも続いて歩き出そうとした。

その時だった。


「その前に一つ、よろしいでしょうか？」


リネットが背後から呼びかける。

その手には黄金の天秤《てんびん》が載っていた。所在なさげに上下を繰り返している。

「もしかして、『ユースティティアの天秤《てんびん》』？」

ラモーナは混乱していた。伝説の処刑道具を見たからではない。レポフスキー家の持ち物なのだから持ち歩いていても不思議ではない。疑問だったのは、何故《なぜ》今になって持ち出したか、だ。すでに罪を認めている。こうして逮捕もされている。審判の必要などないではないか。

リネットは天秤《てんびん》を手にしたまま、己の主《あるじ》に耳打ちする。何をコソコソと話しているのかと、ラモーナの胸がざわめく。マンフレッドは退屈そうに耳を傾けていたが、話が終わると、煩わしそうに言った。

「残っている保証はないぞ」

「承知しております」

「……よかろう」

マンフレッドは不承不承という感じでうなずいた。

ラモーナが連れて来られたのは、崖の上だ。完全に日が昇り、心地よい海風が流れてくる。振り返れば、屋敷《やしき》が日を浴びて白い壁が明るく色づいているのが見えた。けれどあの屋敷《やしき》には今、誰もいない。昨日まで生活していた者たちは、誰もいなくなった。クライドも『セカンド』も死に、ラモーナも当分は留守にする羽目になった。見せかけだけの空っぽの家。

「それでは、お願いいたします」

「うむ」

マンフレッドが大きく啼《な》いた。啼《な》き声が魔術の呪文である。魔術を操る魔物もいる。呪文どころか言語は喋《しゃべ》れなくても魔力を圧縮し、練り上げることで同様の効果を生み出す。マンフレッドも同じなのだろう。

少しして、崖の下から白い袋が浮き上がってきた。ラモーナはぎょっとした。あれは、証拠を葬《ほうむ》った袋だ。水を吸って雫《しずく》を大量に落としながら地面に落ちる。リネットは無言で封をほどくと、鉄のメイスが転がる。海の水で流されて血痕は残っていないだろう。ただ傷口と照合すれば、凶器であるのはすぐに分かる。

証拠の回収か、と納得しかけたところで心臓が止まりそうになった。ずぶ濡《ぬ》れの男が宙に浮いている。魚に喰《く》われたのだろう。あちこちが傷だらけだ。

「あ、ああ……」

ラモーナは我を忘れて駆け寄った。

「クライド、クライド……」

可哀想《かわいそう》に。こんな無残な姿になって。魚の餌などあんまりだ。きちんと土の中に葬《ほうむ》ってあげたい。魂が安らかに眠れるように。弔ってあげたい。

「ねえ、お願い。彼を埋葬したいの。時間は取らせないわ。せめて最後に……」

「あなた様の魔術《トリック》はすでに解けております」

リネットは無表情のまま言った。

「これより審判を始めます」

唐突に切り出され、ラモーナは頭の中が真っ白になる。

「何の話を……」

「一つ、お伺いしたいことがございます」

ラモーナの心臓が再び騒がしくなる。

「先程仰《おつしや》いました。あなた様の『ホムンクルス』は作っていないと。お作りになられたのは『セカンド』一体だけだと」

「ええ」

「では、『ホムンクルス』以外の人物はどうでしょうか？」

「え？」

リネットは淡々と告げる。

「お話では、あなた様とクライド様、そして『セカンド』の三人で住んでいたはずです。ですが、皿は四人分ございました」

「予備よ」

「わたくし、レポフスキー家に仕えて十年になります。これまでに毎日毎月、何万回と皿洗いをして参りました。断言いたします。あの皿は普段使いしていたものです」

「そんなもの、何の証拠にも……」

「では、こちらはいかがでしょうか？」

取り出したのは、青い石の付いた指輪だ。

「先程、ラモーナ様のお袖より拝借しました」

「手癖の悪い女ね」

やはりこの女も『魔力なし《マギレス》』だ。態度や口調は礼儀正しくても中身は下品極まりない。

「この指輪は、ラモーナ様のものではございません」

そこでリネットは自身の指に嵌《は》めてみる。

「指輪のサイズは指の太さで変わります。この指輪は小さすぎて、ラモーナ様の指には合いません」

ラモーナは愕然《がくぜん》となった。やはり気づかれていたのか。指輪をはめようとして途中で止《や》めた本当の理由に。

「それは、小指に着けていたから」

「失礼ですが、ラモーナ様の小指には指輪の跡はございません」

「なくしてから時間が経《た》ったから、跡なんて消えても不思議じゃないわ」

「でしたら実際に着けていただけますか」

自信満々にダメ押しをされてはぐうの音も出ない。

「つまり、どういうこと？」

ダニエラの問いに、リネットは言った。

「この屋敷《やしき》にはもう一人、女性がいたのです」

止《や》めて。ラモーナは心の中で呼びかける。私は罪を認めた。『セカンド』を処分したのに、誤魔化そうとした。その罪は受ける。だからもうひどいことをしないで。

「お名前を存じ上げませんので便宜上『サード』とお呼びいたします。あなた様は、執拗《しつよう》なまでに『サード』の存在を隠そうとなされた」

「そんな証拠がどこに……」

「本来であれば、彼女に全ての罪をなすりつけたはずです。研究を奪うためにクライド様を殺害し、『セカンド』を誘拐していずこかに逃げ去った。正体不明の『黒魔術師《ウォーロック》』など持ち出すよりはるかに説得力があります」

荷物や服が何もかも消え去っているのも『サード』の計画的な犯行と考えれば筋が通る。分かっている。ラモーナとて真っ先に思いついた。けれど、実行には移せなかった。だって、説得力がないから。それに魔術師を殺し、研究を持ち去ったとなれば重罪である。当然『裁定魔術師《アービトレーター》』が執念深く追跡する。ラモーナには到底扱えぬような魔術を駆使して、居所を突き止めようとするだろう。

「指輪のサイズから察するにかなり指の細い方とお見受けいたします。おそらくあなた様よりずっとお若い……まだ少女と言うべき年齢の方ではないかと」

気分が悪い、頭から血の気が引いていくのを感じた。鏡を見たらきっと死人のように真っ青になっているだろう。

「そこまで『サード』の存在をひた隠しにする理由はただ一つ。あなた様が『サード』を殺害したからです」

「違う！」

悲鳴のような己の声を聞いてからラモーナは失敗を悟った。反応自体が、『サード』の存在を認めたようなものだ。

「あなた様は『サード』を殺害し、夜中のうちに死体を海に捨てる。失踪か自殺に見せかけるために計画を練っておられたのでしょう。ところが、戻ってみると『セカンド』がクライド様を殺害されていた。さぞ驚かれたことでしょう」

驚いたなんて簡単な言葉で済むものか。あれは、絶望だった。頂上まであと一歩のところで、地上へと突き落とされたのだ。

「理由は？　動機は何なの？」

ダニエラが割って入る。

「動機に関しましては、現時点ではまだ何とも。ただ狭い人間関係であれば、一度こじれると破綻も大きくなります。一番確率が高いのは男女関係のもつれではないかと」

「ほほう」

マンフレットが冷やかすように言う。

「これは当て推量ですが、愛し合っていたのは、あなた様ではなく、クライド様と『サード』ではないですか？」

世界に闇が広がり、視界がだんだんと狭く閉じられていく。

「違う、そうじゃない」

首を何度も横に振る。力任せに振ったせいで、頭がくらくらする。息苦しい。胸に重苦しいものがのしかかったようだ。目の前がだんだん真っ暗になっていく。薄暗い闇の中で己の声がこだまする。

愛するクライド。顔のいいクライド。けれどクライドは研究に夢中で相手をしてくれなくなった。それどころか、あの子とばかり話をして構って、指輪までプレゼントしていた。恋愛ではなく娘として、なんて言っていたけれど、あの子はそうじゃない。何の興味もないし好意を向けられても気持ち悪いだけだなんて悪態をついていたけれど絶対にウソよ。だって、クライドみたいな好青年にはみんな惹《ひ》かれるものよ。あの恩知らず。

裏切られ、それで寂しくなって、『セカンド』を相手にしてあげたら、本気になってしまった。それに感づいたあの子は、私を訳知り顔で非難した。ふしだらだと抜かすから鼻血が出るまで張り倒してやった。あの子さえいなければ。私は自由でいられる。だから始末してやった。寝ているところを包丁で毛布の上から何度も突き刺してやった。あとは勝手に家出したことにするために衣服や荷物を処分し、置き手紙まで偽造した。

これで、クライドは私のもの。従順にさえしていれば、『セカンド』だって相手してやってもいい。なのに、今更『セカンド』が嫉妬して、愛するクライドを……。


水音がした。

振り返ると、濡《ぬ》れた人の体が宙に浮かんでいた。黒髪の、まだ少女といっていい体つきだ。ゆっくりと地面に下ろされる。包んでいたはずの毛布は海流で流されたのだろう。すでに海魚の餌となり、体中に歯形が付いていた。

ダニエラが青ざめた顔で悲鳴を上げる。相変わらず肝の小さい女だ。

絶望のあまり心が逃避してしまったのだろう。ラモーナはどこか他人事《ひとごと》のように死体を見つめていた。顔かたちはともかく、血を調べればすぐに分かるはずだ。死体が、ペイシェンス・ファルコナーだと。ラモーナの、実の娘だということに。


その瞬間、獣のような咆哮《ほうこう》が喉の奥から漏れた。全身の血が一気に流れだし、体をよじり、近くにいたダニエラを体当たりで弾《はじ》き飛《と》ばしてから走り出す。

「逃げられると思うか？」

後ろからマンフレッドの冷ややかな声が聞こえる。

「そんなつもりはないわ！」

走ったのは距離を取るためだ。手鎖《てじょう》を付けたまま背中から巻物《スクロール》を取り出す。ワイバーンの時と同じく、スペンス一門の召喚師から買い求めたものだ。クライドを守るため、いざという時のために強い魔物を、と闇取引で手に入れた。

今度からもっと短い鎖にすることね、と心の中で嘲る。

「我が命に従い、出《い》でよ！」

巻物《スクロール》を広げ、召喚の言葉を唱える。

描かれた魔法陣から腕が生えた。続けて巨大な体が姿を現す。

巨大な悪魔が崖の上で咆哮《ほうこう》を上げる。

背丈は砦《とりで》のように大きく、獅子《しし》の頭に鷲《わし》の足、四枚の翼を雄々しく広げている。サソリのような尻尾は、歓喜のように地面を叩《たた》いている。

異界の悪魔・パズズだ。

「またこやつか」

うんざりした様子でマンフレッドが言う。

「巻物《スクロール》を買ったのもそこの女であったか」

「何それ？」

ダニエラが間の抜けた顔で問いかける。

「旦那様とわたくしがここに参った理由は、殺人事件の捜査ではございません。別件です」

と、リネットがパズズを指さす。

「とある犯人が召喚獣としてパズズを犯行に利用したのですが、触媒の消費量から、最低あと二体は呼び出していたと判明しました。そこで犯人の足取りからこちらが浮上しました」

ラモーナは舌打ちした。それで自称だけでなく本物の『裁定魔術師《アービトレーター》』まで乗り込んできたというわけか。どんな犯罪かは知らないけれど、犯人はおそらくあのモーガンとかいう召喚師だろう。無能のクズのせいで、己にまで火がついてしまった。

買った時にモーガンが言っていた。『これは危険な魔物だから、いざという時以外は使用してはならない』と。まさに、今がその時だ。

足を引っ張った代償を支払ってもらう。モーガンにも、リネットたちにも。

やれ、と命じると、パズズは巨体を躍動させ、飛びかかる。

目標はリネットだ。ラモーナはもはや、自分の命を見限っていた。仮に逃げおおせたとしてもいずれ必ず捕まり、死よりも恐ろしい目に遭わされるだろう。それでも、だからこそ、あの小賢《こざか》しい小娘だけは生かしてはおけない。

「戯《たわむ》れが過ぎるな」

黒く小さな影がパズズの前に立ちはだかる。

「この程度の悪魔で小生《しょうせい》を倒せると思うか」

「ムリかもねえ」

金で買える程度の魔物では、勝ち目などないだろう。それでもいい。

「でも、足止めくらいはしてくれるわ！」

パズズは翼で突風を起こした。風に煽《あお》られてマンフレッドの体を吹き飛ばす。いくら最強の『裁定魔術師《アービトレーター》』といっても体格差がありすぎる。抵抗するにはそれだけの魔力を使うはずだ。少しでも時間稼ぎさえできればそれでいい。

その間にラモーナは獣のように身を低くしながらリネットへと近づく。命がここで果てても、小娘だけは道連れにしてやる。

「地獄へ落ちろ、小娘！」

呪いの言葉とともにラモーナはもう一枚の巻物《スクロール》を広げた。

魔法陣から現れたのは、同じ顔をした悪魔だ。

「口止め料代わりに金を弾んだらおまけしてくれたのよ！」

一体ではムリでも二体ならば勝算はある。

リネットさえ殺せばラモーナの勝ちだ。そう決めた。たとえその後で八つ裂きにされようと、魂はラモーナの勝ちなのだ。

動きを想定していたのか、リネットはすでに屋敷《やしき》の方へ逃げを打っていた。判断が早いのは褒めてやるが、所詮は『魔力なし《マギレス》』だ。走るしか能がない。

一瞬でパズズがリネットの頭上を駆け抜け、巨大な壁となって着地する。唸《うな》るような地響きで、扉の脇の古びた荷車がわずかに揺れる。息を吹き返したかのように上下するが、すぐにまた動かなくなる。

もはや逃げられはしない。これでクソ生意気な小娘は死ぬ。

だというのに、リネットの表情は変わらなかった。死ぬのが怖くないのだろうか。感情が死んでいるのだろうか。もっと泣き叫べばいいのに。奴隷のように這《は》いつくばって命乞いすればいいのに。つくづく忌々《いまいま》しい。

轟音《ごうおん》と閃光《せんこう》に振り返れば、巨大な悪魔が海に落下していくのが見えた。

一体目のパズズはもうマンフレッドに倒されそうだ。役立たずめ。すぐにこちらに向かってくるだろう。

嬲《なぶ》り殺《ごろ》しにする時間がないのが悔やまれる。その分、無残に、魂すら残らないくらいに残酷に、肉塊に変えてやる。

「そのクソ『魔力なし《マギレス》』をぶち殺せ！」

パズズの巨大な腕がリネットの頭上に振り下ろされる。

リネットは動かなかった。

硬いものが当たる音がした。

リネットを無残な骸《むくろ》に変えるはずの巨大な爪は、寸前で止まっていた。紙切れ数枚ほどの隙間に、半透明の障壁が差し込まれていた。

「見苦しいわよ、ラモーナ・ファルコナー」

振り返れば、ダニエラが崖の方で輝く杖《つえ》を構えながら立っていた。いつの間にか、マントを外している。足元には、死体が白い布で覆われていた。

「お優しいことで！」

「あなたは最低ね」

杖《つえ》の先端から緑色の光がほとばしる。

「天雷・降下・巨刃《きよじん》の如《ごと》く！　『轟雷の戦斧《ライトニング・アックス》』！」

ダニエラが杖《つえ》を振るうと、凄《すさ》まじい雷光が瞬《またた》いた。轟音《ごうおん》とともに稲妻に打たれ、城の如《ごと》き巨体の悪魔が後ずさる。

その間に、ダニエラはリネットの元へ駆け寄る。

「ケガはない？」

「ありがとうございます」

障壁越しにリネットが礼を言う。

「動かないで。そこから出たら命の保証はできないわよ」

「存じ上げております」

「その魔術師ごと殺しなさい！」

命令に応じてパズズが吠《ほ》えると今度は手のひらから風を生み出した。風の刃《やいば》が、透明な吹雪となって襲いかかる。呑《の》み込まれれば骨すら残らず切り刻まれるだろう。

それでも、リネットの前に立ちふさがるようにして、ダニエラはその場で杖《つえ》を振るう。

「烈風・上昇・神塔の如《ごと》く！　『旋風連接棍《サイクロン・フレイル》』！」

地面から吹き上がった大風がパズズの風とぶつかり、巨大な突風となってラモーナを吹き飛ばした。視界が逆さまになる。痛みと衝撃を伴いながら地面を転がる。このままでは崖の下へと真っ逆さまだ、と本能的な危機感から手を伸ばして草をつかみ、かろうじてその場にとどまる。どうなった、と顔を上げる。

ダニエラはその場から一歩も動いていない。背後のリネットもまた髪型一つ乱れず、障壁の中に守られている。反対にパズズは巨体を揺らし、その場で膝をつく。

ラモーナは我が目を疑った。まさか、あり得ない。あの間抜けな小娘が、パズズを圧倒するだなんて。

パズズは咆哮《ほうこう》を上げてダニエラへと迫る。魔術が通用しないと見て、直接攻撃に切り替えたようだ。巨大な腕を振り上げ、小娘目掛けて振り下ろす。轟音《ごうおん》が上がる。巨大な拳が地面を穿《うが》ち、土塊と土煙を跳ね上げる。ダニエラはいずれも寸前でかわしていた。拳のすぐ横で杖《つえ》を振り上げ、蛇のような氷塊を巨大な腕に嚙《か》みつかせる。パズズはもう一度大声を上げた。それは歓喜や鼓舞でもなく、苦痛と怒りによるものだった。

パズズが苛立《いらだ》たしげに何度も何度も拳を地面に叩《たた》きつける。土埃《つちぼこり》を舞い上がらせ、岩を砕き、地を割る巨大な拳もダニエラに傷一つ付けられなかった。全て寸前で蝶《ちょう》のように軽やかにかわされていた。

「それで終わりかしら？」

ダニエラは杖《つえ》を地面に突き立て、両手で印を組み始める。

「パズズ！」

ラモーナは我に返った。何か仕掛けようとしている。まずい。すぐにマンフレッドも救援に駆けつける。早く、小娘二人を始末しなくては。

「そいつらをまとめて吹き飛ばせ！」

パズズの腕から黒い炎がまき上がる。魔術は苦手でも知識はある。異界の悪魔が生み出す炎は、この世界の魔術師より高温で強力だ。いかに魔術の障壁とて防ぎきれはしない。

「やれ！」

黒い炎が巨大な蛇となって放たれる。凄《すさ》まじい熱波にラモーナの体が吹き飛ばされる。地面を転がりながらも何とか踏みとどまり、腹ばいになって炎の行く先を見る。小娘どもの最期《さいご》を見届けるために。炎の黒蛇が走る軌跡が半透明な結晶に変わっていく。高熱のために土が黒い炭に変わっているのだ。なす術《すべ》もなく熱と炎の化身がダニエラたちを呑《の》み込む。

そのはずだった。

「雪城・不壊・氷河の如《ごと》く！　『氷雪硬盾《ブリザード・シールド》』！」

ダニエラの前方に白く、巨大な壁が生まれる。黒い炎が障壁に当たった瞬間、凄《すさ》まじい水蒸気が巻き起こる。目の前が白濁色に染まる。何も見えない。あいつらどうなったの？　巻き起こった白い突風に耐えながらもラモーナは晴れるのを待った。

白い煙が海風に流されて、少しずつ視界が晴れていく。ラモーナは立ち上がり、ダニエラたちがいた場所を見た。

地面は真っ白に染まっていた。炎は跡形もなく消え去り、黒い炭と化した地面の上に雪が降り積もっていた。ラモーナはがっくりと膝をついた。

「そんな……」

「これが最後の一撃よ」

ダニエラが得意げに笑いながら、パズズに向かって杖《つえ》を向ける。三日月の先端に付けられた『魔力核』から膨大な魔力が迸《ほとばし》っている。すでに次の魔術は完成している。あの大魔術を使った後でさらに高威力の魔術を使うのか？

「神罰・執行・終末が如《ごと》く！　『無限の神聖槍《セイクリッド・スピアーズ》』！」

呪文を唱えた瞬間、ダニエラの杖《つえ》から巨大な光の刃《やいば》が伸びた。

「はっ！」

気合とともに振り下ろすと、光の刃《やいば》が分裂した、二つに分かれた刃《やいば》はさらに分裂を繰り返し、幾千、幾万にも光源を増やしていく。

気がつけば、パズズの周囲は光の壁で覆われていた。いや、無数の光の刃《やいば》が隙間なく包み込んでいるため、ラモーナには巨大な塔に包まれているように見えていた。

「切り裂け！」

ダニエラが杖《つえ》を振るった途端、光の刃《やいば》が一斉にパズズへ襲いかかった。何が起こっているかはラモーナからは見えないが、理解はできていた。光る刃《やいば》が雪崩となってパズズを包み込み、全方位から切り裂いているのだ。光の向こうから長い悲鳴が聞こえた。

それは断末魔と呼ぶべきものだった。光の塔が消えると、パズズの姿はすでになく、黒い塵《ちり》が海風に流されて虚空《こくう》へと消えていくのが見えた。

「おーっほっほっほっほっほ！　ご覧なさい。これが未来の『裁定魔術師《アービトレーター》』ダニエラ・ベニントンの実力よ！」

力の抜けるような高笑いを聞きながら絶望的なうめき声が漏れる。ラモーナは己のうかつさを呪った。仮にも『裁定魔術師《アービトレーター》』の一族が、ただの無能なはずがなかったのだ。

ひとしきり高笑いを終えると、ダニエラが近づいてくる。逃げなければ、と意識が命じても体は反応しない。切り札も失い、気力と体力を奪われてしまった。復讐《ふくしゅう》への怒りも気力も失い、残ったのは根源的な生存本能だけだった。生きられるなら何でもする。泣いてすがる。体だって任せる。だから命だけは助けてほしい。死にたくない。

どうにかしなければ、と考えあぐねている間に、ダニエラはもう目の前に来ていた。

「ラモーナ・ファルコナー」

全身が震える。己の名前がまるで死刑宣告のように聞こえた。

「謝りなさい」

「は？」

「あなたが殺した『セカンド』と……あの子によ」

そこで、ずぶ濡《ぬ》れの死骸へ痛ましい目を向ける。

「リネットが言っていたわ。あの子、あなたの娘なんでしょう」

拳を震わせる。

「どうして、どうしてこんなひどいこと……」

「ち、違うのよ！」

ラモーナは赤子のように首を何度も左右に振る。

「あの子は、ペイシェンスは魔術師じゃないの……『魔力なし《マギレス》』なのよ！」

前の夫との間に生まれた子は、魔術師としての才能を何一つ持たなかった。

あの子のせいで、夫は冷たくなった。不貞を疑われ、暴力も受けた。娘が夫譲りの黒髪に琥《こ》珀《はく》色《いろ》の瞳を受け継いでいても、納得しなかった。魔術師同士からも『魔力なし《マギレス》』は生まれる。過去の文献や記録を探し出し、何十例と突きつけても説得できなかった。とうとう娘ともども婚家を追い出された。足手まといの娘を抱えて、『魔力なし《マギレス》』の中で生活しなくてはならない。それがどれだけ苦痛だったか。それでも捨てもせず、養子にも出さず育て続けた。いつか、前の夫が迎えに来ると信じて。けれど、何年たっても迎えは来なかった。出した手紙も返事はなく、無為に時間だけが過ぎていった。おまけにあの子はあの子で、『魔力なし《マギレス》』としても普通ではなかった。奇妙な言葉遣いに、勲章と称して落ち葉や布の端切《はぎ》れを胸に着けたがった。もう十二歳なのに、言動も幼いまま。ラモーナが同じ年の頃には、魔術師としても一人前に近かったというのに。

素晴らしい男性と出会い、ようやく前の夫を忘れて幸せをつかめると思っていたのに。またあの子のせいで、私の幸せが台無しになる。あの子が存在する限り、幸せにはなれない。ケタケタとあざ笑う。あれは、ラモーナの娘ではない。不幸を呼ぶ魔女なのだ。

「だから殺したの？」

正統性を訴えたはずなのに、ダニエラの視線はさらに冷え込んでいく。

「だって、仕方ないじゃない」

あの子がいる限り、幸せになれなかったのだ。

「自分のことばかりなのね」

「だって……」

「いい加減にしなさい！」

ダニエラがたまりかねた様子で叫んだ。

「だってだってと、まるでだだっ子じゃない。どこまで子供なのよ！」

「……子供も産んだことないのに偉そうに」

「産んだことあるならどうして、もっと子供の幸せを考えられなかったのよ！」

年下の娘に叱られて黙り込む。みじめだけれど、反論したくてもまた怒鳴られそうなので口を閉ざすしかない。

「愛せないからって……あなたは最悪の方法を選んだ。信頼できる人に預けるとか、ほかの方法だってあったはずなのに。親なんでしょう！　どうして……」

最後まで言い切ることなく、ダニエラは涙ぐむ。血の気が差した頰から透明な雫《しずく》が零《こぼ》れ落ちて地面に落ちる。訳が分からなかった。娘の死に同情しているらしい。話したこともない相手によくそこまで泣けるものだと半ば感心したくらいだ。

ラモーナにだって言い分はある。生まれたときは嬉《うれ》しかった。この子のために何でもできる。いい母親になろうとした。頑張った。

けれど、あの子が『魔力なし《マギレス》』として生まれたばかりに、夫には見捨てられ、追い出された。

会話すらしていないあの子を憐《あわ》れむのなら、ラモーナにだって同情してくれてもいいではないか。

「罪を償いなさい。あなたの人生を懸けて……」

やっと説教が終わったかと思ったが、安堵《あんど》はできなかった。待っているのは、『ユースティティアの天秤《てんびん》』による裁きだ。たとえ『魔力なし《マギレス》』であっても我が子を殺したのだ。死刑にはならないとしても、地獄の責め苦を味わうのだろう。ああ、イヤだ。誰か助けて欲しい。

「お待ちください」

リネットの声がした。振り返ると、死体の側《そば》でしゃがみ込んでいる。検死をしているらしい。生き返るわけでもないのにご苦労な話だ。今更何の用だと身構えていると、予想外の事実を口にした。

「この死体は、『サード』……ラモーナ様のお嬢様ではありません」

ラモーナは空気の抜けたような声を出した。何を言っているのだろう。ペイシェンスを殺して、死体を海に捨てたのは間違いない。

「人違い、ということか？　それとも、そこの女がまだ誰か殺していたのか？」

マンフレッドのつぶやきに首を横に振る。やってもいない罪を着せられてたまるものか。

「いえ」

と、リネットが持ち上げたのは、長い黒髪の束だ。鬘《かつら》か。

続けて死体の口に指をかけ、鼻を近づけている。臭いを嗅いでいるようだ。

「腐敗や血液とも違う臭いがします。これは、死病かと」

まさか。ペイシェンスはここ数年、風邪一つ引いていないというのに。

リネットはそれから服の下に手を突っ込み、医者のように触診をする。

「……重症だったようです。おそらく、殺されなくとも長くは生きられなかったかと」

ラモーナは這《は》うようにして死体へと近づく。そんなはずはない。ペイシェンスは健康そのものだ。すぐに死ぬというのなら何のため手を汚したというのか。

「どいて！」

這《は》いずりながら近寄ると、リネットを押しのけるようにして死体の顔を覗《のぞ》き込む。

「……誰？」

同じような年頃の娘ではあるが、全く似ていない。顔色は悪いし短く切ったであろう髪の毛も栗色《くりいろ》がかっている。何より、瞳孔の開いた瞳は青色だ。明らかにペイシェンスとは別人だ。

「どういうことなの？」

ラモーナは思考の渦にのまれ、その場に膝をつく。確かに、殺したはずだ。いくら憎くても娘を見間違うなどあり得ない。誰かが死体をすり替えた？　けれど、毛布の上から滅多刺しにしている時にも反応はあった。あれは生きている人間のものだ。では己が殺し、荷車で海に捨てたのは誰なのか？　本物のペイシェンスはどこへ消えたのか？　どうしてこうなったの？　何もかも想定外だらけだ。わたしはただ、あの人の言う通りにしただけなのに。

「あれ？」

そこでラモーナは違和感を覚えた。あの人とは誰だ？　おかしい。思い出せない。ペイシェンスを殺そうとした少し前に、誰かが訪問してきた。会話もした。プレゼントももらったはずだ。……そうだ、この指輪はその人からもらったものだ。それなのに、名前どころか顔も声も思い出せないのだろうか？　そりゃ当然だよ、だってボクが君の記憶を消したんだから。

「え？」

今、頭の中に己とは別の声がした。今のは……思い出さなくていいよ。どうせすぐに何もかも考えられなくなる。

「誰、誰なのよ！　出てきなさい！」

ラモーナは訳も分からずに叫んだ。

「どうした、何があった？」

「誰かいるの？」

マンフレッドやダニエラが困惑している。表情こそ変わらないが、リネットも事態をつかみかねているようだ。彼らの仕業ではないのだとしたら一体、何者……かって？　悪いけれど君に話す名前はないんだ。

「あ、ああっ！　ああっ！」

ラモーナは頭を掻《か》きむしりながら地面に頭を叩《たた》きつける。気分が悪い。頭の中がかゆくって仕方がない。直接蚊に刺されたかのようだ。

「ちょっと、止《や》めなさい！」

「愚か者が！」

次の瞬間、蛍光色のロープがラモーナの全身を雁字《がんじ》搦《がら》めにする。ダニエラとマンフレッドが同時に『捕縛《バインド》』の魔術を唱えたのだ。手足を縛られた上に、魔術と自害を防ぐために口の中まで猿ぐつわをかまされている。

動けなくなってもラモーナはうめき声を上げ続ける。脳内のかゆみはさらに増して、このままでは正気を失うかも……というより、とっくの昔に、だけどね。

そこでラモーナは気づいた。誰かが頭の中で話しかけているのではない。誰かに頭の中を乗っ取られ……ているのとは少し違うな。正確に言えば、君は君でなくなりつつある。君が着けている指輪のせいでね。キレイな琥珀《こはく》だろう。それには『精神破壊《マインド・ブラスト》』が仕込んである。君が思い出した時に発動するようにね。君の自我が消滅しつつある反動で、魔術の残留思念が侵食を始めたんだ。

ほら、頭の中が真っ白になっていくだろう。怒りにも憎しみにも支配されなくていい。すぐに終わるよ。君は自由だ。もう何も思い悩まなくて済む。礼ならいらないよ。君には世話になったからね、せめてものお礼さ。

何を、したの？　私に、どうして……。

ラモーナは薄れゆく自我の中で心の中に呼びかける。

理由は簡単だよ。君の口から色々喋《しゃべ》られると困るからね。あの子のことなら心配しなくていいよ。あの子の人生は有意義に使わせてもらう。君に殺されちゃうなんて勿体《もったい》ないからね。あの子も怒るよ。『何故《なぜ》、私を生み出したの？』ってね。

「……」

そろそろ限界かな。なかなか楽しかったよ。

それでは、永遠にさよなら。『黒魔術師《ウオーロック》』より愛をこめて。

幕間《まくあい》・三

夕暮れになり、マンフレッドはリネットとともに再びラモーナ・ファルコナーの屋敷《やしき》へ戻って来た。

「ただいま戻りました」

リネットが声をかけると、玄関の前でうずくまっていたダニエラが顔を上げた。眠っていたらしい。目をこすると、小走りで駆け寄って来る。

「どうだった？」

ラモーナ・ファルコナーは、目を覚ました後、仰向けに寝転がって泣き喚《わめ》いた。全ての記憶が失われ、精神のみが赤子に戻っていたのだ。これでは裁定もできない。かといって放置するわけにもいかず、魔術師専門の治療院に預けてきたのだ。

「治療魔術師《ヒーラー》のお話では、体の方は問題ございません。ただ精神の方は絶望的だろうと」

「『精神破壊《マインド・ブラスト》』……」

ダニエラのつぶやきには怒りと困惑が見て取れた。『精神破壊《マインド・ブラスト》』は『始祖』が使用を禁止した……禁忌とされている魔術だ。幽霊や精霊のような肉体を持たない存在には有効だが、人間に使用すれば、魂を打ち砕き、記憶を全て消去する。

「間違いなく『黒魔術師《ウォーロック》』の仕業だな」

マンフレッドが苛立《いらだ》ち交じりにつぶやくと、リネットが静かに顔を寄せる。

「あの男の仕業でしょうか？」

「かもしれん」マンフレッドは投げやりな口調で言った。「今度も取り逃がしたようだがな」

尻尾をつかむどころか、陰が見え隠れしただけだ。

「まだ手がかりは残されています」

リネットが励ますように言った。

「あの死体が偽物《にせもの》である以上、本物のペイシェンス様は『黒魔術師《ウォーロック》』と同行しているとみて間違いございません」

「そうか！」

ラモーナの反応から察するに、死体を偽装したのも『黒魔術師《ウォーロック》』だろう。手間をかけて『魔《マ》力なし《ギレス》』の娘を誘拐したのだ。何か利用価値があるに違いない。

「ラモーナ様の前の夫を調べれば何か分かるかもしれません」

母親からは話が聞けなくても、父親からならペイシェンスについて何か話が聞けるかもしれない。あるいは、娘は囮《おとり》で『黒魔術師《ウォーロック》』の本命は父親の方、という線もある。

「戻り次第『同盟』に問い合わせてみます」

魔術師同士の婚姻についても把握しているはずだ。

「あとは……」

「この屋敷《やしき》の中ならもう調べたわよ」

ダニエラが杖《つえ》で後ろの屋敷《やしき》を指し示す。

「そうしたら、こんなの見つけたんだけど」

背中から取り出したのは、小さな日記帳だ。

「二階の空き部屋で見つけたの。ペイシェンスって子の日記」

「でかしたぞ、従姉妹殿《いとこどの》」

マンフレッドは歓喜の声を上げる。

リネットが受け取ろうとするとダニエラがひょい、と日記帳を背中に隠した。

「そろそろ話してもらうわよ」

もう片方の手で杖《つえ》を握り締めながら言った。

「フレデリックは、どうしたの？」

「……」

「答えなさい。話してくれるまで帰らないし、この日記帳も渡さない」

返答次第では、一戦も辞さない覚悟のようだ。ダニエラの純粋で直情的な性格は嫌いではない。ただ、彼女を巻き込んでしまうことには抵抗を感じている。少なくともフレデリックはそれを望むまい。

どうしたものかと悩んでいると、リネットが言った。

「わたくしは、お話しすべきかと思います」

予想外の提案にマンフレッドは不意をつかれた気がした。

「いいのか？」

「ダニエラ様は信用のおける方です。お味方は多い方がよろしいかと」

「頼りになるかどうかは別問題だがな」

それに、とリネットが耳打ちする。

「なるほど。そういうことか」

マンフレッドは合点《がてん》がいった。ならば手伝ってもらう方がよさそうだ。

「お前が信じているのは、フレデリックだけかと思っていたがな」

「……わたくしは、レポフスキー家の侍女です」

都合が悪くなると、己の職分を持ち出す。成長しない娘だ。

「よかろう」

どのみち、ダニエラには知る権利がある。

「立ち話もなんだ。そこの屋敷《やしき》で話そうか」

幸いにも無人の屋敷《やしき》がそこにある。魔術的な防御も一通りしてあるようだ。余人に聞かれる心配はない。

もう一度、台所へ戻る。

リネットがダニエラへ茶を煎れる。白いティーカップから湯気が立ち上る。紅茶のようだ。

鴉《からす》の身ではあまり匂いを感じられない。

「これ、飲んでいいの？」

「毒や薬は入れておりません」

「そうじゃなくって」

ダニエラは何度も首を左右に動かす。

「これ泥棒じゃないの？」

「どうせ二度と戻っては来られないのだ。放っておいても茶葉が腐るだけだ」

「お気が咎《とが》めるようでしたら、お茶代でも置いておけばよろしいかと」

マンフレッドとリネットの主従に諭されてもなお納得しかねるような顔でダニエラは金貨をテーブルの上に置いた。

安茶に金貨を出すあたりが、従姉妹殿《いとこどの》の従姉妹殿《いとこどの》たる所以《ゆえん》だろう。

「正直に話してちょうだい。フレデリックは生きているの？」

少しためらってからマンフレッドは言った。

「結論から言えば、フレデリックは死んではいない。ただ生きているとも言えぬ」

「回りくどいのは嫌いなんだけど」

「小生《しょうせい》もだ。しかし、いささか事情が込み入っていてな」

マンフレッドは咳払《せきばら》いをしてから言った。

「少し長い話になる」

第零幕　裁定魔術師《アービトレーター》のミッシング・リンク

――まずは小生《しょうせい》の話をしよう。従姉妹殿《いとこどの》に話すのは初めてだからな。

見ての通り、小生《しょうせい》は鴉《からす》として生まれた。最初の記憶は、強烈な痛みと、巨大な樹《き》だ。青々と生い茂った草むらの中でもだえながら、巨大な樹《き》を見上げていた。はるか頭上にある太い枝の根元には、巣があり、その中から黒い塊が時折顔を覗《のぞ》かせて儚《はかな》げな声を上げていた。

今なら分かるが、小生《しょうせい》は巣から落ちたのだ。寝ぼけて転げ落ちたのか、兄弟たちに落とされたのか、定《さだ》かではない。確実なのは、元の巣には戻れぬという現実だった。翼は小さく、自ら餌を取る器量もない。

日が暮れ始めた頃、親鴉《おやがらす》が戻ってきたが、助けには来なかった。ただ、兄弟たちにいずこから取って来たイナゴやセミをくれてやるばかりだ。我が子の声に気づいていたはずなのに。あるいは近隣をうろついていた山犬が恐ろしかったのやもしれぬ。

腹も減って気力も尽きてきた頃、草むらの中から細長いものが這《は》い出て来た。蛇だ。

今なら嘴《くちばし》で一突きにしてやるところだが、雛《ひな》の身ではそれも叶《かな》わぬ。飛ぶことも叶《かな》わぬ体で必死に抵抗するが、嚙《か》みつかれ、血を流し、痛みに泣き喚《わめ》くばかりだ。

もはやこれまでか、と幼いながらも死の恐怖に怯《おび》えていたところに、蛇の近くに石が飛んできた。石は一つ、二つと続けざまに飛んできた。蛇は異変を察知して、草むらの中へ消えていった。何事かと思う間もなく、地響きとともに黒い影が小生《しょうせい》に覆いかぶさった。黒い影は腕を伸ばし、小生《しょうせい》の体を手のひらで包み込むようにして拾い上げた。

「もう、大丈夫だからね、鳥さん」

そやつは微笑《ほほえ》みかけた。

それがリネットとの初めての出会いだ。まだ七つか八つ……ああ、七歳の頃か。

そこへ駆け寄って来たのは同じ年頃の小僧だ。茶色い髪と目をした、優しげな顔立ちをしていたな。

そう、フレデリックだ。

小生《しょうせい》の養父にして、レポフスキー家当主の末息子よ。あの頃は十歳くらいか。

「いきなり、走るから何かと思った。それは鳥の雛《ひな》？」

「上から落ちて来たみたいです」

と、リネットは木の上を指さす。

「まだ小さいな。飛ぶ練習をしていたわけではなさそうだね」

「この子を助けるわけには参りませんでしょうか？」

フレデリックは困ったような顔をした。

「野生の雛《ひな》に人が手出しすると、親鳥が育てるのを止《や》めてしまうからね」

「ですが、ケガをしています。このままではこの子は死んでしまいます」

拙いながらもリネットは必死の面持ちで説得した。

しばし迷った後でフレデリックは言った。

「仕方がない。連れて帰ろう」


こうして小生《しょうせい》はレポフスキー家の住人となった。

小生《しょうせい》はフレデリックの部屋で飼われるようになった。最初は布を敷きつけた箱の中で、長ずるにつれて飛べるようになると鳥籠の中に押し込められるようになった。

精神も肉体も成長するにつれて、周囲の環境や事情も色々と見えてきた。

小生《しょうせい》を拾ったリネットは、レポフスキー家の使用人だ。

両親は、レポフスキー家から二つ山を越えた小さな町で商いをしていた。ところが、魔術師によって二人とも殺された。魔術の実験台にされたらしい。

そうだったな？

……返事もなしか。まあいい。話の続きだ。

その魔術師の罪を裁いたのが『裁定魔術師《アービトレーター》』であるエマニュエル・レポフスキー。レポフスキー家の当主にして、フレデリックの実の父親だ。

行く当てのなかったリネットを拾い、屋敷《やしき》の使用人として雇うことにした。慈悲ではないぞ。単純に労働力を求めての話だ。魔術も使えぬ『魔力なし《マギレス》』でも使い道はある。掃除や洗濯に魔力を消費するのはバカバカしい。薬草の水やりに使い走り、家畜の世話。雑務は山ほどあるからな。それに子供であれば、家具の裏や煙突の中のような狭い場所の掃除もさせられる。従姉《いと》妹殿《こどの》もご存じのように、レポフスキー家は当主のエマニュエルから使用人に至るまで全て魔術師至上主義だ。魔力の強さと魔術師としての技量が権力に比例する。レポフスキー家は後継者として強い魔術師を選び、跡を継がせてきた。その弊害だな。魔術師にあらずんば人にあらず。弱い魔術師は肩身の狭い思いをしていた。その憤《いきどお》りと憂《う》さ晴《ば》らしは使用人にぶつけられる。使用人には『魔力なし《マギレス》』もいたが、それでも平等というわけでもない。使用人は家全体の仕事のほかに、家人の誰に仕えるかを割り振られる。最高位は当主のエマニュエルであり、そこから下に続く。主人の権威は、使用人の権威だ。

翻《ひるがえ》って、そこの小娘は一番年下で何の後ろ盾もない。いわば最下層だ。使用人同士からも見下され、けなされ、迫害されてきた。失敗を押し付けられ、食事も抜かれ、折檻《せっかん》という名の虐待も受けていた。よく服の下に青あざを作っていたものだな。

……従姉妹殿《いとこどの》。いちいち同情されると話が進まぬ。少し静かにしていてくれ。

哀れな小娘に唯一、好意を向けていたのがフレデリックだ。小娘が屋敷《やしき》に連れてこられた日から陰日向《かげひなた》となり、己の親戚や兄弟、あるいは使用人の暴力と虐待から守ってきた。己付きの使用人にしたのもその手立ての一つだろう。

そんなフレデリックは小娘と一緒になって、よく小生《しょうせい》に食べさせていた。

小生《しょうせい》にマンフレッドの名前を与え、使い魔として育てることにした。小生《しょうせい》の隠れた才能に気づいたらしい。

時折、魔力を持って生まれてくる生物がいる。だが、全て一律というわけではない。『器』というものがある。『器』は天性のものだ。生まれ持った素質以上に『器』は大きくならない。小娘のように生まれつき魔力を持たぬ者は、一生そのままだ。そして小生《しょうせい》の『器』は、大魔術師すら凌駕《りょうが》するものだった。鴉《からす》の雛《ひな》でありながら、人間のような知性を有するほどにな。

フレデリック自身、魔力の『器』はさほどではなかった。並の魔術師程度だろう。なれば、小生《しょうせい》の力は何かの役に立つと考えたようだ。

小生《しょうせい》も長じるにつれて飛べるようになり、狩りもできるようになった。すぐに言葉も覚えたし喋《しゃべ》れるようにもなったが、あえてフレデリック以外には話さなかった。何も知らぬ鴉《からす》でいた方が何かと都合が良かったのでな。

その代わりに鴉《からす》らしく屋敷《やしき》の中を飛び回り、きらきら光るものを見つけては鳥籠の中に色々と拝借していた。鴉《からす》の本能だな。宝石や金細工はともかく、銀食器に陶器にガラス細工など、屋敷《やしき》の中に光り物は事欠かなかった。ほかにもネズミを追い回して、絵画や絨毯《じゅうたん》に爪痕を付けたこともあったな。

それでよくそこの小娘にも怒られたな。

腰に手を当てて小生《しょうせい》をにらみながら居丈高に説教していたな。『いい加減にしなさい、マンフレッド！』とな。

……謝罪など求めておらぬ。それに謝るのは小生《しょうせい》の方だ。小生《しょうせい》のイタズラで、お前やフレデリックまでとばっちりで叱られていたのは知っている。

……フレデリックときたら、小生《しょうせい》のせいで叱られても平気な顔で甲斐甲斐《かいがい》しく練り餌を口に突っ込んできたな。思えば、寂しかったのだろう。母とは幼くして死に別れ、父は忙しくてろくに構ってくれぬ。ほかの兄弟たちとは親子ほどにも年齢が離れすぎている上に母親も違う。遊び相手どころか、毛嫌いされる始末だ。友達が欲しかったのかもしれぬな。

そういえば、従姉妹殿《いとこどの》と初めて出会ったのもこの頃か。フレデリックと年が近いせいか、よく遊びに来ていたものだ。お兄様と呼んで随分慕っていたな。

あの頃、従姉妹殿《いとこどの》はよく犬を連れてきていたな。

その犬が死んだのは……忘れるはずがない、か。そうであろう。小生《しょうせい》にとっても思い出深い事件だ。

なにせ小生《しょうせい》が犯人にされかけたのだからな。

従姉妹殿《いとこどの》がレポフスキー家に犬を連れてきたのが朝方、それまでフレデリックの後をついて遊びまわり、昼頃になって使用人が呼びに来て、死んでいるのが見つかった。死体には嘔吐《おうと》した痕もあり、何か毒を盛られたようだった。

嘔吐物《おうとぶつ》の中には毒薬の錠剤とその入れ物、そして小生《しょうせい》の羽根が落ちていた。毒薬は屋敷《やしき》の中で生成されたものだ。毒も転じれば薬になる。当主のエマニュエルまで駆けつけて大騒ぎになった。

「マンフレッドのせいか」

その頃にはすでに光り物集めには飽きていたが、人の記憶には残っている。たまに見当違いのものを拾ってはその場に捨てておいたので、屋敷《やしき》の皆が光り物集めを覚えていた。それで小生《しょうせい》が疑われたのだ。

皆が小生《しょうせい》をいかに殺そうかと話し出した時、フレデリックが反論した。

「違います。マンフレッドは犯人ではありません」

「己のペットだからか？」

エマニュエルの問いかけに理路整然と所見を述べる。

「あの部屋は閉め切っていました。マンフレッドの入れる隙間なんてありません。それに、あの毒は神経毒です。このような症状は起きません」

「では、何故《なぜ》犬は死んだ？」

「おそらくこれです」

と、吐瀉物《としゃぶつ》の中から取り出したのは、果物の皮の切れ端だ。

「ブドウか？」

「人間には美味でも、犬には猛毒なのです。犯人はそれを知らなかったのでしょう。誰があの子に餌をあげたか、調べればすぐに分かります」

フレデリックの言う通り、犯人はすぐに分かった。

レポフスキー家の使用人だ。名前は忘れたが、確かあの頃は十四、五歳だったか。出来の悪い子供で、執事をはじめほかの使用人からよく叱られていた。その憂《う》さを晴らすためによくリネットも殴られていたな。

分家のお嬢様である従姉妹殿《いとこどの》の犬を可愛《かわい》がれば、己の待遇が少しでもよくなるかと思ったらしい。甲斐甲斐《かいがい》しく世話をして、ご馳走《ちそう》でも喰《く》わせてやろうと、果物を喰《く》わせた。その中にブドウが入っていたのだ。犬はすぐに吐き戻し、倒れ、死んだ。

阿呆《あほう》は焦《あせ》り、慄《おのの》き、何とか罪を誤魔化そうと悪知恵を巡らせた。そこで小生《しょうせい》を犯鳥に仕立て上げようと、調合室から薬を盗み出し、小生《しょうせい》の抜けた羽根を死骸の側《そば》に置いた。

その使用人は罰として屋敷《やしき》を追放された。従姉妹殿《いとこどの》はお優しいからな。火刑に処するのがお好みではなかったか。皮肉ではないぞ。

ここまでは従姉妹殿《いとこどの》もご存じだろう。だが、この話には裏がある。

犯人を見つけ出した真《まこと》の切れ者は、そこの小娘だ。一目見て真相に気づき、フレデリックにあらましを説明したのだ。フレデリックが真相に気づいたかのように見せるために。

「……わたくしの言葉では、聞き届けてはいただけなかったでしょう」

その時もそのようなことを申していたな。

小娘はたまたまだと申しておったが、小生《しょうせい》とフレデリックだけは気づいていた。リネットには真実を見抜く目がある、と。

フレデリックが十三歳になると、何度か父の供で『裁定魔術師《アービトレーター》』の仕事に同行するようになった。

「夫が戻って来ると、妻が屋敷《やしき》の地下室で氷漬けにされていたんだ。まるで氷の棺《ひつぎ》に閉じ込められたみたいに。しかも弟子が別の部屋で地下室の鍵を握ったまま死んでいた。でも夫は『自分は殺していない』というんだ」

そして戻って来ると、小娘に旅の話を聞かせてやった。その中には事件の話もあった。フレデリック本人が体験したものだけではなく、エマニュエルやほかの者から聞かされたものも含まれていた。小生《しょうせい》も鳥籠の中でフレデリックが楽しそうに話すのを見て、呆《あき》れたものだ。

「氷漬けにされたのは間違いなく、妻だ。動機もある。不義を働いた妻と、裏切った一番弟子を処刑するという動機が。捜査を続ける間に、今度は夫の方が殺されたんだ」

殺人事件の話ではなくもう少し色気のある話ができなかったものか。

「犯人は……」

「奥様でございましょう」

何度か話を聞く間に、小娘は事件の犯人を言い当てるようになった。フレデリックが正解を出す前にだ。

「どうしてそう思ったんだい？」

「氷漬けにされていたと伺いましたが『亡《な》くなられた』とは一言も仰《おつしや》られませんでした。伺った動機を翻《ひるがえ》せば、奥様にも当てはまります。愛情の冷めた夫と、煩わしくなった不義の相手をまとめて始末する動機が」

「……」

「おそらく部屋に内側から鍵をかけ、ご自分に魔法を掛けて、周囲を氷漬けにする。部屋の鍵を弟子の方が持っていたのは、工作でしょう。ご自分が弟子の方より先に凍らされたと思い込ませたかったのではないかと」

「……正解だよ」

フレデリックの間抜け面《づら》ときたら見ていられなかったな。

「それで妻は……」

「二番弟子の方とご一緒のところをご当主様に裁かれた、というところでしょうか」

一番弟子がいるならば二番弟子がいるのは当然だ。一番弟子殺しにアリバイを作り、今度は夫殺しに関してのアリバイを確保する。

　邪魔者二人を始末するための、計画的犯行というわけだ。

「すごいよ、リネット。やっぱり君は天才だ」

　フレデリックは興奮した様子で褒めたたえた。

「もし僕が『裁定魔術師《アービトレーター》』になったら、その時は君にも手伝ってほしい」

　フレデリックからすれば、小娘の地位向上と身の安全を確保する一挙両得の手段だ。

　だがリネットはやんわりと否定する。

「滅相もないことでございます。所詮は浅知恵。謎かけのようには参りません」

　現実はクイズと違い、正解は用意されていない。混沌《こんとん》とした事象から真実を導き出すのは容易ではない。犯人は罪を逃れようとあの手この手を使ってくる。まして相手は悪辣な魔術師だ。時として想像を超えた手法を編み出す。

「魔術も使えぬわたくしでは足手まといになるだけかと」

「知恵と知識は違うよ」

　フレデリックは諭すように言った。

「魔術が使えなくても、犯人の思考《トリック》は見抜ける。『裁定魔術師《アービトレーター》』は審判者だ。事件を捜査して真実を導き出す。そして罪に応じた罰……裁定を下すのが使命だ。君の知恵は、必ず武器になる。偽りの魔術《トリック》を理論立てて見抜く知性……論理《ロジック》もまた魔術《マジック》だ」

リネットはわずかに目を見開き、感じ入ったようだった。

「それに、『ユースティティアの天秤《てんびん》』もあるからね。あれが傾けば、どんな魔術師だってイチコロだよ」

小生《しょうせい》はため息交じりに嘀《な》いたものだ。結局は『天秤《てんびん》』頼みかと。しっかりしろ、と尻を叩《たた》くためにフレデリックの頭を軽くつついてやったら、小娘が慌てて止めに入ったな。

「いい加減にしなさい、マンフレッド！」

思えばこの頃が一番、我々にとって幸せな時期であったな。

だが、時は無情にも過ぎていく。誰しも同じままではいられぬ。尻の青い小僧も男になる。少女も娘になる。そして大人は老いて死へと近づいていく。


昨年の夏頃から、エマニュエルの病が悪化した。荒い息を吐き、一日中ベッドの中で過ごすようになり、起きるのも苦労するようになった。魔術でも治らぬ、死の病だ。

周囲もエマニュエル本人も、次の『裁定魔術師《アービトレーター》』を決める時が来たのだと悟った。

ほかの家では、何年も前から後継者を指名し、育成に取り組んできた。だが、レポフスキー家では、エマニュエルが「いずれ分かる」と口を閉ざしたまま何も話さなかった。

エマニュエルには子供が五人いた。男が三人と女が二人。後継者に性別は関係ないが、うち

長女は分家のベニントン家に嫁いだので除外。長男はすでに他界している。

それに候補者は子供だけではない。レポフスキー家は血縁ではなく実力が重視される。弟子もまた候補に含まれる。過去には弟子が跡を継いだ例もある。

有力と目されていた候補者は三名。

次男にしてフレデリックの兄・チャーリー。

弟子の中で最優秀のジェンナ。

そして分家のハリス家当主であるフランキー・ハリス。

三人とも魔術師としての実力は申し分ない。何度も事件に同行し、犯人の逮捕と処罰に貢献していた。

この中から誰が選ばれるのだと、屋敷《やしき》中の噂《うわさ》になっていた。賭けも行われていたな。

使用人たちは皆戦々恐々としておった。

後継者となれば、それまでの立場が入れ替わる。誰に付くかで己の今後が決まるのだ。今日の執事が明日の小間使いになるやもしれぬ。

何とか聞き出そうと、一族や弟子たちは日替わりで病床のエマニュエルに通い詰めていた。

なんとも浅ましい。

屋敷《やしき》の中で平然としていたのは、リネットとフレデリック、そして小生《しょうせい》だけだったな。

一族の喧騒《けんそう》をよそに、よくフレデリックの部屋で茶を喫していたものだ。この時、フレデリックは二十歳になっていた。成人を迎えて久しいが、一族の中でも軽んじられていた。後継者候補どころか、最初から相手にされていなかったというべきだな。だからこそ、平穏な時を過ごせていたのだから、皮肉な話だ。

「君は、誰が次の『裁定魔術師《アービトレーター》』になると思う？」

「わたくしにはご当主様のお心は測りかねます」

リネットは口にするのもおこがましいと言いたげに、首を振るばかりだ。

「ですが、相応《ふさわ》しい方ということでしたら、フレデリック様です」

「……ありがとう」

そこでフレデリックは意を決したようにリネットの手を取る。

「もし、兄さんか誰かが継いだら僕はこの家を追い出されるだろう」

フレデリック自身の魔力は強くない。代理や補佐としても力不足だ。それに有力候補者ら三人とも仲は良くなかった。特に兄との仲は険悪だ。いや、兄のチャーリーが一方的に弟を嫌っていたのだ。無力なフレデリックはレポフスキー家に相応《ふさわ》しくない、とな。

「その時は、僕についてきてほしい」

その言葉が何を意味するかは明らかだった。

リネットが何か言いかけた時、扉が激しく叩《たた》かれた。

あの日、一族や弟子、使用人と屋敷《やしき》中の者たち全てが大広間に集められた。

エマニュエルが当主専用の席に座り、その前に一族と弟子たち、そして使用人たちがひざまずいていた。小生《しょうせい》は二階の手すりに留まって高みの見物だ。

「ワシはもう長くない。その前に次の『裁定魔術師《アービトレーター》』を指名する」

エマニュエルが宣言すると、誰かの喉が鳴る音がした。枯れ木のようにやせ細った指が震えながら静かに動き、ぴたりと止まった。


「フレデリック、お前だ」


屋敷《やしき》の者たちが予想しなかった結末だ。一斉にどよめいた。その場に崩れ落ちる者もいれば、早くもフレデリックの寵《ちょう》を得ようと媚《こび》を売る者もいた。

「納得がいきません！」

ざわめきを打ち破るように食ってかかったのは、次男のチャーリーだ。

「何故《なぜ》、こいつが後継者なのですか。才能がありません。魔力が低すぎます」

弟子のジェンナもそれに追従する。

「恐れながら御師様《おしさま》。此度《こたび》のご採択は周囲の賛同を得られるものではありません。フレデリック様は英邁《えいまい》の質《たち》なれど、経験も魔力もまだ途上のお方。時期尚早ではありませぬか？」

言葉を取り繕ってはいるが、中身は同じだ。未熟者のフレデリックは、『裁定魔術師《アービトレーター》』に相応《ふさわ》しくない。

「末っ子可愛《かわい》さにご判断を誤られたご様子。今すぐ撤回していただければ、我ら一同、聞かなかったことにしてもいい」

フランキーは無礼かつ直截的《ちょくせつてき》だった。分家に納まってはいるが過去には、若くしてエマニュエルとの後継者争いを繰り広げ、敗れた男だ。雪辱を果たす機会を逃すはずがない。

「黙れ」

腹の底から冷えるような声が大広間を駆け抜けた。

「お前たちの納得など必要ない。フレデリックはワシの目の前で十分資質を発揮した。経験や魔力の多寡だけが『裁定魔術師《アービトレーター》』の実力ではない」

エマニュエルににらまれ、黙り込む。

「権力欲しさに当主の座を狙う者など論外だ。お前たちは『裁定魔術師《アービトレーター》』の本質を何一つ理解していない。できなかった。知ろうともしなかった。フレデリック以外は誰もかもだ！」

声を荒らげ、我が子や弟子や一族の者たちを指さしていく。失格の烙印《らくいん》を押すかのように。

「本質とはなんだ。魔術師としての能力以外に何があるというのだ？」

フランキーが挑発するように問いかけた。

エマニュエルは厳かに告げる。

「論理と覚悟だ」

その時の光景は滑稽であったぞ。フレデリック以外、みな雛鳥《ひなどり》のように首をかしげて呆《ほう》けていたのだからな。エマニュエルの判断が正しかったと証明されたようなものだ。いや、真剣に聞き入っていたのがもう一人いたな、そこの小娘だ。

「論理にて真実を照らし、法に基づいて判決を定め、刑を執行する。言葉にすれば容易《たやす》いが、その責任は決して軽くはない」

判断材料になるのは、事実から導き出す証拠だ。物差しが間違っていれば、真相にはたどり着けず、判決も誤る。無実の者を裁けば『裁定魔術師《アービトレーター》』の権威を失墜させ、ひいては魔術師社会そのものを崩壊させてしまう。その覚悟があるのか、と問うているのだ。

「お前たちが見ているのは、刑の執行。実力行使だけだ」

「実力主義のレポフスキー家当主の言葉とは思えませぬな」

フランキーが進み出る。実力行使に出るつもりだったのだろう。

「思い上がるな、小僧」

その瞬間、フランキーの体が宙に浮いた。悲鳴を上げる間もなく、天井に叩《たた》きつけられ、自然の法則より高速で床に落ちた。

魔術を構成するのではなく、魔力だけを叩《たた》きつけたのだ。言葉にすれば軽いが、空気の固まりのようなものだ。よほど圧縮しなければ、そよ風にすらならない。老いたとはいえ、さすがはレポフスキー家の当主か。

「今これより、レポフスキー家の当主……そして『裁定魔術師《アービトレーター》』はフレデリックだ。すでに『同盟』にも届けている。この決定は覆《くつがえ》らない」

一部の者たちには絶望的な響きがあったようだ。

乾いた音がした。拍手の音だ。

叩《たた》いているのは、リネットだ。

追随するように拍手は続き、大広間に響き渡った。

小娘は無言でフレデリックを見つめていた。

その後、フレデリックはただ一人、敷地《しきち》の離れにあるエマニュエルの別邸に呼ばれた。継承について話すためだ。小生《しょうせい》は使い魔としてフレデリックに同行を許された。窓際《まどぎわ》の縁で話を聞くことにした。

使用人が下がり、二人きりになると、フレデリックは改めて問いかけた。

「何故《なぜ》、僕だったのですか？」

「先程も言った通りだ。本質が見えているのはお前だけだった」

「ですが」

「言いたいことは分かる。魔術師としての力量の話だろう」

「はい……」

力なくうなだれる。繰り返すが、フレデリックは魔術師としては並かそれ以下だ。強力で凶悪な魔術師と対峙《たいじ》するには、魔力量が足りない。『ユースティティアの天秤《てんびん》』があれど、それだけでは乗り切れぬ事態も起こり得る。

「これから話すことは誰にも秘密だ。お前が次の後継者と定めた者以外には、話してはならない。いいな」

フレデリックは緊張した面持ちでうなずいた。

「レポフスキー家では代替わりの際、次の当主に魔力を引き渡す儀式がある」

「『裁定魔術師《アービトレーター》』としての実力を維持するため、ですか？」

大広間で一同に語ったように、『裁定魔術師《アービトレーター》』に必要なものは、論理と覚悟だ。だが、魔術師としての技量が必要なのもまた事実であろう。

「察しがいいな、その通りだ」

エマニュエルは愉快そうに笑い、引き出しから一枚の紙を取り出した。

「『継承紙』と呼んでいる。簡単に言えば、魔力引き渡しの契約書だ」

と、フレデリックに紙とペンを差し出す。

「こちらにお前の名前を書け。ワシの分はすでに書いている」

「魔力を引き渡せばどうなるのですか？」

「今日からワシも『魔力なし《マギレス》』の仲間入りだ」

これにはフレデリックも目を見開いた。

「よろしいのですか？」

「だからこそ、今日引き渡すことにした。渡さねば命もろとも消え去るだけだ」

エマニュエルの顔には悲壮な覚悟があった。己の生涯を支えた魔術を失うのだ。

論理と覚悟。身をもって証明したわけだ。

「言っておくが、受け継ぐには『器』が必要となる。『魔力なし《マギレス》』では、魔力を受け止めきれず、肉体も魂も崩壊する」

この時、フレデリックは気落ちしたような表情を見せた。何を考えていたかは見当がつく。

なあ、リネット。

……返事もなしか、無愛想《ぶあいそ》な娘だ。

「……ワシは叶《かな》わなかったがお前ならば必ずやってくれると信じている」

何の話かだと？　ムリもないか。当事者同士だと色々省略するので、端で聞いていると分かりづらいからな。

詳しくは後ほど話すが、エマニュエルが長年追い続けていた未解決事件だ。

犯人はまだ見つかっていない。エマニュエルが最後まで跡継ぎを決めなかった理由もおそらくそれだ。己の手で捕まえたかったのだろう。けれど、その前に寿命が尽きてしまった。口惜《くちお》しそうな顔で椅子の肘掛けをつかんでおった。

フレデリックは決然とうなずき、自身の名前をサインする。

すると『継承紙』が燃え上がり、黒い灰となって消え去った。

その途端、小生《しょうせい》はフレデリックの中に魔力が集まるのを感じた。今までの何倍、いや何十倍もあるだろう。レポフスキー家歴代当主の魔力がフレデリックに引き継がれたのだ。

そして、エマニュエルは椅子に座ることすらできない様子で、その場に崩れ落ちた。

「父上！」

駆けつけようとしたフレデリックもバランスを崩し、椅子から転げ落ちる。

「……ムリをするな。『継承』の反動だ。少しすれば、魔力も安定するだろう」

倒れてなお、己を助けようとする我が子を微笑《ほほえ》ましそうに見ていた。その顔には死の影が色濃く出ていた。

「……この儀式は人生で一度きりだ。多量の魔力を失えば、体への負担も大きい。……下手をすれば命も持っていかれる。お前も気をつけ、ろ」

父としての最後の慈悲であったか。

それから何度揺すってもエマニュエルは目覚めなかった。

次の日からフレデリックの周囲はにわかに騒がしくなった。

魔力とともにレポフスキー家当主の地位を受け継いだ。『裁定魔術師《アービトレーター》』フレデリック・レポフスキーの誕生というわけだ。引き継ぎや挨拶回り、来客の対応で、初日から大忙しだ。無論、小生《しょうせい》も同行したし、補佐として従姉妹殿《いとこどの》のお父上の手も借りたが、それでも追いつかない。

それまで出来の悪い末っ子として使用人からも軽んじられていたが、あの日以来、手のひらを返して平伏する。まるで道化芝居を見ているかのようだった。

騒がしくなったのは、それだけではない。伴侶の話だ。

親類縁者から他家に至るまで縁談が持ち込まれるようになった。無論、いずれも魔術師だ。血統は大きな要素だからな。魔力の強い者同士であれば、魔力の強い子が生まれる可能性は高くなる。

正妻だけではなく、愛妾《あいしょう》の申し出もあったな。

別に珍しい話ではない。獣とて強い雄に惹《ひ》かれるのは道理だ。生き残る確率が高くなるからな。エマニュエルとて晩年だけでも妻が三人、愛妾《あいしょう》は七人いた。いずれも別宅に住まわせていたが、フレデリックにもそのような生活を求めていたようだな。

もっともフレデリックは、その手の話を一切受け付けなかった。

意中の相手がいたからな。

誰か、など決まっているだろう。

そこの小娘だ。

……従姉妹殿《いとこどの》、声が大きい。何をそんなに慌てている。

もしや、気づいていなかったのか？

鴉《からす》の小生《しょうせい》から見ても丸わかりだったぞ。

このままでは周囲に押し切られるという不安もあったのだろう。フレデリックは決意して、裏山にリネットを呼び出した。ちょうど小生《しょうせい》を拾った辺りだ。小生《しょうせい》が落ちた巣も数年前の嵐で飛ばされて、跡形もなかった。親兄弟たちもいずこかへ消えたきりだ。

その巣があった辺りから小生《しょうせい》も見学させてもらった。フレデリックの様子がおかしいのは明らかだったからな。

奴《やつ》は照れながら小娘に求婚した。


……興奮するな、従姉妹殿《いとこどの》。猿ではないのだ。

「僕は君を愛している。君のいない人生は考えられない。これからも君と生涯を共にしたいと思っている。二人で一緒に幸せになろう」

まあ、なんとも凡庸な台詞《せりふ》ではないか。

……小娘、従姉妹殿《いとこどの》を静かにさせろ。話が進まぬ。

だが、リネットは断った。理由は分かるな。『魔力なし《マギレス》』だ。使用人と主人、身分の差だけではない。力ある者となき者の差は大きい。

「『魔力なし《マギレス》』のわたくしでは、誰も良《い》い顔はいたしません」

身分の差だけではない。魔術師の魔力は血統によるところが大きい。『魔力なし《マギレス》』と交われば、その子も『魔力なし《マギレス》』になる可能性が高くなる。一族の誰もが反対するだろう。

……従姉妹殿《いとこどの》を除けば、だが。

求婚を断られて、フレデリックは寂しそうにため息をついた。

「僕はそういう考え方こそ変えたいんだ」

純血主義の本質は、差別と排他だ。魔術師社会を維持するため、といえば聞こえはいいが、他人を見下し拒絶し、排除しているにすぎぬ。血縁は大事だが絶対ではない。『魔力なし《マギレス》』同士から、膨大な魔力を持った子が生まれることもある。何の変哲もない鴉《からす》から、小生《しょうせい》のような天才が生まれたようにな。

「魔術師は貴族化してしまっている。今は良くても何十年、何百年後には数を減らし、衰退していく。いずれは昔のように近親婚を繰り返し、魔術師社会そのものが崩壊する」

レポフスキー家の当主が魔術師社会の破滅を予言する。考え方を変えたいのは、リネットの件だけではなく、社会への危機感を抱いていたからだろう。

「世界が変われば、正しいことは変わる。かつては魔術師が世界の王だった時代もあった。何が正しいかは、きっとこれから先も変わり続けていくだろう。今の時代では正義でも、遠い未来から見れば悪魔のように見えるかもしれない」

時代によって倫理や道徳は変わるからな。戦の世では敵を殺した数だけ英雄と称賛されるが、平和になれば人殺しと罵倒される。

「レポフスキー家が生き残るためにも、何が正しいか、何が正義かを見極めていかなくちゃいけない。『ユースティティアの天秤《てんびん》』頼みではなく、自分の目と頭で。それが、僕の論理と覚悟だ」

「ご立派なお考えです」

リネットが世辞を言うと……世辞ではなく事実だそうだ。

ともかく、フレデリックは照れくさそうに続ける。

「僕はただ、正しいことをしたいだけだよ。けれど、世の中はそう単純じゃない。何もかも白黒はっきり決められはしない。迷う時が来るだろう。世界は広いし、僕はちっぽけだ。そんな時に、隣に君がいてくれれば、僕は立ち向かえる。だから……」

と、ここでリネットの手を包み込むように握った。

「僕と一緒になってほしい」

結局、小娘は結論を保留にした。その場はそれでおしまいだ。フレデリックも強いて返事を求めなかった。時間をかけてゆっくり、気持ちがほどけるのを待つつもりだったのだろう。

だが、悠長にしている時間はなかった。

フレデリックが考えているよりも早く、事態は深刻化していたのだ。フレデリックが求婚したという話がいずこからか漏れて、チャーリーやほかの親戚や弟子たちの耳に入った。

「魔術師の名門であるレポフスキー家に『魔力なし《マギレス》』が嫁ぐなど、恥さらしもいいところだ」

「まともではない」

「おぞましい考えを持った者が当主など、言語道断」

嫌悪《けんお》と偏見を露《あら》わにして奴《やつ》らはフレデリックの排斥に乗り出した。

だが『継承の儀式』を経て祖先の魔力を受け継いだフレデリックは、今や超一流の魔術師だ。その上、『ユースティティアの天秤《てんびん》』もある。まともに戦っては返り討ちに遭うは必定。そこで奴《やつ》らは策を練った。

そこの小娘を利用しようとしたのよ。

難しい話ではない。フレデリックも『裁定魔術師《アービトレーター》』である以上、使命とあれば外出せねばならない。その間に拐《かどわ》かそうと首をねじ切ろうと、思いのままというわけだ。

リネットには魔力もない。ただの娘に過ぎぬ。腕力ですら大の男に劣る。それでもフレデリックの役に立てるよう、密《ひそ》かに努力を重ねていた。特に医術や薬学はレポフスキー家お抱えの医師から直接教わり、お墨付きをもらったくらいだ。しかし、いかに知恵や知識があろうとどうにもならぬ場合もある。圧倒的な暴力の前では、な。

無論、我らとて座して傍観していたわけではない。対策も練っていた。お役目にリネットを同行させるようにした。どうしても置いていかねばならぬ場合も、周囲に防御魔術を張り巡らせ、あるいは小生《しょうせい》を見張りに残した。使い魔の小生《しょうせい》が残っていれば、すぐにフレデリックにも伝わる。隙が見当たらなかったのだろう。不審な動きはぴたりと止《や》んだ。

それでも油断はできなかった。奴《やつ》らは狡猾《こうかつ》だ。こちらの警戒も長くは続かないと息を潜め、隙を窺《うかが》っていた。

フレデリックが当主で居続ける限り、いつか反逆を起こしかねない。助けを求めようにも、内輪のもめごとに他家の力は借りにくい。そもそも味方が少なかった。使用人どもも金や将来の地位で買収された痴《し》れ者《もの》ばかりだ。親類でも頼れるのはベニントン家くらいだが、姉のジェニー殿は四人目の子を妊娠中。当主のディーン殿も病で補佐役も務められぬ。そして従姉妹殿《いとこどの》は留学で不在だ。従姉妹殿《いとこどの》の弟妹は幼すぎる。

いっそ反逆者どもをまとめて粛清すればよかったのだろうが、証拠がなかった。フレデリックもレポフスキー家そのものの屋台骨が揺らぐと危惧していた。何より兄や親類どもを処罰したくはなかったようだ。今にして思えばフレデリックも覚悟が足りなかったのだろう。

そこで折衷案として別に屋敷《やしき》を建て、リネットと小生《しょうせい》とともに移る計画を立てた。そちらに本家を移し、ほかの者が入れぬよう結界を張る。ちょっとした砦《とりで》だ。その間、フレデリックは父のエマニュエルが使っていた離れを使用し、余人を寄せ付けぬようにした。

突貫工事で進めて新たな屋敷《やしき》は完成。術も施し、もうすぐ移転という矢先だ。

あの事件が起きたのは。

あの日、魔術師同士の会合から小生《しょうせい》とフレデリックは本邸の屋敷《やしき》に戻ってきた。リネットは連れていけなかったが、無論魔術での防備は完全。念のため、離れから出ぬように言い含めておいた。何の問題もないはずであった。

「お帰りなさいませ」

執務室に戻ると、いつも通りに小娘が出迎え、茶を煎れる。異変が起こったのはその後だ。

茶を口に付けた次の瞬間、フレデリックが血を吐いて倒れたのだ。

そこの小娘に毒を盛られたのだ。その上、驚く小生《しょうせい》を両手でつかみ、鳥籠に放り込んだ。

ご丁寧に魔術封じの結界まで施してある特別製だ。その上、『ユースティティアの天秤《てんびん》』まで封印の施された箱にしまい込んでしまった。

無論、本人の意思ではない。

魔術で操られていたのだ。

素早く吐き出したおかげで即死は免《まぬが》れたが、フレデリックはテーブルに突っ伏して、動けなくなった。後で調べたが、盛られたのはアモーリュスという毒だ。魔術師殺しとも呼ばれ、一時的に体内の魔力を乱す効果がある。早い話が魔術を使いにくくなる。何より無味無臭で気づかれにくい。そこで小生《しょうせい》は気づいた。持たせていたはずの護符が全てなくなっていることに。

小娘は正気を失った目で、とどめを刺そうと刃物を振り回した。フレデリックは魔術でかろうじて小娘を眠らせたが、そこに悠々と姿を現したのが、親類と弟子の阿呆《あほう》どもよ。雁首揃《がんくびそろ》えて、我々を暗殺しようと襲ってきたのだ。毒を盛られてなおフレデリックは善戦した。小生《しょうせい》も加勢したかったが、鳥籠の中ではどうすることもできないのが歯がゆかった。それでもフレデリックは雑魚《ざこ》どもを葬《ほうむ》り、裏切り者の大半を返り討ちにしてのけた。

残ったのは元当主候補の三人と、弟子が数名だけだ。これならばあるいは、というところで、あの男が現れた。

「結局こうなっちゃったか」

予想通りに事が運んで面白がるような声が聞こえた。

いつの間にか、執務室の窓枠に、白髪の男が腰掛けていた。年の頃はフレデリックと同じくらいだろう。病人のように白く細面、金色の瞳は小生《しょうせい》の苦手な大鷲《おおわし》や隼《はやぶさ》のように鋭い。司祭のように足まで届く黒いローブは、魔術師というよりは聖職者のようであった。

手には魔術師の杖《つえ》は持っておらず、代わりに首のない人形を持っていた。

「だから言ったのに。ボクに任せておけば、心配ないって。それを自分たちでやろうとするからこんな目に遭うんだよ」

フレデリックはその男を憎悪《ぞうお》に満ちた目でにらみつけた。十年ともに暮らしていて、初めて見た顔だった。

「お前か……リネットを操っていたのは」

「ああ、そこのお嬢さんね。そうだよ」

男はあっさりと認めた。

口調は軽いが、凄《すさ》まじい腕前の魔術師であることはすぐに分かった。何重にも掛けておいた護符や防護魔術を破ってのけた。『継承の儀式』を経て、超一流の魔術師となったフレデリックの魔術を打ち破ったのだ。並の技量ではあるまい。

「可愛《かわい》らしいじゃないか。君が気に入るのは分かるよ。ああ、安心して。言うことを聞いてもらっただけで指一本触れちゃいない。そういうのは流儀に反するからね。嫌いなんだ」

いけしゃあしゃあと言ってのける。

フレデリックが怒りに任せて光の魔術を放った。数十本もの光の剣があの男に襲いかかった。回避も防御も不可能なはずだったが、光の剣は寸前で黒い渦に吸い込まれ、いずこへと消え去った。残ったのは、男の冷笑のみだ。

　フレデリックは散乱した本棚に背を預けながら怒りをこめてにらみつける。

「……お前、『黒魔術師《ウォーロック》』か」

「そう呼ばれることもあるね」

　禁忌とされる魔術にも手を染め、違法無法に手を染める堕落の魔術師ども。

　男は窓枠から降りて窓の外を覗《のぞ》き込んでから続けた。

「ボクの名前は……そうだな、バ、、、ーナビ、、ーと呼んでくれ」

　そこでフレデリックは声を詰まらせた。

「何故《なぜ》、その名前を？」

「さあね」

　バーナビーと名乗った男は、白々しくすっとぼけた。

「……お前が何者であろうと、邪魔をするなら容赦はしない」

　フレデリックが杖《つえ》を構えても肩をすくめるだけだ。

「確かに、まだ余力はあるようだね。さすがはレポフスキー家のご当主様だ。まともに戦えば苦戦する、か。でも物事にはやり方ってものがあってだね」

　バーナビーは短剣を小娘の前に放り投げた。

「リネット、その短剣で自分の首を突き刺せ」

　命令を受けると、眠っていたはずの小娘が動き出した。這《は》いつくばりながら、短剣を拾い、自らの喉を貫こうとした。

「止《や》めろ、リネット！」

焦《あせ》って止めようとしたのが命取りになった。その隙を突いて、バーナビーはフレデリックの肩を魔術の槍《やり》で貫いた。血まみれで床に倒れ伏す。

「おっと、まだ死なれちゃ困るよ。ご当主様」

バーナビーは隠し棚の引き出しを開けると、例の『継承紙』を取り出した。そう、奴《やつ》は何故《なぜ》か秘密のはずの『継承紙』や儀式についても知っていたのだ。弟子や親類ですら知らぬはずなのに。

「さあ、短い間だったけれど、当主交代だ」

瀕死《ひんし》のフレデリックにペンを握らせ、サインを書かせた。

「これで完了。あとはここにサインをすれば、レポフスキー家の魔力が手に入る」

「おお、よくやったぞ。それが例の『継承紙』とやらか」

隠れて成り行きを見物していたフランキーが今更ながらにすり寄って来る。

「これで次の当主はワシだ。さあその紙をよこせ」

奪い取ろうとしたその手をバーナビーはかわした。

「これはボクのものだ」

「貴様、裏切るつもりか？」

「そうなるね」

バーナビーの返事にためらいや罪悪感は、一切なかった。

「でも、ボクはボクを裏切っていない。それに比べたら他人を裏切るなんて些細《ささい》な話だ」

激高して次男のチャーリーが挑みかかるが、あっさりと魔術で吹き飛ばされた。

「せっかくだからお祝いでもしてよ。新しい当主様の誕生だ」

あいつが自身の名前を『継承紙』にサインし終える瞬間であった。

小生《しょうせい》が鳥籠から脱出したのだ。フレデリックはただ倒されたわけではなかった。貫かれる寸前、魔術でリネットの洗脳を解いたのだ。正気に返ったリネットが小生《しょうせい》を鳥籠から開け放った、というわけだ。小生《しょうせい》は電光の速さで飛び、『継承紙』を真っ二つに切り裂き、その勢いでバーナビーの体に体当たりを食らわせてやった。

だが小生《しょうせい》も無事では済まなかった。反撃を受けて全身を炎に包まれて、その場に倒れてしまった。

「……やってくれるね」

バーナビーがふらつきながら立ち上がる。顔色が悪いのは小生《しょうせい》の攻撃が効いただけではなかったようだ。フレデリックの時と同じだ。引き継いだ直後は魔力がなじむのに時間がかかる。その間は眩暈《めまい》や立《た》ち眩《くら》みに悩まされる。あいつも例外ではなかったようだ。驚いた様子だったからな。そこまでは知らなかったのだろう。

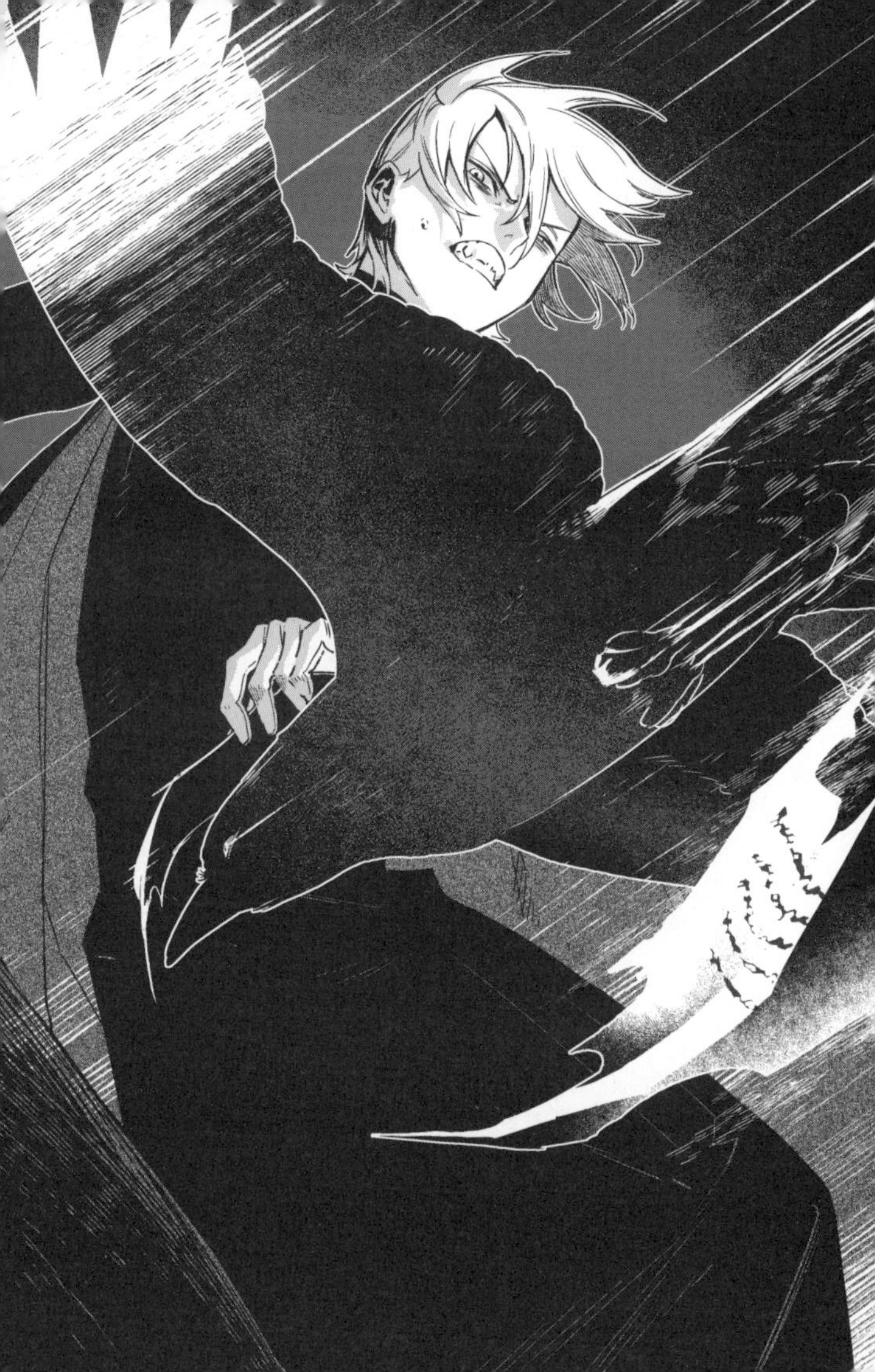

「仕方がない。今回は引き下がるか」

バーナビーは窓を開けて外へ躍り出た。

「そうそう、君たちの裏切りは匿名で通報しておいたから。そのうち別の『裁定魔術師《アービトレーター》』が押し寄せて来るかもね」

慌てふためいたのは、生き残った親族どもだ。このままでは裏切りと反逆が露呈する。一族の当主を亡《な》き者にしようなど、間違いなく極刑だからな。

己たちが招き入れたにもかかわらず、バーナビーを始末しようとした。本調子ではないのなら『黒魔術師《ウォーロック》』にも勝てると踏んだのだろう。だが、奴《やつ》の方が一枚上手だった。

「これは餞別《せんべつ》だよ」

と、バーナビーが取り出したのは、巻物《スクロール》だ。封を開けると、中から大量の黒い影が飛び出してきた。黒い蝗《いなご》の大群だ。『悪魔蝗《デビルローカスト》』と呼ばれる魔物の一種で、なりは小さいが気性は凶暴で貪欲だ。裏切り者たちは恐慌《きょうこう》に駆られ、悪魔にでも乗り移られたかのように暴れ回り、部屋の中で魔術を使いまくった。何とか撃退した時には、バーナビーの姿はどこにもなかった。

自分たちの愚かさに気づいた時は、当主の執務室は、完全に火に巻かれていた。

血迷った阿呆《あほう》どもは、己の罪をリネットになすり付けようとした。『黒魔術師《ウォーロック》』にたぶらかされてフレデリックに毒を盛り、殺害せしめた上に、秘伝の『継承紙』を半分奪われた。

自分たちは取り戻そうと必死に戦ったが、力及ばず逃げられてしまった。まさに三流芝居の筋書きだ。半端《はんぱ》に事実が盛り込んであるだけにたちが悪い。

「来い！」

チャーリーたちは、フレデリックの救護を求めるリネットを強引に部屋から連れ出した。その場で殺害して死人に口なし、としなかったのは、『裁定魔術師《アービトレーター》』の捜査で矛盾が出てくるのを恐れたからだろう。あるいは燃え広がる執務室から避難したかったのか。

扉が閉じられ、残されたのは、死体を除けばフレデリックと小生《しょうせい》だけだ。フレデリックは肩を貫かれて重傷の上に『継承紙』の儀式で半分だけとはいえ、魔力を奪われている。もはや死は目前であった。小生《しょうせい》もバーナビーに魔術で全身を焼かれている。その上、床に叩《たた》きつけられた衝撃で左の翼も折れてしまい、虫の息であった。挙げ句の果てに、部屋は炎に包まれ、絶体絶命というところか。正直、死を覚悟した。

だが、我が主《あるじ》は違った。

「マンフレッド、それを……」

フレデリックが震える手で指し示したのは、半分だけになった『継承紙』だ。

「その傷では、僕もお前ももうダメだ。でも一つだけ助かる方法がある。だから……」

理由は分からなかったが、助かる方法があるならば、と折れた翼を広げ、いびつな飛び方でどうにか机の上にあった半切れの『継承紙』を拾い、嘴《くちばし》で差し出した。

「……今から正式に継承の儀式を執り行う。次の当主は、お前だ。養子だよ」

今際《いまわ》の際《きわ》の妄言かと思ったが、そうではなかった。

力なく微笑《ほほえ》みながら血まみれの手を自身の胸に当てる。

「……お前のおかげで、あいつに持っていかれたのは、半分くらいだ。残り半分はまだこの中にある。でも、もう体力の方が残っていない。傷を治そうとしているけど、上手《うま》くふさがらないんだ」

小生《しょうせい》も魔力を振り絞り、傷を治そうとしたがダメだった。命の火が消えかけていたのだろう。底に穴の開いた水桶《みずおけ》のようなものだ。注いだ端から洩《も》れていく。

「ここに名前を書くんだ。早く。僕の命が尽きない間に」

己の名前を書き記すと、小生《しょうせい》に万年筆を差し出した。フレデリックは己を犠牲にして、小《しょう》生《せい》を助けようとしているのだ。

死人となってしまえば、継承は不可能だ。その前に、残りの魔力を受け継がせようとしたのだ。小生《しょうせい》は迷った。確かに小生《しょうせい》の方が傷は浅かった。だが、そんなマネをすれば、間違いなくフレデリックは死ぬ。死ぬのであれば、使い魔の小生《しょうせい》の方であろう。鴉《からす》の身ではあるが、恩も義理も心得ている。フレデリックを見殺しにするのは忍びなかった。けれど、このままでは共倒れなのも事実だ。連れ去られたリネットも助けられない。

迷っている間に、震える手から万年筆が転げ落ちた。その音を聞いて、小生《しょうせい》の腹は決まった。論理と覚悟だ。なすべきことをなすために、床に落ちた万年筆をくわえ、嘴《くちばし》を動かして小生《しょうせい》の名を書いた。

次の瞬間、小生《しょうせい》の体が熱くなった。全身に焼《や》き鏝《ごて》を当てられたかのような感覚に転げまわったところが、そのうちに全身の傷が癒え、折れた翼も元通りになっていった。

一声啼《な》くと部屋の炎は一瞬で消え去り、白い煙がくすぶるばかりだ。

継承が成功したのだ。

「よかった、上手《うま》くいった」

フレデリックはほっとした様子で目を閉じて、最後に小さくつぶやいた。

「リネットを、頼む」


小生《しょうせい》は魔術でリネットの居所を捜した。フレデリックの遺言が果たせなくなるのをその時は何より恐れた。継承式の反動で気分は最悪であったが、怒りと使命感で気分が高揚していたのだろう。

リネットは大広間にいた。部屋を出た時より傷だらけであった。憂《う》さ晴《ば》らしに私刑《リンチ》を受けていたのは明らかだった。愚か者どもはまんまと一族の秘術である『継承紙』と魔力を奪い取られた。世間に知れ渡れば生きている限り恥を晒《さら》す。高慢で空虚な誇りばかりの連中には耐えがたい屈辱だろう。己の愚かさを棚に上げて、八つ当たりしていたのだ。

リネットは抵抗も逃走もしなかった。

ただ奴隷のように平伏《ひれふ》しながら希《こいねが》うだけだ。

「……お願いいたします。どうか、フレデリック様をお救いください」

頭を踏みつけられてもそればかりを繰り返していた。

「わたくしはどうなろうと構いません。全ての罪はわたくしにございます。如何《いか》ようにも証言いたします。お望みとあれば、微塵《みじん》に切り裂いていただいても結構です。どうかフレデリック様をお救いください。あのままでは死んでしまいます」

平伏する手の甲をかかとで踏み砕かれても、うめき声一つ上げず、そればかりを繰り返す。

阿呆《あほう》が。

「さて、どうしたものか」

気を持たせてはいるが、救う気などないのは明らかだ。

返事は火球と稲妻だ。

嘲笑を浴びて、体を焼かれて吹き飛ばされてもまた這《は》いつくばって同じ言葉を繰り返す。

「お願いいたします。どうか、フレデリック様をお救いください」

同じ言葉しか吐かぬ小娘に飽きてきたのだろう。万が一口を滑らせたら、という懸念《けねん》もあったろうし、たかが『魔力なし《マギレス》』の小娘など、死んだところで『裁定魔術師《アービトレーター》』も気にも留めまい、とたかをくくったのだろう。つくづく愚かな連中だ。だから『黒魔術師《ウォーロック》』に付け込まれるのだ。

「命乞いを聞く耳など持たぬ」

リネットは動かなかった。

魔術の炎が舐め尽《な》くす寸前、透明な盾が火勢を阻《はば》んだ。

「な、何が起こった？」

説明するまでもなかろう。

そこに黒い影が降り立つ。

小生《しょうせい》の出番だ。

「待たせたな、リネット」

小生《しょうせい》は詫《わ》びた。鴉《からす》であろうと、理非くらいは心得ている。必死だったせいで、とうとう人前で喋《しゃべ》ってしまったが、どうでもよかった。隠しておく理由もすっかり頭から抜け落ちていた。

裏切り者どもは腰を抜かしておったな。

「マンフレッドが、喋《しゃべ》った？」

「まさか、あの使い魔が人の言葉を話すなど」

「フレデリックが死《し》に際《ぎわ》になにかやったのか？」

そこでリネットが顔を上げた。

「フレデリック様は、ご無事なのですか？」

懸命な面持ちで問いかけてきた。小生《しょうせい》が喋《しゃべ》ったことよりそちらが気になるとは、つくづく忠義者だな。いや、愛ゆえか。

「フレデリックは死んでいない」

それだけである程度の事情を察したのだろう。気力が尽きて、糸が切れた人形のようにその場に崩れ落ちた。聡《さと》いのも考え物だな。

残ったのは、阿呆《あほう》どもだ。気は進まぬが相手をしてやることにした。

「平伏《ひれふ》せ、愚か者ども。当主の前であるぞ」

威厳というものを見せつけてやる必要があったのでな。何より、まともに話しかけてやる義理などないからな。

「たった今、養父フレデリックの養子となり、レポフスキー家の新たな当主となった。マンフレッドである」

「バカな」

チャーリーがせせら笑った。

「死《し》に際《ぎわ》の戯言《たわごと》だ」

「これでもか？」

当主の証《あかし》である『ユースティティアの天秤《てんびん》』を魔術で運び、目の前で見せつけてやった。継承の儀式を経た今なら、封印を破るなど造作もなかった。

これにはさすがに度肝を抜かれたようだな。あの間抜け面《づら》は見物であったぞ。

「本来であれば、初仕事として当家の反逆者どもを探し出すはずだったのだが」

そこで小生《しょうせい》はにやりと笑ってやった。

「ご覧の通り、『ユースティティアの天秤《てんびん》』はすでに汝《なんじ》らの罪に傾いている」

現行犯だからな。審議も反論も無用だ。斜めになった天秤《てんびん》を指し示すと、反逆者どもは明らかに動揺していた。

「選ぶがいい。小生《しょうせい》を主《あるじ》と認め、忠誠を誓うか」

そこで言葉を区切って周囲を見渡す。

いずれも一族屈指の魔術師だが、今の小生《しょうせい》からすれば赤子同然だ。何より、『ユースティティアの天秤《てんびん》』がある。

「反逆者として、死を選ぶかだ」

ここで服従を誓うなら命だけは助けてやっても良かった。だが恭順を示した者は、誰一人いなかった。

「ふざけるな、クソ鴉《がらす》が！」

返事の代わりに、分家のフランキーが炎の魔術を放ってきた。

小生《しょうせい》は判決を下した。

「死刑だ」

天秤《てんびん》が音を立てて平衡に戻る。

次の瞬間、炎が小生《しょうせい》の眼前で弧を描き、軌道を変えた。勢いそのまま、壁に飾っていた剣にぶち当たった。衝撃で壁は炎に包まれ、剣は吹き飛び、回転しながら、フランキーへ向かっていった。気づいた時には、奴《やつ》の首を一閃《いっせん》していた。

初老の男の生首が絨毯《じゅうたん》の上に転がると『天秤《てんびん》』がまた左に傾く。裁くべき罪人はまだ残っているからな。今度は弟子のジェンナが雷撃の魔術を放とうとした。呪文を唱え終わる前に小生《しょうせい》は判決を下した。

「死刑だ」

天秤《てんびん》が輝くと、二階の手すりの一部が唐突に砕け、奴《やつ》の頭上に落下した。下手に逃げなければ楽に死ねたものを。背中から心臓を貫かれ、串刺しになった。

御託だけは立派な女であったが、血反吐《ちへど》を吐いてあっさり冥界に旅立った。ジェンナが死ぬとまたも『天秤《てんびん》』が斜めになる。裁くべき罪人どもが残っている証拠だ。

仮にも当主候補と持《も》て囃《はや》されていた者たちが殺されて恐慌《きょうこう》を来したのだろう。使用人やほかの親類や弟子どもが我先にと屋敷《やしき》の外へ逃げ出そうとした。だが、反乱の協力者たちだ。見逃すわけにはいかぬ。

「死刑だ」

天秤《てんびん》が平衡に戻ると同時に、シャンデリアを繋《つな》ぎとめていた鎖が切れた。いびつな音を立て落下し、全員下敷きになった。大半は即死したようだが、まだ息のある者もいた。許しを願っていたようだが、すぐに途絶えた。鎖に引っ張られるかのように天井の一部まで落下したのだ。

崩壊が収まると断末魔すら消え失《き》せ《う》ていた。

最後に残ったのは、フレデリックの愚兄であるチャーリーだ。

「頼む。見逃してくれ。俺が悪かった」

「命乞いを聞く耳など持たぬ、だったか？」

「いや、それは」

「小生《しょうせい》も同意見だ」

『天秤《てんびん》』の傾きを見つめてから小生《しょうせい》は言った。

「外道の命乞いなど聞くに堪えぬ」

天秤《てんびん》が平衡になると、チャーリーの首が透明な巨人に絞られているかのように、ねじられていく。最後は血を出し尽くした体で自分の血を雑巾のように吸い取っていたわ。

……気分が悪そうだな、従姉妹殿《いとこどの》。済まぬな。なるべく正確に事実を話そうとしたらこうなった。少し休憩にするか？　先程からずっと泣きっぱなしで疲れただろう。

……そうか、では続けるとしよう。

この時になると屋敷《やしき》はすっかり火の海になっていた。

消火もできたが、直すのも面倒だ。それにあのバーナビーという『黒魔術師《ウォーロック》』の侵入を許しているのだ。どこに何の魔術を仕掛けられているか、分かったものではない。一度、灰燼《かいじん》にした方が後腐れもない。人間にとっては歴史ある建物でも小生《しょうせい》は未練などなかったのでな。

反逆者どもを全て処刑した後で、リネットに言った。

「フレデリックを救う道があるやもしれぬ」

『継承紙』には魔力を引き渡す力がある。ならば戻すことも不可能ではあるまい。小生《しょうせい》とバーナビーの魔力を戻せば、助かるやもしれぬ。

そう、あくまで可能性の話だ。

過去に実例もない。フレデリックを元に戻せるかは、賭けだ。確証はない。

何よりバーナビーがどこにいるかも定《さだ》かではない。それでも、可能性はゼロではない。あの男が魔力を奪った程度で満足する輩《やから》には見えぬ。必ず何かよからぬことを企《たくら》んでいるに決まっている。

何か事を起こしても『裁定魔術師《アービトレーター》』であれば、異変が起これば すぐに知らせが入る。バーナビーを捜し出すにはうってつけだ。

小生《しょうせい》は見ての通り、鴉《からす》だ。人の世では悪目立ちしすぎる。人の心は、小生《しょうせい》には理解しがたい部分も多いのでな。力ずくならばともかく捜査となると、心もとない。

かといってうかつな者を引き入れれば、裏切りに遭うやもしれぬ。小生《しょうせい》には力はあるが、人間の心があまり分からぬ。

一方、小娘は頭が切れる。フレデリックを救おうとする気持ちも強い。だが、力がない。真正面から魔術師の罪を追及したところで口封じに殺されるのがオチだ。

欠けた者同士、組み合わされば力になると踏んだのだ。

無論、順風満帆とはいかぬだろう。

仮に捜し出せたとしても、あの男はかなりの強敵だ。返り討ちに遭うやもしれぬ。分の悪い賭けだ。

それでも、やらねばフレデリックは間違いなく死ぬ。

だからこそ、小生《しょうせい》はリネットに選ばせたのだ。

見込みのない賭けに己の命を捧《ささ》げる覚悟はあるか、と。

あとは言うまでもないだろう。

今、この場にいることこそが、リネットの返事であり覚悟だ。


それから半年間、小生《しょうせい》とリネットは事件捜査の傍《かたわ》ら、各地を回ってバーナビーの居所を捜した。つい先日、ようやく奴《やつ》と繋《つな》がりのある魔術師の情報を得た。ハリー・ポルテスという『死霊魔術師《ネクロマンサー》』だ。研究に興味がある振りをしてハリーの住まう塔へと駆けつけたものの、すでに死んでおった。魔術師一門の後継者争いに巻き込まれたのだ。ようやく見つけた手がかりも水泡に帰したかと思っていたところに従姉妹殿《いとこどの》が絡《から》んできた、というわけだ。
理解したかな？
それは何より。
小生《しょうせい》からは以上だ。
リネット、その日記帳は鞄《かばん》にしまっておけ。重要な証拠になるやもしれぬ。
……ああ、フレデリックがどうなったか、だな。
忘れてはいない。
今から案内しようではないか。

幕間《まくあい》・四

マンフレッドとリネットがダニエラを連れてきたのは、屋敷《やしき》があった場所の裏山だ。崖の下にある洞窟の中に入り、しばらく進むと。石造りの地下室に変わる。

「……まさか、こんな隠れ家があったなんて」

「大昔には氷室《ひむろ》として使われていた部屋だそうです」

ダニエラのつぶやきに、リネットが説明する。

「長い歴史の間に忘れられていたのをフレデリック様が発見されました。今は、わたくしたちだけです。それで、旦那様が隠し場所に選ばれたのです」

「ここならば安全だ。幾重にも結界を張っている。魔術でも捜せぬ」

進むにつれて空気が急速に冷えていく。理由は、すぐに明らかになる。目の前にある巨大な氷の固まりを見上げ、ダニエラは白い息を吞《の》み込む。

氷の中央にいたのは、彼女の叔父であるフレデリックだ。

目を閉じて、眠っているかのようだ。

「生きているの？」

「仮死状態、というところだな」

マンフレッドは顔をしかめながら答える。

「あのままでは完全に死ぬところだったからな。フレデリックを氷漬けにしたのだ。棺《ひつぎ》の中に入れておくわけにもいかぬのでな」

そのせいでリネットを窮地から救い出すのが遅れた。

「だが永遠、というわけにもいかぬ。放置すれば肉体と魂が完全に分離する。そうなればキレイな死体の出来上がりだ」

身を揉《も》み込むように自分の体を抱きながらダニエラは氷の固まりに近づき、手のひらで触れる。

「……風邪ひかないうちに出してあげないとね」

「フレデリック様のこと、今までお話しできず申し訳ございません」

リネットは冷たい床にひざまずき、頭《こうべ》を垂れる。

「お聞き及びの通り、わたくしは許されざる罪を犯しました。如何《いか》ようにも裁いていただいて構いません。ですが、フレデリック様をお助けするために、今しばしのご猶予をいただきたく、何卒《なにとぞ》お願いいたします」

「その話、何回目？」

ダニエラは面倒くさそうに言って、リネットを立ち上がらせる。事実、ここに来る途中で何度も謝罪を受けてうんざりしているようだった。

「答えも一緒。その話が本当ならあなたに罪はないわ。悪いのはバーナビーよ。でしょう？」

言い聞かせるように語尾を強める。

「謝りたいのならフレデリックに直接言いなさい」

「……承知いたしました」

ところで、と急に気恥ずかしそうな顔をする。

「結局、あなたたちは恋人同士……ってことでいいのかしら」

「違います」

即答だった。

「あくまで主人と使用人であり、いわゆる男女の仲ではございません。無論、フレデリック様は慈悲深く誠実で勇敢でお優しく、仕事にも熱心な尊敬すべきお方ではございますが、愛の語らい、抱擁、接吻《せっぷん》、同衾《どうきん》など、主従関係を逸脱した事実は一切ございません」

無表情かつ早口で否定の言葉をまくし立てる。ダニエラがげんなりした様子で乾いた笑い声を上げる。

「何より、わたくしとフレデリック様では住む世界が違います」

「同じよ。私があなたの目の前にいるのと一緒」

魔術師と『魔力なし《マギレス》』との結婚自体は許されている。推奨されないだけだ。両者は、常に見えない壁で隔てられている。

「お役目に差《さ》し障《さわ》りがございます」

「問題ないわ。レポフスキーだもの」

血縁ではなく、実力のある魔術師を養子として、家名を存続させてきた。言い換えれば、実子が優れた魔術師である必要はない。

「それに！　その、あなたもフレデリックが……好きなんでしょう？」

「主人として今も尊敬の念を抱いております」

「そうじゃなくって、その……一人の男としてどう見ているかって話よ」

ダニエラはもどかしそうに頭を抱える。

「目を覚ましたら、またあなたにプ、プロポーズするわ。絶対にするわよ。だって、好きな相手が自分のために命を懸けて助け出してくれたのよ。もう結婚するしかないじゃない！」

「……」

「ロマンチックな言葉でプロポーズするわ。ううん、私がさせてあげる。場所だって星空の下とか花畑の上で、なんてのもいいわね」

自分の妄想の世界に浸りながら黄色い声を上げて身《み》悶《もだ》えする。

リネットは曖昧な笑みを浮かべる。目元は嬉《うれ》しそうにも泣きたいようにも見えた。

「静かにしてもらえぬか、騒ぐと室内の温度が上がるのでな」

マンフレッドは呆《あき》れながら注意する。ダニエラはごめんなさい、と照れ隠しのように咳払《せきばら》いをしてから表情を張り詰めたものに変える。

「ところで、その『黒魔術師《ウォーロック》』が名乗ったバーナビーってもしかして……」

「はい」

リネットがうなずいた。

「フレデリック様の亡くなられたお兄様のお名前です」

フレデリックにはチャーリー以外に兄がもう一人いた。バーナビーとは早世した長男の名前だ。

「もちろん本物のバーナビー様ではございません」

すでに埋葬された上に、肖像画も残されている。年の頃は似ているが全くの別人だ。

「事故で亡《な》くなったって聞いていたけれど、違うの？」

「わたくしがレポフスキー家に来る前ですので、詳しくは存じ上げません。ですが、事実は違います。バーナビー様は何者かに殺害されたのです」

幼くして才能を発揮し、エマニュエルの後継者として有力視されていた。事実何度か事件に同行し、成果を上げていた。

そして、とある事件に同行し、解決した翌朝。

バーナビー・レポフスキーは泊まっていた部屋で死体となって発見された。心臓を短剣で突き刺されており、ほかに傷はなかった。死体の側《そば》には、首だけの少女の人形が落ちていたという。自殺する動機も見当たらず、殺害されたのは疑いようもなかった。『死霊魔術《ネクロマンシー》』で魂に問いかける方法も封じられており、魔術師の犯行という見方が有力だった。

「事件後に箝口令《かんこうれい》が敷かれ、真実を知る方も今はほとんどいらっしゃいません」

エマニュエルは我が子を殺した犯人を追い求めていた。けれど、見つからぬうちに寿命が尽きた。その後に、バーナビーを名乗る男が現れた。

「……偶然じゃないわよね。もしかして、その男が犯人？」

「それにしては随分若く見えたが……何かを知っているのは間違いなさそうだな」

マンフレッドも同意する。偶然の同名ではない。あの男は意図してバーナビーを名乗った。

「それで、居場所はつかめそうなの？」

「今のところは『否』だ」

拠点を転々としているらしい。何度か駆けつけたがいずれも空振りに終わった。

「目撃情報は最優先で入れるように『同盟』にも手配している。今しばらく待て。従姉妹殿《いとこどの》の力を借りることもあるだろう」

「当然よ！　このダニエラ・ベニントンにかかれば、『黒魔術師《ウォーロック》』なんて目じゃないわ」

顔に手を当てて高笑いを始める。

ひとしきり笑い終えると、今度はリネットの手を握る。反対の手では、マンフレッドの羽根に触れている。

「これからは、三人で頑張りましょう」

「三人となく?」

マンフレッドが呆《あき》れたように言った。

「『正確には二人と一羽《わ》』って言いたいんでしょう? 分かっているわよ、それくらい。でもここはあえて……」

「いや、従姉妹殿《いとこどの》が自分を数に入れているのが滑稽でな」

「どういう意味よ」

「気分を害したのなら謝ろう。働いてもらう以上、相応の立場も必要になる。『同盟』と、ベニントン家には通達を出しておく」

そこでダニエラが目を輝かせた。

「つまり、私が『裁定魔術師《アービトレーター》』補佐ってことでいいのね。もしかして代理?」

「正確には、補佐役代行見習い、というところか」

「何よ、それ!」

「『自称』が取れただけでもマシだろう」

何の功績もない魔術師に補佐を任せられるほど『裁定魔術師《アービトレーター》』の座は軽くない。まずは成果を上げてからだ。

「お二人とも、そろそろ」

リネットが退出を促す。長居をすれば部屋が温まる。フレデリックの肉体が傷むのを恐れているのだろう。

地下室を出る寸前、リネットが振り返った。視線は氷漬けのフレデリックに注がれていた。瞬《まばた》き一つせず、無言で見つめる表情にも視線にも、熱情は感じられなかった。ただ、その行為そのものが、愛する者の姿を瞼《まぶた》に焼き付けておくかのようだった。部屋を出る寸前、唇だけで声にはならなかったが、マンフレッドの瞳は確かにその言葉を捉えていた。

「この心、今も親愛なるあなた様とともに」


「さっそくだが、初仕事だ」

マンフレッドが促すと、リネットが鞄《かばん》から大量の手紙を取り出した。

それをダニエラに手渡す。

「何、これ?」

「溜《た》まっている案件の調査依頼です」

『裁定魔術師《アービトレーター》』の捜査は殺人事件だけではない。権限を広げ過ぎたため、魔術師同士のもめごとや調停まで業務の一端になってしまっている。

「ここ半年の捜査依頼がすっかり溜《た》まっていてな。かといって事情が事情なので、滅多な者には任せられぬ。従姉妹殿《いとこどの》が志願してくれて本当に助かった」

マンフレッドは安堵《あんど》した様子で何度も首を縦に振る。

「我々は凶悪事件やバーナビーの捜索に注力したいのでな。残りは従姉妹殿《いとこどの》に任せる。詳しいことはお父上に聞くがいい」

「聞いていないわよ！」

「では小生《しょうせい》たちはこれで失礼する。次のお役目もあるのでな」

「どうかお達者で」

背を向けるとリネットの体がマンフレッドとともに宙に浮く。みるみるうちに高々と舞い上がり、ダニエラの姿が小さくなっていく。

「ちょっと待ちなさいよ！」

空を飛ぶのは苦手なのか、追いかけてくる気配はない。仮に追いかけて来たとしても、マンフレッドより速く飛べるとは思えなかった。やがて何も聞こえなくなってからマンフレッドがほっとした様子でつぶやいた。

「心配事が一つ片付いたな」

『裁定魔術師《アービトレーター》』の地位も絶対ではない。果たすべき使命を無視し続ければ、権利の剝奪もあり得る。名誉ある肩書に相応《ふさわ》しくない者を、ほかの『裁定魔術師《アービトレーター》』は見過ごすはずがない。ただ、今のマンフレッドとリネットには時間がない。悠長にほかの案件に乗り出している余裕はなかった。フレデリックの時間は刻一刻と減りつつある。さりとて、補佐役を任せられるほど信頼できる魔術師は、少ない。

「ダニエラ様であれば適任かと」

「血の巡りはあまり良くないようだがな」

「人徳と人望のある方ですので、支える方もいらっしゃるでしょう」

足りないのであれば協力すればいい。魔術は一流なのだ。補い合えば結果は出せるだろう。

「何より、ダニエラ様を死出の旅に巻き込むわけには参りません」

「……そうか」

沈黙を風の音が吹き流していく。

「……それで、まだ気は変わらぬのか？」

「わたくしの望みはお伝えした通りです」

「フレデリックがそれを望むとでも？」

「望む望まないの問題ではございません」

珍しく焦《じ》れた様子でリネットは言った。

「これはわたくしの罪です。罪人を裁くのが旦那様のお役目のはず」

主従の契約を結んだあの日、リネットはただ一つだけ条件を出した。

「……フレデリック様をお助けした暁には、わたくしを『ユーステティアの天秤』の裁きにかけてください」

予想外の頼みにマンフレッドは少なからず驚いた。『ユーステティアの天秤《てんびん》』はもちろん魔術師を裁くための魔道具だが『魔力なし《マギレス》』にも使用は可能だ。一度裁きが確定すれば、取り消しはできない。たとえ使い手であるマンフレッド……レポフスキー家の当主でも。

「何故《なぜ》だ？」

「わたくしが、罪人だからです」

主《あるじ》であるフレデリックに毒を盛り、殺しかけたのは事実だ。それは、バーナビーと名乗った黒魔術師《ウオーロック》や、愚かな親戚弟子どもに操られていたからだ。

それに事前に護符を持たせ、結界を張り、対策を講じていた。それでも破られたのだ。罰を受けるとすれば不甲斐《ふがい》ない魔術しか使えなかったフレデリックであり、マンフレッドだ。ましてやリネットは『魔力なし《マギレス》』だ。裁かれる理由や罪など何一つない。

「お前を罰する法はない。少なくとも小生《しょうせい》は知らぬ」

「たとえ神が許したとしても、わたくしは己を許せません」

マンフレッドの反論も空《むな》しく弾《はじ》き返《かえ》される。

法や倫理ではない。リネット自身の心の問題だ。故に、魔術《マジック》も論理《ロジック》も役に立たない。人を思い通りに操れる魔術でも、心までは動かせない。隠された事実を導き出す論理も心には届かない。それは、リネットの真実ではないからだ。

「本当にそれでいいのか？」

「叶《かな》わぬのであれば、この場にて屋敷《やしき》の方々と冥界へご一緒したく」

リネットの覚悟は本物だ。拒否すればすぐにでも自害を選ぶだろう。

「……やむを得まい」

長い逡巡《しゅんじゅん》の後、マンフレッドは胸の奥の激情をこらえながらうなずいた。

うなずくしかなかった。


リネットは今も己自身を許してはいない。生きているのは、フレデリックを救うためだ。リネットにとって己自身こそが、執行猶予中の罪人なのだ。

「どうか、お忘れなきよう」

「愚か者が……」

マンフレッドの言葉は己自身にも向けられていた。半分とはいえレポフスキー家の魔力を受け継ぎ、強大な力を手にしても、小娘一人の翻意を促すことすらできない。無力感は苛《いら》立《だ》ちを生む。怒りの矛先は張本人へと向かうのが常だった。

フレデリック同様、リネットにも幼い頃から育てられてきた。命の恩人でもあり、恩義も情も感じてきた。常に付き従えている理由は、フレデリックの遺言だけではない。マンフレッド自身の意思でもある。だというのに、リネット自身、己の幸福を望んでいない。もしフレデリックが助からないと分かれば、その場で命を絶つだろう。フレデリックを蘇《よみがえ》らせたとしても、次に待ち望むのは刑の執行である。それがマンフレッドには我慢ならない。

養父《ちち》を助けたとしても養母《はは》を失うのだ。

マンフレッド自身、板挟みに答えは出せていない。魂の天秤《てんびん》は常に揺れ動いている。これが愚か者でなくて何だというのだろうか。

「承知しております」

息子《マンフレッド》の気持ちも知らず、リネットは無表情で答える。その奥にどんな感情が隠れているのか、今も把握し切れていない。

「……行くぞ。リネット」

腹の底にたぎるうねりを抱えたまま、マンフレッドは命じる。

次の使命だ。

閉幕　黒魔術師《ウォーロック》と信頼できない語り手

――――――――


　地に倒れ伏した亡骸《なきがら》を眼下に見下ろしながら途方もない後悔と脱力感、そして安堵《あんど》が胸の内にこみ上げてきた。血だまりの中で灰色《はいいろ》の髪は乱れ、見開いた目は瞳孔が開ききっている。昨日まで師匠と尊敬し、義父と慕ってもいた。偉大なる魔術師ヒューム・フォーベスはたった今、冥界へと旅立った。己の手で。

　仕方がなかった。抵抗しなければ、死体になっていたのは己の方だ。格上相手に手加減など不可能だ。いくら尊敬していても、黙って殺されるほどの献身はできない。

　そう、殺したことではない。問題は殺し方だ。

　今でこそ半ば隠居の身だが、ヒュームには魔術師の友人が多い。いずれも『同盟』の幹部や元幹部たちだ。魔術の腕前はもちろん、権力も相応に持ち合わせている。月に一度は会合を開き、近況を報告し合う。会合に来なければ、すぐに異変を嗅ぎつけるだろう。己の犯行もすぐに露見する。

　魔術師にとって師弟関係は重大だ。師匠を手にかけるなど、良くて死刑。悪ければ存在自体を抹消される。己のような魔術師など最初から存在しなかったことになる。

死ぬのは怖くない。ただ、己の功績や存在自体が死後に消え去るのは我慢がならない。それを考えるだけでいつも身震いが出る。

考えろ、考えるんだ。さもなければ待っているのは破滅だ。

己を脅迫しながら頭をひねっても何も出てこない。せいぜい『死霊魔術《ネクロマンシー》』で死体を動かすくらいだ。だが己には使えない。今から学んで、優れた魔術師たちの目を誤魔化すほどの技量を身に付けるなど、あり得ない。ただの現実逃避だ。

「お困りかな」

心臓が跳ね上がった。

反射的に顔を上げると、すぐ隣に白髪の男が立っていた。

見覚えのない顔だが、その正体は容易に想像がついた。不審者が気軽に侵入できるほど、フォーベス家の警備は甘くない。

「お前は、もしや『黒魔術師《ウォーロック》』か？」

「そう呼ぶ人もいるようだね」

男は薄笑いを浮かべる。

「その死体の処理を困っているんだろう？　手を貸すよ」

「お前が跡形もなく消してくれるというのか？」

「死体を消したところで、君の罪は隠し通せるものじゃない。いずれ尋問に屈して事実を話すだけだ。君が師匠の酒をくすねたことまで全部ね」

何故《なぜ》それを、と言いかけて口の中で咀嚼《そしゃく》する。

「要は君が罪を逃れるようにすればいいんだろう。簡単だよ」

道化のように大袈裟《おおげさ》な身振りで話し出す。

「悪いようにはしない。師匠が死んだ以上、君が名跡を継ぐんだ。カート・フォーベス。偉大なるヒューム・フォーベスの名を。君はその中でも最も偉大で圧倒的な存在になる。大ヒュームの名で語られる」

自尊心をくすぐられ、高揚感がわき上がってくる。

「望みは？」

自首する気はとうに失《う》せていた。ただ、尻尾をつかまれて破滅するのは避けたい。協力者が脅迫者に宗旨替えするなど、世間ではよくある話だ。

「ボクの捜し物を手伝ってほしい。見つけてくれたら君にもそこの師匠にも興味はない。それっきりだ。証拠も全部消し去る」

「一つだけ質問がある」カートは聞いた。「名前は？」

男はあごに手を当てた後、思いついたかのように言った。

「ボクは……バーナビー。そう呼んでくれ。この名前、気に入っているんだ」

それから小声で付け加える。

「その方が、彼《かい》らも見つけやすいだろうからね」

バーナビーを名乗った男は、悠々とフォーベス家の屋敷《やしき》を出る。入るのは難しいが、出るのは簡単だ。ちょっと使用人に化けて用足しの振りをすればいい。裏口から恐縮そうに出れば、誰にも怪しまれない。

屋敷《やしき》の周囲はたくさんの家屋に囲まれている。空を半透明の光が包んでいる。魔術の結界だ。ここは、大陸でも珍しい魔術師の街だ。名前は、ジェズリール・タウン。『魔術師の楽園』とも呼ばれている。ヒューム・フォーベスは前の領主代行でもある。この街はフォーベス家の一族とその弟子たちが支配している。血縁を重視する一方で優れた術者を娶《めと》り、権力と魔力を維持してきた。歴代当主の中には『魔術師同盟』の最高責任者……『盟主』もいる。

「『おう、ちょいと待ちな、兄ちゃん』」

屋敷《やしき》の外を歩いていると、背後から凄《すご》んだ声が届いた。バーナビーは足を止める。

「『見かけねえ顔だな。どこの何様だ』」

屋敷《やしき》の塀にもたれかかっていたのだろう。腰を浮かして、後ろから近づいてくる気配がする。

「『おっと、おかしなマネはしなさんなよ、おとなしくしてねえと、こいつでズブリといくぜ。こんな風にな』」

と、肩越しにバーナビーの眼前に突きつけられたのは、熊のぬいぐるみだった。

「『ざしゅっ！　どうだ、俺様の爪の威力は！　生《なま》っ白《ちろ》い顔が真っ赤に染まっちまったぜ！』

『うわー、やられた。さすが熊の兄貴。毎日ハチミツ喰《く》ってねえや』」

バーナビーはため息をついてから強引に熊のぬいぐるみを取り上げる。強制的に人形芝居を終わらせると、ゆっくりと振り返った。目の前にいたのは案の定、見覚えのある少女だ。長い黒髪を二つにまとめ、背中に垂らしている。

「台詞回《せりふまわ》しが意味不明だね。演出に難がある。あと役者の演技力は素人《しろうと》以下だ」

「まさかの厳しいご指摘。打ち上げは中止して劇団一同で反省会の予定。次の公演までには毒舌批評家に目に物見せてやらないと」

「今日で劇団は解散だ」

取り上げた熊のぬいぐるみを少女の頭に乗せる。

「宿で待っているように言ったはずだよ、パティ」

「退屈だったの。この子ったら冬眠とハチミツの話ばかりで合わなくって」

と、熊のぬいぐるみを胸の中に抱える。

「それで、今度はどんな悪さをするつもり？」

パティが丸っこい琥珀《こはくいろ》色の瞳を悪戯《いたずら》っぽく輝かせる。

「泥棒？　それとも誘拐？　オススメは屋根の上で猫の鳴きマネ。にゃーお！」

「さかりの時期なんだね」

小さな唇に指を当ててけたたましいダミ声を黙らせると、バーナビーは表情を険しいものに変える。

「ここがどんな街か知っているはずだよ」

ジェズリール・タウンでは、『魔力なし《マギレス》』の地位は他の街よりはるかに低い。公然と奴隷として売買もされており、人さらいも横行している。何も知らずに街に迷い込み、誘拐され、そのまま帰ってこなかった事例も多い。治安組織も存在しているが、奴隷同然の『魔力なし《マギレス》』は相手にもされない。

「当然」パティはふて腐れたように言った。「故郷だもの」

「里帰りの気分はどうだい？」

「間違えてピクルスを買ってきた時のママさんのご機嫌くらい」

最悪、と言いたいらしい。

「今は悠々自適ってわけ？」

「あなたのせいでね」

そこでパティは意を決したらしく、表情を険しくする。

「そろそろ教えて。あの子は一体誰だったの？　それとも、まだ天使とか妖精さんとか言い張るつもりなの」

「貧民窟の子だよ。重い病のね」

見つけた時には不衛生なベッドから起きられもせず、周囲にはハエが集《たか》っていた。放っておけば、半月ともたず死んでいただろう。

「だから身代わりにしたのね」

「お互い納得ずくの話だよ」

両親や弟妹《きょうだい》に多額の報酬を約束した。事実、前金で全額をその場で支払ったのだ。

それから体を洗い、滋養のあるものを食べさせ、服を着替えさせ、最後に鬘《かつら》を付ければペイシェンス・ファルコナーの出来上がりだ。

「母親は娘を殺すことができた。君は命が助かった。あの子は最期《さいご》に親弟妹《きょうだい》へ孝行ができた。誰も損はしていないよ」

「方法は最悪で残酷で最低だけど」

軽蔑しきった言葉とは裏腹に、表情やその目には罪悪感が宿っていた。見ず知らずの人間を犠牲にしたのを悔やんでいるのだろう。お優しい。

「幻でも使えば良かったのよ。あなた、使えるんでしょう」

「一時的ならね」

最終的に幻だと露見しては意味がない。それに、娘が行方不明になった後でラモーナがどういう行動を取るか予想がつかなかった。いなくなってせいせいした、と思って口をつぐんでくれたら幸いだが、誘拐されたと騒がれると面倒になる。

おまけにラモーナは魔術師だ。ふとした違和感から気づかれる。だからこそ、幻は最小限にとどめ、実物を提示する必要があったのだ。

「ママさんみたいに『ホムンクルス』を作るとか」

「時間がかかり過ぎる」

かといって、ラモーナを殺せば『裁定魔術師《アービトレーター》』が現れる。それは避けたかった。余計な手間をかけた理由の一つだ。想像以上に早く見つかってしまったようだが。

「わたしの記憶を消すとか」

「出会ったばかりの人間と、おなかを痛めて産んだ娘ではわけが違う」

十二年もともに暮らした娘だ。印象が強ければ強い分だけ、消すのは難しい。

「……君に知らせておく話がある」

「これが世に聞くいい知らせと悪い知らせかな。どっちが先？」

「多分両方」

バーナビーは背筋を伸ばして言った。

「君のお母さんに仕込んでおいた『精神破壊《マインド・ブラスト》』が作動した。もう死んだも同然だよ」

生きてはいるが、会話もできない。娘を見ても何も思い出せないだろう。

「恨むかい」

少し考えてからパティは首をひねった。

「哀れだとは思うけど、別に。クライドは今頃ショック受けているかも」

「クライドは死んだよ。自分の『コピー』に殺されてね」

「あ、そっちがいい知らせの方だったんだ」

パティは嬉《うれ》しそうに指を鳴らす。

彼女の語るクライドは、善良とはほど遠い男だった。傲慢で尊大な魔術師らしく、魔術を使えない人間を虫けらみたいに扱う。町に出たとき、ちょっとぶつかっただけで子供を怒鳴りつけ、悪《あ》しざまに罵る。庇《かば》おうとした両親ごと、三人まとめて風の魔術で吹き飛ばした。

死にはしなかったが、子供と母親は体中に裂傷を作り、父親は足に深手を負い、歩くのが困難になった。そのケガが元で仕事を首になり、一家揃《そろ》って貧民窟に流れ落ちたという。

「いい顔をするのはママさんの前だけ。記憶をなくした振りして同情を買って」

「そりゃひどい」

相槌《あいづち》を打ちながら、バーナビーはあの子の父親が杖《つえ》をついていたのを思い出した。

「ママさんの手前、わたしにもいい顔して指輪とかくれたけど、『着けてあげる』とか言って勝手に手を触ってくるの。気持ち悪いったらありゃしない」

汚れをそぎ落とすかのように、パティは自分の指を何度も撫《な》でる。

バーナビーにはクライドの考えが手に取るように分かる。パティ本人は『魔力なし《マギレス》』でも両親……特に父親は才能のある魔術師だ。血統確かなパティの子供に、その才能が受け継がれる可能性は低くない。今のうちにつばを付けておこうという算段だったのだろう。あとは、クライド本人の嗜好《しこう》か。母親の方には手を出さなかったようだし。

「ママさんに見つかって指輪引っこ抜かれた上に説教までされてもう散々。あんな奴《やつ》大嫌い。それに、わたし聞いちゃったの。自分の『コピー』を作らせて、誰かに復讐《ふくしゅう》するつもりだったみたい」

「死んで清々したってところかな」

「他人事《ひとごと》みたいに」

パティは鼻で笑った。

「『セカンド』をそそのかして、殺させたのもあなたでしょう。普通、ほとんど同じ時間に同じ場所で二件も殺人事件が起きるはずがないわ」

「ご名答」

紋様の効力を消して、反乱できるようにしてあげたのも、バーナビーだ。

「生かしておくと、君や君のお母さんまで利用された挙げ句に殺されていただろうね」

「利用するのは、あなたもでしょう」

「そうだね」

そもそもパティと出会ったのは、ジョエル・フォーベス……ヒューム・フォーベスの息子を利用するため、前妻とその娘を捜していたからだ。

「君たちを捨てた父親への復讐《ふくしゅう》を煽《あお》っている」

「まるで悪魔ね」

「なら、これが悪魔からの最後のチャンスだ」

バーナビーは言い聞かせるように言う。

「君が望むなら遠くの街へ送るよ。魔術師と関係のない人生を歩める。当面の生活費だって保証する。でも君がボクについてくるというのなら」

そこで言葉を区切り、宣言する。

「君は悪魔とともに地獄へ落ちる」

「別に復讐《ふくしゅう》とかどうでもいいけど」

パティは微笑《ほほえ》むと、髪を掻《か》き上《あ》げてからバーナビーの腕に自分の腕を絡《から》ませる。

「そのためにわたしを連れてきたんだよね。いいよ、やる。ただし条件があるけど」

「ボクにできることなら何なりと」

「日記帳買ってくれる？　前のは置いてきちゃったから」

ラモーナを欺くため、持ち出せた荷物はほんのわずかだった。

「革張りでも鍵付きでもなんなりと」

今更善人ぶったところで仕方がない。己の魂はとうに神から見放されている。誰を犠牲にしようと、己の道を歩くと決めた以上、最後まで貫くだけだ。

「では、今日から君も『黒魔術師《ウォーロック》』の仲間入りだ」

「魔術は使えないけど」

「資格なんて必要ない。大事なのはここだよ」

と、バーナビーは己の胸を指さす。

「それで？　わたしに何をさせるつもりなの」

簡単だよ、とバーナビーは後ろの屋敷《やしき》を指さした。

「君にはフォーベス家の当主になってもらう」

「あなた忘れっぽいの？　それとも人の話を聞かないタイプ？　もしかして両方？」

「覚えているよ。魔術は使えないんだよね」

だからこそ、母親ではなく娘を連れてきたのだ。

「抜かりはないさ。君は『黒魔術師《ウォーロック》』らしくどっしりと構えてくれればいい」

「わたし、魔女がいい。とんがり帽子とホウキも用意してくれると、パティ勲章授与。今なら二等級特進」

「謹んで辞退いたします、女王陛下」

二つの影はやがて溶け合うようにして街の中へと消えていく。

あとがき

お読みいただきありがとうございました。魔術師の犯罪に挑む『裁定魔術師《アービトレーター》』レポフスキー卿《きょう》と、その侍女の物語はいかがでしたでしょうか。

本作は『姫騎士様のヒモ』に続く、電撃文庫の新シリーズです。出版までこぎつけることができたのは、方針からタイトルまで考えていただいた編集担当の田端《たばた》様をはじめ、素晴らしいイラスト担当の天野《あまの》英《はな》様、校正や営業など本作に携わった方々、何より応援して下さった読者の皆様のおかげです。本当にありがとうございます。

ミステリーは昔から大好きで、一度は書いてみたいと思っていました。

本作はいわゆる倒叙《とうじょ》形式となっております。『刑事コロンボ』や『警部補・古畑任三郎《ふるはたにんざぶろう》』のように、犯人側の視点から描いたミステリーです。昨今、ミステリー要素のあるライトノベルが人気を博していますが、その中でも珍しい話になるかと思います。

元々のコンセプトは、『メイドさんは名探偵』からの『魔術師の犯罪に何故《なぜ》か現《あら》われては謎を解いていく正体不明のメイドさん』でした。さすがに事件現場に毎回出くわすのはムリがあるな、と思い『裁定魔術師《アービトレーター》』とその侍女という設定を加えました。

その設定を元に以前、別名義でネットに短編を発表しました。その短編から更に世界観やキャラ設定を大幅に練り直したのが本作です。『姫騎士様のヒモ』のような受賞作とも違い、プロとしての力量が問われる作品だと思っています。

どこまで続けられるかは分かりませんが、今後もお付き合いいただけると幸いです。

それでは、また。

白金透《しろがねとおる》

本書に対するご意見、ご感想をお寄せください。

ファンレターあて先
〒102-8177　東京都千代田区富士見2-13-3
電撃文庫編集部
「白金　透先生」係
「天野　英先生」係

本書は、「電撃ノベコミ+」に掲載された『あなた様の魔術【トリック】はすでに解けております　－裁定魔術師レポフスキー卿とその侍女の事件簿－』を加筆・修正したものです。

電撃文庫

あなた様《さま》の魔術《トリック》はすでに解《と》けております

−裁定魔術師《アービトレーター》レポフスキー卿《きょう》とその侍女《じじょ》の事件簿《じけんぼ》−

白金《しろがね》 透《とおる》

2025年5月10日　初版発行

発行者　山下直久
発行　株式会社KADOKAWA
〒102-8177　東京都千代田区富士見2-13-3
0570-002-301（ナビダイヤル）
装丁者　荻窪裕司（META＋MANIERA）
印刷　株式会社暁印刷
製本　株式会社暁印刷

ISBN978-4-04-916235-6　C0193　Printed in Japan

電撃文庫　https://dengekibunko.jp/